U0536956

魅麗文化　桃夭工作室

白浪边 ②

凉蝉/著

广东旅游出版社

中国·广州

图书在版编目（CIP）数据

白浪边．2 / 凉蝉著．— 广州：广东旅游出版社，2021.9（2022.3重印）
ISBN 978-7-5570-2578-6

Ⅰ．①白… Ⅱ．①凉… Ⅲ．①长篇小说－中国－当代 Ⅳ．① I247.5

中国版本图书馆CIP数据核字（2021）第172120号

白浪边．2
BAILANG BIAN. 2

出版统筹：曾英姿
出 版 人：刘志松
责任编辑：江丹燕
责任校对：李瑞苑
责任技编：冼志良

广东旅游出版社出版发行
地址：广州市荔湾区沙面北街71号首、二层
邮编：510130
电话：020-87347732
印刷：湖南天闻新华印务有限公司
　　　（湖南望城湖南出版科技园　电话：0731-88387578）
开本：880毫米×1230毫米　1/32
字数：264千字
印张：10
版次：2021年9月第1版
印次：2022年3月第2次印刷
定价：72.80元（全2册）

【版权所有　侵权必究】

本书如有错页倒装等质量问题，请直接与印刷厂联系换书。

目录

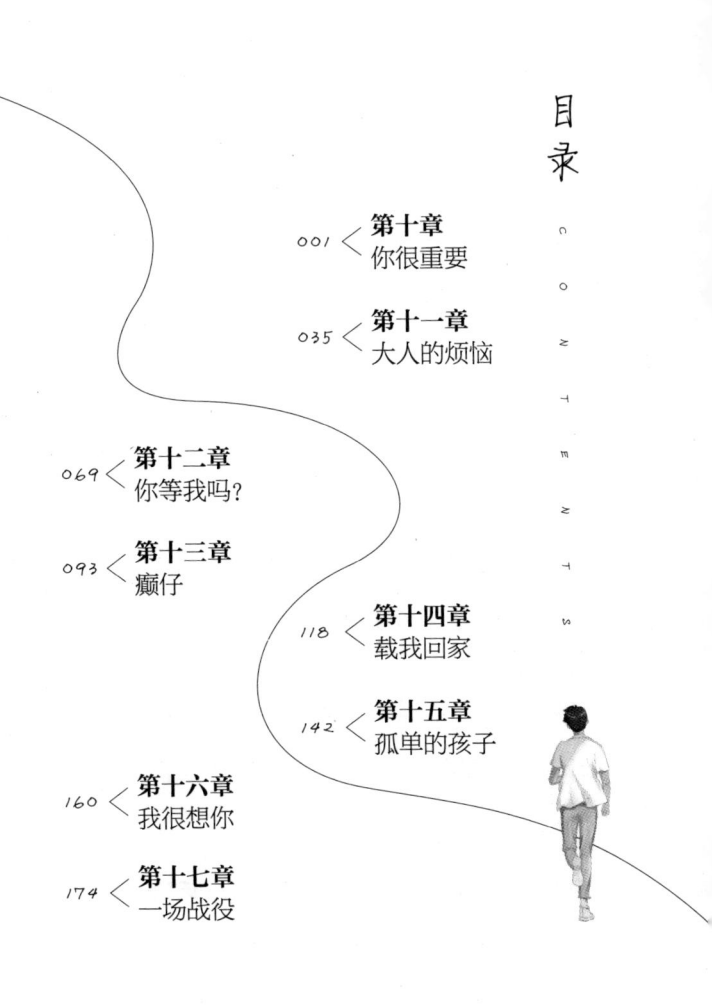

001 第十章 你很重要

035 第十一章 大人的烦恼

069 第十二章 你等我吗？

093 第十三章 癫仔

118 第十四章 载我回家

142 第十五章 孤单的孩子

160 第十六章 我很想你

174 第十七章 一场战役

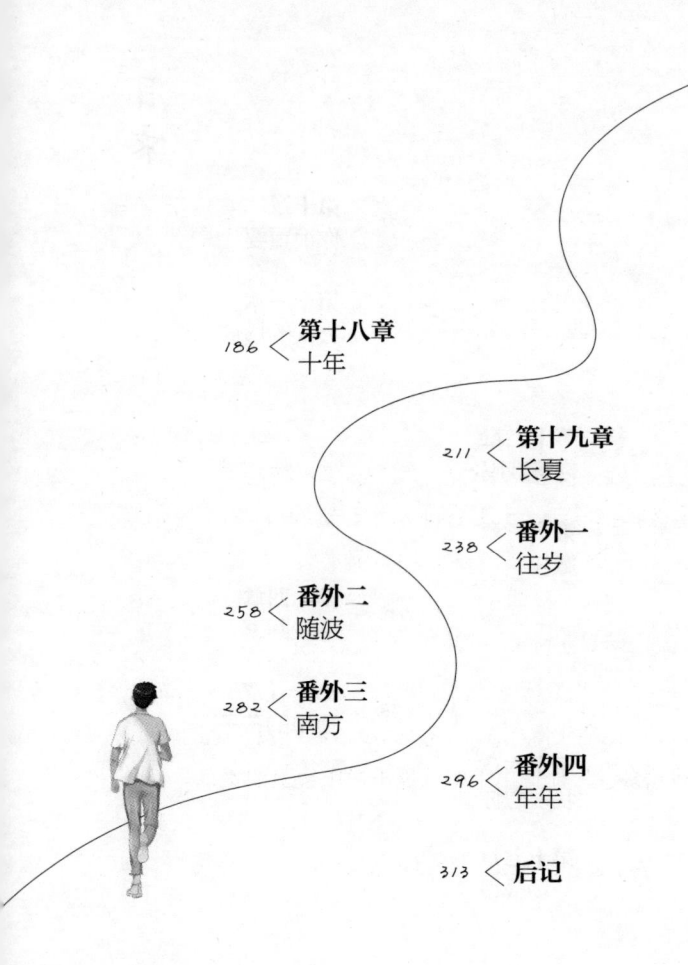

186	第十八章 十年
211	第十九章 长夏
238	番外一 往岁
258	番外二 随波
282	番外三 南方
296	番外四 年年
313	后记

第十章 ♥
你很重要

骤雨引发了交通拥堵,交通广播里不断播报各个路段发生的追尾事故,提醒大家注意安全。

"那个很黑的男孩子呢?"喻乔山问。

周兰冒雨跑到宋丰丰家里,发现他家门外还落着大锁,人也没回来。

喻乔山终于急了:"那他去哪里了?你有没有他朋友的电话?"

周兰给张敬家里打电话,是张曼接的。她告诉周兰,哥哥刚刚拨了电话回家,说自己在外面找喻冬,暂时不回去。

"都是你开车太慢!"喻乔山没人可以迁怒,转而骂喻唯英,"你要是动作能快一点,也不至于把人弄丢了!"

喻唯英浑身水淋淋的,他甚至没有走进门,就一直在屋檐底下站着。来不及排入下水道的水在门口积了浅浅一层,淹没了他的鞋底。

"我出去找喻冬。"他掏出手帕,擦干净眼镜上的水珠,撑着伞离开。

喻乔山坐不住了,向周兰要了一把伞,也钻了出去。

阴沉沉的天上滚动着闪电,雷声混着大雨的哗哗声,非常清晰。

喻冬坐在冰冷的水泥地上,双腿浸在水里,因为冷而微微发抖。

玉河桥下原本近乎枯竭的沟渠,因为这场雨涨起了水。既然它叫玉河桥,那么这条不知该称为"沟"或是"溪"的水脉,就是玉河了。

雨水从桥上哗哗地往两边流,流成了两片沉重的水帘。他脚底下的水也在哗哗地流,奔往大海的方向。

喻冬呆坐了一阵子,慢慢抱着膝盖,徒劳地擦去眼泪。喻乔山说的"无家可归"像没有形状的尖刺,准确地刺中了他一直不敢直视的软弱部分。

他确实没有家,陌生的父亲说对了。

有人从桥边走了下来。这个桥洞很少有人经过,但宋丰丰带他来玩过。

桥洞里还刻着宋丰丰小时候的字迹,是一个笔画不少的繁体字:豐。

宋丰丰原本叫作宋豐豐,这个字是他爷爷翻着族谱起的,不能乱改。无奈宋英雄去给他上户口的时候把字条弄丢了,忘了这个复杂的豐字怎么写,落笔的时候就直接写了"丰"。

爷爷在宋丰丰小时候就教他写名字,一定要写笔画复杂的那个,一边教一边把他爸爸骂上一顿。

宋丰丰一开始学得很认真,可是上了小学就发现麻烦来了:他太顽皮,不肯好好学写字,老师几乎每隔两天就罚他抄自己的名字五十次。他抄得太痛苦了,于是瞒着爷爷,抛弃了家谱里那个尊贵繁复的大字。

喻冬抬起头,找到他的人果然是宋丰丰。

宋丰丰紧紧挨着他坐下来。

"好冷。"他抖了抖身体,缩起脖子。

他是在雨下得最大的时候在外面寻找喻冬的,浑身上下都湿透了,像刚刚从水里钻出来一样。他脱了鞋子,从里面倒出水,干脆放在一边不穿了,和喻冬一样把脚伸到流淌的河水里。

喻冬等他开口,但他一声不吭。

"你怎么知道我在这里?"喻冬带着鼻音开口说话。宋丰丰总是见到自己哭,这让喻冬感觉非常不好。他胡乱地在自己脸上抹了几把,勉强振作起精神。

"我猜的。"宋丰丰说,"回家吧?"

"你没听他说吗?我无家可归。"

宋丰丰脱了校服的上衣搭在肩膀上,闻言伸手拍拍喻冬的背。

"他这样的人说话能信吗?"为了安慰喻冬,宋丰丰想了又想,"如果你不想回去,可以到我家里来。"

"我摆脱不了他。"喻冬捂着眼睛,虽然他想控制自己,但仍旧泄露了哽咽的声音,"我太没用了,我爸每次出现都会让我觉得自己一无是处。"

宋丰丰慢慢闭嘴,喻冬的声音太小了,他听不清楚,不由得略微弯腰,凑近了喻冬。

宋丰丰伸出手臂,揽着喻冬湿漉漉的脑袋,把他抱在了怀里。

"你很重要。"宋丰丰听到了自己的心跳声,还有喉咙振动发出的词句,"我认为你非常重要。"

喻冬靠在宋丰丰怀里,皮肤被雨水彻底打湿,是凉的。宋丰丰摸了摸喻冬的头发,像平时安抚小狗一样。以往都是喻冬在照顾他,现在倒反过来了,是他给喻冬支撑。

喻冬的沮丧和失落是罕见的。宋丰丰认识他这么久,一直觉得他是一个什么都不怕的厉害人物,没有他解不开的题目,没有他会踌躇的事情。

雨铺天盖地下着,没完没了似的。宋丰丰心里想着一些无边无际的事情,看水帘从桥上淌下,听见桥面有人和车经过,声音模糊。

喻冬的脑袋在宋丰丰怀里动了动,他抽抽鼻子,扭头看宋丰丰时眼睛睁得很圆。

"你……你冷不冷?"宋丰丰松了手,讷讷地问。

"不冷。"喻冬小声回答,擦了擦眼睛。

宋丰丰收回手,紧紧握着拳。喻冬的体温比他高一点,温度像黏在了他手指上,他忍不住揉进掌心里。

"你怎么知道我在这里？"喻冬问他。

宋丰丰也说不出所以然。他蹬着车一路赶过来，把所有自己能想到的地方都转了一圈，就是没见到喻冬的人影，不过突然想起了玉河桥的桥洞。

喻冬又把脑袋埋进臂弯里："我不想回去。"

宋丰丰凑过去，温柔地劝他："我怕你着凉感冒，你不回去就不回去，可以去我家里待着。"

宋丰丰开门的时候，喻冬看着对面的周兰家。周兰家里关着门，一副一个人都没有的样子。

他站在屋檐底下，浑身湿透，衣服一直往下滴水，整个人狼狈不堪。他淋了一场雨，现在情绪已经没有先前那么激动了，只是他的眼睛还红着，说话也带着鼻音。

因为下暴雨，天色昏暗，宋丰丰开了灯，让喻冬先去洗个热水澡和换衣服。他找出没穿过的内衣裤和自己的衣服，放在了洗手间门口。

宋丰丰换完衣服后，张敬给他打来电话，问他找到人没有。宋丰丰说找到了，但喻冬现在不想回家，他让张敬不要急。

"我在路上碰到龙哥，龙哥也帮忙一起找了！"张敬在那头大喊，"龙哥让我跟你说，喻冬想找人教训他爸爸和哥哥的话，龙哥随叫随到！"

宋丰丰："不用了，不用了。"

张敬："为什么不用？龙哥可以的啊！龙哥仗义！"

龙哥的声音隐隐传来："很好嘛，你这个学生仔我中意。"

宋丰丰："你别跟他扯上关系，张敬，你回家吧！"

"我现在就回去。"张敬又补充了一句，"有什么情况你记得联系我。"

挂了电话之后，喻冬也正好走上楼。宋丰丰只打开了自己房间的台灯，喻冬脑袋上搭着毛巾，带着热腾腾的气息走到他面前，坐在了书桌边上。

灯光下，喻冬的皮肤显得更白了，又因为刚刚洗了热水澡，白色肌肤里头透出血色。宋丰丰抬头看喻冬，看到喻冬眼神有点儿呆滞，眼睛是湿润的，嘴巴一张一合地问他："是张敬吗？"

虽然宋丰丰看着喻冬说话，但什么都没听到。

喻冬愣了一会儿，突然提高了声音："宋丰丰！"

宋丰丰吓了一跳："啊？"

喻冬："刚刚是张敬的电话吗？"

"是。"宋丰丰跳下床，伸手抓住了喻冬的毛巾，帮他擦头发，"张敬刚刚也在找你。"

喻冬低着头，良久才小声说了句"对不起"。

宋丰丰站在喻冬身后，喻冬的头发湿润且温暖，在他的手底下一丝丝滑过。他的衣服其实不修身，显得有点大了，领口太宽，歪到一边。喻冬略略低头，颈后的骨头顶起薄薄的皮肤，在台灯的光线下显出了不清晰的影子。

喻冬一直是瘦削的，周兰怎么都无法把他喂得壮实。兴安街的老人都说，心里装太多事的人没法长肉，喻冬心事太重了。

"黑丰？"喻冬回头看他。

宋丰丰把毛巾扔到喻冬头上："算了，你自己擦吧。"

喻冬拖着椅子挪到床边，和他面对面。两人靠得很近，喻冬的膝盖顶着他的，是一种无言的依赖。

"你的头发也是湿的。"喻冬问，"你不去洗？"

"算了，我擦擦就干了。"

毛巾转移到了他头上，喻冬帮他擦了几下，按着毛巾，停下动作。

灯光勾勒出喻冬脸上的轮廓，连他脖子和肩膀上的细小绒毛也被昏黄光线照亮，锁骨凹陷下去，是一道完整的沟壑。

"谢谢你。"喻冬小声说，"谢谢。"

宋丰丰一声不吭，十指交叉地握着，脑袋低垂。现在他觉得喻冬所有的举动都带着难以解读的信息，可他不知道应该怎么分析。

好朋友是会这样的,好朋友不会这样的。

宋丰丰不断地想起以前自己和张敬相处的细节,但是找不到任何可以参照的点。

"谢谢你认为我很重要。"

你当然很重要。宋丰丰在心里说。

宋丰丰明白,如果不是喻冬,他可能根本无法进入三中,甚至可能早就因为种种事情,成了龙哥的马仔。喻冬是岔路口的路标,喻冬站在那里,指着他走向从未想过的方向。

他把毛巾甩到一边,竭力想找些让喻冬开心的话题:"有新漫画,你看吗?"

"外婆在等我,我回去了。"喻冬起身说。

台灯光线微黄,喻冬揉揉自己泛红的耳朵。

宋丰丰说:"我陪你吧。"

喻冬连忙拒绝:"不用不用。"

宋丰丰知道喻冬可能还会和喻乔山起争执,而且不想被朋友看到,遂不再多说。

雨小了很多,外头天色渐渐亮了。滔滔的流水从玉河桥上流淌下来,宋丰丰家地势较低,门前积了很深的水。

喻冬撑着伞大步跨过积水的地方,回头冲他摆摆手。

宋丰丰目送他小步走上玉河桥,进入家门。

张敬给宋丰丰打完电话,又给周兰拨过去,告诉她,喻冬已经找到了,很快就会回家。她和喻乔山正在寻找喻冬,听到这个消息都大大松了一口气,立刻往回赶。

张敬跟龙哥道谢之后,眼看雨势实在太大,就在龙记大排档里歇了一会儿,吃了四只皮皮虾和一只蟹,他对大排档的菜式充满了好奇。

"东西还真的不错。"他舔着手上的椒盐,"又新鲜又好吃。我以前以为,龙记东西贵,都是坑人的。"

马仔们凶神恶煞地冲他举起拳头。

大排档的灯箱已经收回来了,龙哥站在灯箱边上,眯眼看着斜对面小卖部门口坐着的一个人。

"学生仔,那个是不是喻冬的混账大哥?"

张敬擦擦嘴巴,举着蟹钳跑到龙哥身边,很快认出那是喻唯英。

喻唯英和他们一样都是一身狼狈。他坐在小卖部门口的石墩上抽烟,茫然地盯着雨帘。有一把长柄的黑伞放在他脚边,雨水一滴滴滑到地面。

"龙哥,这个人坐很久了。"马仔提醒。

龙哥大步朝喻唯英走去。张敬连忙拿了伞,紧紧跟上他。

喻唯英一开始没认出龙哥是谁,等龙哥吼出一句脏话,他立刻想了起来。他皱了皱眉头,将烟头扔到脚底下踩灭,拿起伞准备离开。

"你在这里做什么?"龙哥凶巴巴地问。

"喻冬不见了,我找他。"

"你就一直坐着,怎么找?"龙哥指着喻唯英,"你根本没认真找!"

喻唯英懒得和他沟通,扭头就要走:"现在我就去认真找。"

"喻冬已经找到了。"张敬从龙哥身后探出头,"大概十几分钟前,我已经通知周妈了。"

喻唯英一愣,低头掏出手机,手机上并没有未接来电。

"我不知道。"他说,"没有人告诉我。"

他收好手机,挺直了腰背,扫了一眼面前一大一小两个人,露出倨傲的笑容,点点头就要走。

他还没转身,龙哥忽然冲他的下巴挥出一拳。他根本来不及躲闪,直接摔在了雨地里,连眼镜都掉了。

他的牙齿出血了,嘴角一片红。

"死流氓,干什么?"喻唯英大吼。

"我看你不顺眼。"龙哥扭了扭手腕,"想打就打。"

喻唯英从地上爬起来,发现眼镜没了,等找到的时候已经被自己踩碎了半边镜片。

"见一次打一次,我龙哥从来不开玩笑。"龙哥笑了一声,"你还不走?还想被打?"

他话音刚落,喻唯英忽然把手里的雨伞扔了过来。

"神经病!"他歇斯底里地大吼,"一堆神经病!臭鱼烂虾!"

他骂得太文绉绉了,不符合龙哥的风格,龙哥毫无反应。

"他死在外面算了啊,还找什么?不是嫌弃我吗?不是嫌弃他吗?那就大胆一点啊,去死,去跳海啊!"喻唯英的声音都嘶哑了,"他讨厌我,难道我就不讨厌他?"

张敬忍不住了:"要不是因为你和你妈妈,喻冬也不会……"

"你搞错了吧?"喻唯英笑了,"我?我妈妈?"

张敬被吓得不轻,又缩回了龙哥身后。

"他委屈,那我呢?"喻唯英太激动了,双手疯狂地舞动,"那我呢?我也被人骂了十几年'野种'!"

远方响起了巨大的雷声,雨却渐渐小了。

西装革履的青年浑身湿透,打理整齐的头发一绺绺黏在额头上。他像失去了力气,紧紧握着破碎的眼镜转身离开。他走了几步后,又慢慢挺直腰身,一步步稳稳地往前去了。

喻唯英回到周兰家里,喻乔山和喻冬都在。

喻乔山看到他的样子,不由得皱眉:"怎么回事?"

"我摔了一跤。"喻唯英扯了一堆纸巾开始擦擦头发。他不仅牙龈出血,连嘴巴里也破了,一边暗暗痛骂龙哥,一边忍着疼,尽力维持着平静。

喻乔山说他做事情总是粗心大意,他一脸平静,忽然发现喻冬正盯着自己。他第一次从这个小自己很多的男孩脸上看到同情和怜悯,但这也立刻刺伤了他。

他离开周兰家,站在屋檐底下,保持长久的沉默。

室内的争执又开始了。

"我已经答应你选文科,你是打算连考大学都不参考我的意见吗?"喻乔山在客厅里走来走去,"我是你爸爸!"

这狭窄的空间令他非常不适应。他走到饭桌边上,忽然看到了墙上挂着的相框。

那里面有喻冬母亲的照片。那是他的妻子,他年幼的妻子,她正带着稚气的笑容,隔着一面薄玻璃注视他。

喻乔山在相框前静静站定,片刻后转过身,用尽量温柔的口吻说:"好,选文科,可以,我满足你的要求,我不阻拦。但我有三个条件——一是你不能再这样不跟任何人打招呼就自己跑出去;二是你下半年至少要回一趟家;三是等到高考填报志愿时,你不能任性,我会为你参考。"

"你会为我参考,我必须听吗?"

喻乔山忍耐着怒气:"是的。"

喻冬瞪着他。

"我不会害你,我尽量尊重你的意见,可以吗?"喻乔山又看了一眼相框。

他在恳求自己的儿子,世界上没有比这更离谱的事情了。

在喻冬面前,他彻底失去了父亲的权威。

喻冬没有再拒绝。喻乔山总觉得他淋了一场雨之后似乎冷静了很多,或者说成熟了一点,但也更难以琢磨了。

眼见事情解决,他在新的空白选科表上签字,不管喻冬选文科选理科他都不干涉。喻冬和周兰显然不愿留他,他在他们的冷漠表情里跨出门。

他开始觉得自己在喻冬面前没有了父亲的身份,因为喻冬不需要一位父亲,只需要父亲的签名。

喻乔山在雨后的兴安街上行走片刻,忽然意识到了跟在自己身后的喻唯英。

"你一点点事情都做不好!"喻乔山严厉地训斥,"他这么大个人你都找不到,你连自己也照顾不好!"

喻唯英没出声,他嘴巴里太疼了。
"我要你有什么用!"喻乔山低声说。
喻唯英笑了一下,很快又尽量保持平静的表情。

选科表交上去之后,喻冬他们很快进入了期末考试的复习阶段。

宋丰丰及足球队其他队员缺课太多,针对足球队的补课仍然在继续,但是喻冬不再参与。普通学生一般十点钟结束晚自习,但足球队的人还要补习到十点半。高一的教学楼十点二十分就熄灯了,喻冬会在熄灯后去操场跑步,三圈跑下来,抵达生物实验室,宋丰丰他们刚好离开。

周末,足球队只补一天课,剩下的一天宋丰丰也不能随意去玩,他要在喻冬的监督下完成一些基础题的训练。

"我真的是球队里成绩最好的一个了。"宋丰丰跟他强调,"你不用担心我。"

"我不担心你,"喻冬埋头做题,"就是希望你成绩再好一点。"

他的语气平静温和,宋丰丰盯着他瞧了一会儿,嘿嘿地笑出声。

"你笑什么?题做完了?"喻冬伸手要把卷子拿过来。

"没有没有,我在思考。"宋丰丰连忙压住试卷,"我在思考你为什么对我这么好。"

"我看好你就对你好咯。"喻冬随口说道。

宋丰丰一愣,随即想起这是吴曈的口头禅。

吴曈太喜欢捉弄郑随波了,郑随波受不了的时候就揪着吴曈大吼:"你为什么又欺负我?"吴曈的脸皮厚如海堤,神情没一点变化,坦然表示:"我看好你就欺负你咯。"

这当然是一句玩笑话,宋丰丰知道,但他实实在在地因为这句玩笑话羞涩了。

两人埋头做了一会儿卷子,他看到喻冬突然扔了笔,整个人趴在桌上,长长地叹了一口气。

"怎么了?"

"我说错话了。"喻冬闷声闷气地说。

宋丰丰用笔戳了戳他泛红的耳朵:"你又……"

"不要讲!"喻冬干脆连耳朵也捂了起来,"做你的试卷吧,笨蛋。"

宋丰丰揉揉自己的脸,呼出几口气缓和心跳,低头在解题区域里写了一个硕大的"解"字,心想:两分到手。

至于接下来怎么解,他是不懂的。

期末考试后,学生们迎来了漫长的暑假。

张敬声称自己要去补习,补习的学校正是关初阳父母开的那家。

"哦。"宋丰丰和喻冬拉长了声音。

张敬:"因为有折扣,所以我才去的。"

宋丰丰:"我们知道。"

张敬:"你们不知道!这个折扣很难拿,初阳说一般是八折、九折,她帮我拿到了七折。七折啊,我的朋友,七折!四舍五入是不是不要钱?我不去是不是很亏?我不去是不是很不给初阳面子?是吧,为了同学情谊……"

喻冬:"好了好了,我们知道了知道了。"

但是他和宋丰丰都憋不住,一边往前蹬车,一边狂笑起来。张敬红着脸在后面追赶,徒劳地解释:"我是为了学习才去的!真的没有任何别的目的!"

夏季烈日烘烤大地,海面水汽蒸腾,被晒得发白的海边大路上有年轻人的笑声。

宋丰丰和喻冬在暑假里也沉迷于钓鱿鱼,不仅自己吃,还会分给左邻右舍和张敬吃,甚至拿到市场上去卖。

张敬也对钓鱿鱼起了兴趣,硬是要跟着他们过来。

喻冬有时候觉得张敬很烦。

他当然是喜欢张敬的,他知道宋丰丰也很喜欢张敬,他们三人是关系很铁的朋友。但是船这么小,三个人坐下来之后空间顿时窄了很多。张敬不懂得钓鱿鱼，宋丰丰负责教张敬，于是就剩他一个人煮鱿鱼了。

喻冬和宋丰丰习惯一边钓鱿鱼，一边胡说八道。那是喻冬每天最快乐的时刻，唯一能参与到两人密谈的只有天空与大海。可那么好的密谈机会，就这样被张敬搅和了。

喻冬在心里悄悄说了张敬几句。

张敬突然转头看他："怎么好像有人骂我？"

喻冬："鱿鱼在骂你。"

张敬半信半疑，转过头去。

锅子里的鱿鱼片熟了，又白又嫩。喻冬蘸着酱油连吃好几片鱿鱼，宋丰丰从船的另一头挪过来，从他手里接过酱油碟。

"你不是有吗？"

"我懒得倒了，吃你的。"宋丰丰夹起烫熟的鱿鱼，放在酱油碟里。

张敬趴在船头，紧张地盯着水面。

"张敬懂得钓鱿鱼了？"

"差不多了。"宋丰丰说，"随便他吧，不用理。他不是去补课吗，怎么天天来烦我们？"

喻冬悄悄笑了一下，虽然很对不起张敬，但是他因为宋丰丰跟自己有着同样的感受而雀跃。

张敬收获不小，乐呵呵地拎着鱿鱼回家，说是第二天要送给关初阳父母尝尝。

"最多七折，不能再低了。"宋丰丰提醒他。

"不是为了折扣好吗！"张敬生气了，"我的境界那么低？"

喻冬："是为了学习。"

张敬："也不是为了学习。"

喻冬和宋丰丰同时恍然大悟，"哦"了一声。

张敬："不是不是，确实是为了学习，你们听我解释啊！"

"拜拜！"喻冬转头冲他喊，"他们吃了你的鱿鱼，就会答应将关初阳嫁给你了！"

路灯下,张敬的脸都涨红了:"哎呀,你们对我好一点行吗?"

宋丰丰乐坏了:"他怎么越来越傻了?"

喻冬心想:你们彼此彼此吧。

"下次我教你窑红薯。"宋丰丰说,"不叫张敬了,他傻乎乎的。"

喻冬:"好。"

他答应得很慢,实际上心里都快乐出海啸了。

宋丰丰说到做到,而且他是一个行动力很强的人。他似乎憋足了一口气,要把自己心里所有好玩的、有趣的事情都跟喻冬分享。

两人饭也不吃,挑了一个晴朗的天气,拎一袋红薯,骑着自行车就往海边去了。

七叔的孙子吃着冰棒,奶声奶气地提醒道:"红薯吃多了会放屁。"

宋丰丰顶嘴:"你手里这个吃多了会拉肚子。"

小孩震惊了,盯着手里的冰棒,露出了斗鸡眼。

海边的人不少,宋丰丰很有经验,很快找到一个僻静的海滩。他完全不需要喻冬动手,自己几下就做完了所有工作。

喻冬:"我是来做什么的?"

"吃。"宋丰丰言简意赅。

趁着他把红薯埋到热腾腾的沙堆里,喻冬坐在一旁看海。

海滩上斜躺着几艘搁浅的旧船,海鸟在渐渐沉下来的暮色里来回低飞,声音回荡。住在螺壳里的寄居蟹在沙子里钻进钻出,忙碌不停。白浪涌上来,将所有痕迹抹平,但很快,沙面上又出现了新的洞口,移动的螺塔一个一个地钻出来。

喻冬看得入神,连宋丰丰走到自己身边都没发现。

"这个不好吃的。"宋丰丰说。

"我又没想过要吃它们。"喻冬笑着说,"我看它们跑来跑去,很开心。"

宋丰丰左右看了一眼,海滩上除了他们,一个人都没有,也只能看这些小东西了。

喻冬蹲在沙滩上看寄居蟹,宋丰丰蹲在沙滩上看大海。

宋丰丰怀疑这一片海可能都跑到自己心脏里去了。

大海忽而平静,忽而怒号,但永远涌动不息,永远翻滚着细细的波浪。

那个可怕的,他从未察觉过的答案,就藏在海水里,一点点浮上来,一点点显露了痕迹。

宋丰丰总是想,要是早点儿认识喻冬就好了,他有那么多事情想跟喻冬分享,想跟喻冬一起做。他想让喻冬高兴起来,想让喻冬忘记此前所有不快乐的事情,只要喻冬高兴,他心里头盛装的那片海就会晃荡起来。"我抓两只寄居蟹回去玩玩。"喻冬起身想去找工具,但才站起来,宋丰丰突然抓住了他的手指。

夕阳照亮了他的脸,也照亮了喻冬的脸。

喻冬盯着宋丰丰,眨了眨眼睛,低声问:"怎么了?"

"不……不知道。"宋丰丰结结巴巴地回答。

他不知道自己想干什么,这只是一个下意识的动作。海浪仿佛在他耳朵里来回冲刷,震耳欲聋。所有岩石都露在空气里,所有答案都噙在舌尖。

宋丰丰的手很热,也许是因为他每天都要进行大量锻炼,也许是因为他紧张,或者是因为今天天气很热。

两人沉默地对抗片刻,宋丰丰脸上浮现了他惯常流露的表情:"喻冬。"

喻冬连忙蹲下来。

"你又闯祸了吗?有什么话直接说。"喻冬的语气里带上了威胁,"你不要以为我不会揍人。"

宋丰丰放开了手。两人指节相碰的地方,宋丰丰还能摸到喻冬皮肤上沾着的细小沙粒。

"我发晕了。"宋丰丰说。

喻冬吓了一大跳:"你哪里不舒服?我都说过了,今天这么热,你还去踢球,很容易中暑的。家里还有藿香正气水吗?"

"但我看到你说话，又高兴起来了。"宋丰丰几乎用尽了自己所有的语文学习成果，试图准确表达，声音越来越低，"喻冬，我一定病了。"

喻冬："什么怪病啊？"

宋丰丰："看见你就好了的病。"

喻冬蹲在宋丰丰身边，蹲在细细软软的沙地上，像被什么东西重重打了一下，半天都没法把宋丰丰的话和他的行动联系起来。

金红色的霞光几乎消失了，只在海天相接的地方留着一道灿烂光线。

喻冬盯着那道光，心里头那些叽叽喳喳的小人都不见了。

他的心脏剧烈跳动，如同鼓号队里被敲打得浮现伤痕的鼓，震得他的骨头都疼了。他不知道自己应该说什么，或者应该露出什么表情。

残存的霞光把他们的脸晒得发红。

海滩上渐次亮起了灯。

光线给了小寄居蟹错觉，它们纷纷爬了出来，背着小塔似的壳在沙滩上奔来奔去。

红薯熟了，皮和肉分开，一揭就掉。这是海边种的红薯，宋丰丰叫它"海薯"，纤维少，瓤白，甜度一般，但特别粉，吃的时候不喝两口水，能直接把人哽得翻白眼。

喻冬和宋丰丰坐在海滩上，一个接一个地吃红薯。

两人都伸直了腿，脚尖一会儿碰在一起，一会儿又分开。

"你傻不傻？"喻冬说。

"不傻不傻。"宋丰丰鞋底的沙子蹭到了喻冬的小腿上，喻冬就踢了宋丰丰一脚。

他们没带够饮料，喝着喝着就只剩最后一瓶雪碧了。宋丰丰先拧开灌了一半，然后递给喻冬。

喻冬接过雪碧正要喝，宋丰丰道："你一口气灌完，从此丰哥罩你。"

宋丰丰学足了龙哥那股子嚣张气势，说完之后，他自己反倒觉得不好意思，捂着脸滚到沙滩上。

喻冬被他气笑了，又抬腿踢了他一脚。

"啊——"宋丰丰张开手脚躺在沙子上，冲着挂了星星的天空大叫，"怎么那么开心啊！"

喻冬喝饮料的时候，宋丰丰翻身跳起来，冲着大海大叫喻冬的名字。喻冬不甘示弱，竭力大吼："宋黑丰！"

海堤上有人骑车经过，笑了一路。

吃完了所有东西，喻冬把红薯皮和水瓶放进塑料袋里，拎着跳上海堤："明天周一，我们早点回去休息睡觉吧。"

宋丰丰爬上海堤，表示自己今晚肯定睡不着。

"我给你发短信可以吗？"他问，"还是打电话？"

"过了十二点都不行，我要睡觉了。"

宋丰丰连连点头。喻冬走在宋丰丰前面，被路灯拉长的影子落在宋丰丰脚下，宋丰丰慢慢地跟着他的影子走。

走了一段路之后，喻冬回头看他。

"过来啊。"他小声说，"离那么远。"

宋丰丰甩甩手，笑着奔过去，一把揽住了喻冬的肩膀。喻冬没看宋丰丰，只是望着前路。宋丰丰扭头瞧喻冬的表情，发现他和自己一样，脸上带着压不下去的笑。

路上偶尔有人或车子经过，看到勾肩搭背的两个男孩子也不觉得有异：关系好的女孩子手牵手，关系好的男孩子就揽肩膀，很正常。

他们走得很慢，聊着无聊的话题，影子瘦长。

他们走过一个路灯，又走过一个路灯。他们心里什么都没有想，因为里面全是气体，拱得心脏怦怦跳。

宋丰丰远远地看到兴安街的路牌，忍不住嘀咕："这么快就到了？"

"已经很慢了。"喻冬说，"拜拜。"

宋丰丰："我带作业去你家做。"

喻冬："你冷静一下好吗？先别过来了。"

宋丰丰佩服喻冬："你怎么那么成熟？"

喻冬轻咳一声："我比你冷静多了，一直都是。"

宋丰丰当然要夸奖喻冬："冷静的喻老师，再走慢一点可以吗？我请你去吃夜宵吧？"

"如果我们骑自行车，早就回来了。"喻冬试图跟他讲道理，"这段路我们都走了快一个小时了，你还想怎么样？"

现在喻冬只想立刻回到自己房间里，抱着狗崽，在床上打几个滚，好让自己平静平静。

宋丰丰突然站定："自行车！"

喻冬："什么？"

宋丰丰："我们的自行车，我们俩是骑车去的。"

喻冬："……"

他们完全忘记自行车了。

"完了，自行车要被偷了。"宋丰丰转头就往回跑，喻冬连忙跟了上去。

跑了一阵，宋丰丰仰头狂笑起来："喻老师，你好冷静！"

喻冬追上他，往他的屁股上猛踹一脚。

自行车安然无恙，宋丰丰从此拿捏着喻冬的一个丑闻，见到认识的人就要讲一次："喻冬吃红薯吃得太入迷，连自行车都忘记了。"

已经听他念叨了几百遍的张敬绝望地从冰沙和补习试卷前抬起头："你够了，能不能换一个话题？我们坐了两个小时，你就说了两个小时喻冬，我听烦了！"

两人正在火车站对面的餐厅里等待从家里归来的喻冬。

喻冬按照和喻乔山的约定，回家一趟，并且待了几天。宋丰丰每天要和喻冬发几十条短信，把所有事情巨细无遗地告诉他。

这个暑假，张敬非常忙碌。张曼去参加交换生夏令营了，诊所里少了一个可以帮忙的人,张敬除了去补习之外,大量的时间都耗在了诊所里。

他还跟宋丰丰科普一些古怪的知识:"暑假期间计生用品特别好卖,然后十月、十一月又是诊所的高峰期。"

宋丰丰可不认为这是什么好生意:"关初阳知道这些知识吗?"

"废话。"张敬白他一眼,"我能说吗?"

宋丰丰:"挺有意思的,我觉得她肯定感兴趣。"

张敬觉得自己与他话不投机,于是继续做补习试卷。他继续有一搭没一搭地跟张敬聊喻冬。

好不容易等到喻冬那趟车回来,张敬已经吃了一肚子的冰沙。

三人蹬车去体育馆打球,宋丰丰和喻冬都发现张敬又健壮了一点。

"帅吗?"张敬在更衣室的镜子前欣赏自己的脸。

他身后,左边一个喻冬,右边一个宋丰丰,他们都在看着他。

张敬稍稍作了对比,唉声叹气,转身走出去:"我还是去学整容吧,也是当医生,还能帮自己换脸。"

喻冬安慰他:"我外婆说,你这种娃娃脸特别不显老。"

张敬指着宋丰丰:"但是我想要这种男人味!"

宋丰丰莫名其妙获得了夸奖,冲喻冬挤挤眼睛,抱着篮球进了球场。

消磨了一个多小时,张敬又被叫回家卖药了。喻冬和宋丰丰接着跟不认识的人打完两场比赛,才收拾东西回家。

两人发现张敬忘了拿补习试卷,于是绕道辉煌街送给他。诊所里坐着不少输液的人,他在后门搬东西,没注意到喻冬他们。

认真干活的张敬看起来跟认真做试卷的张敬很不一样,至于哪里不同,他们也说不上来,就是瞧着有点陌生。

喻冬和宋丰丰对视一眼,心里都是一个想法:关初阳这个女孩子也是怪怪的,说不定她正好欣赏张敬这样的类型。

两人送了补习试卷,吃光张敬房间里储存的零食,外加玩了张敬的电脑,就心满意足地回家了。

两人经过龙行网吧的时候,喻冬突然看到路边停着一辆挺眼熟的黑色豪车。

他立刻拉了拉宋丰丰,告诉宋丰丰这是龙哥朋友的座驾。

两人几乎下意识地抬头往上看,但楼上没人。两人往前再走一段,在喻冬当日遇袭的小卖部门口,两人遇到了龙哥和他的朋友。

龙哥手上拎着一个塑料袋,正跟梁设计师说话:"这里没有。"

"不用买了。"梁设计师打开他的翻盖手机,"今晚我就回去。"

龙哥:"这么快?"

梁设计师:"明天我有会议。"

龙哥叹了一口气,露出依依不舍的表情。

喻冬和宋丰丰很尴尬,不知道该不该打招呼,也不知道应该怎样去打招呼。倒是梁设计师先看到了他们,示意龙哥回头。

龙哥还记挂着上次喻冬消失不见的事情,揪着喻冬骂了两句。喻冬乖顺地接受批评,倒是宋丰丰看不下去了,主动岔开话题:"龙哥,你买什么呀?去超市啊,小卖部很多东西没有。"

龙哥叼着一根牙签,脑袋上还有一个小鬏鬏,哼地一笑:"小孩子不要问东问西,我龙哥要做的事情,别人不要问。"

他哈哈笑着,在喻冬和宋丰丰的脑袋上各敲了一下,就拎着塑料袋走回梁设计师身边。喻冬和宋丰丰清晰地听到那个衣着时髦的青年咬牙挤出一句话:"莫晓龙,你嫌命长啊?"

宋丰丰抄完了喻冬的暑假作业,问他周记可不可以抄。开学注册要交十篇周记,宋丰丰一个字都没写。

喻冬买了一些炭和肉,在天台上架起了简陋的烧烤炉,正在烤东西吃。他很喜欢宋丰丰家里的天台,不仅宽大,还有遮阴的地方。

喻冬其实挺怕晒脱皮的,虽然皮脱了之后对他没什么影响,但是过程中皮肤又痒又疼,连澡都不好洗。

宋丰丰又提高声音问了一遍。

喻冬扭头回答:"周记你怎么抄?"

宋丰丰:"你写了什么?"

喻冬:"我写了钓鱿鱼、看电影、看书之类的事情。"

宋丰丰:"那我就写和你一起钓鱿鱼、看电影、看书。"

喻冬:"你还是自己写周记吧。"

没有参照作业,宋丰丰对着本子发了几分钟呆,什么都写不出来。抹了蜂蜜、烧烤汁和孜然粉的牛肉烤熟了,香气随风送进他房间里。他干脆走出房间,加入了喻冬的烧烤工作中。

喻冬的脸被热气熏得发红,宋丰丰乖乖坐着,先是看牛肉,然后看喻冬。

"你够了啊。"喻冬说。

烧烤炉的火时不时蹿起,热力熏得人面皮发烫。

喻冬小声嘀咕:"我辛苦给你烤吃的,连一罐冰可乐都没有。"

宋丰丰火速下楼,拿来几罐冰可乐。

八月酷暑,气温三十八度,人的体感温度可能更高。蝉伏在苦楝树上聒噪地振动翅膀,天上没有一朵云。除了耳边的声音,一切都像停滞了。

宋丰丰的皮肤光滑干燥,因为刚剪了头发,他的鬓角是短短的毛刺。今天他也没有仔细刮胡子,脸颊上浮现了青色的胡碴。喻冬觉得他不修边幅的样子有几分像电影里的梁朝伟。但喻冬想了想,又觉十分对不起梁朝伟。

他发了太久呆,牛肉烧煳的气味冒了出来。宋丰丰一边喝可乐一边指炉子:"糊了。"

"你不要打扰我烧烤!"喻冬气急败坏,"回去写你的作业!后天就注册了,你认真点!"

宋丰丰挠挠头:"我怎么打扰你了?"

宋丰丰起身回房,才走几步又走回来,两只手在喻冬的脑袋上揉了揉。

"喻冬。"宋丰丰说。

"嗯?"喻冬应宋丰丰。

宋丰丰理了理喻冬的头发，快乐地回房写作业。他在书桌前呆坐片刻，目光投向相框上。

黑夜的教堂前，他和喻冬站在一起，喻冬看着镜头，而他看着喻冬。

张敬的一寸照放在相框的右下角，宋丰丰忙里偷闲瞧了他两眼，这一瞧，宋丰丰突然想起一件紧要的事情来。

"喻冬！"

喻冬还在摸自己头发，听到宋丰丰的声音连忙放下手。

"我有件事要告诉你。"宋丰丰眼里藏着忐忑。

事情发生在两天前。

一开始，宋丰丰其实是不打算抄喻冬作业的，他想在喻冬面前保持一个好的形象，比之前聪慧一点，有担当一点，最好偶尔也让喻冬惊叹一句："你居然真的做完了作业。"

所以，他先去找张敬借作业抄。

张敬的作业根本没做完，正赶着最后这几天补做。孙舞阳仍旧是张敬的班主任，已经给大家打了预防针："不能完成暑假作业的同学将连续值日一个月。"

张敬实在不愿意把宝贵的、可以跟关初阳探讨学习内容的时间浪费在扫地上。

"过两天我再给你送过去吧。"张敬埋头狂写作业，"你这么闲，为什么不自己多做一点啊？"

宋丰丰暑假也需要继续训练，甚至花两周去参加了少年足球学校的封闭式训练。即便这样，他也比张敬闲得多。

"闲就一定要写作业吗？"宋丰丰在张敬房间的躺椅上躺着，拿着手机发短信，"做人还有什么意义？"

张敬不理宋丰丰，宋丰丰一个人把手机键盘按得啪啪响，给喻冬发短信。

他问喻冬在做什么，喻冬很快回复：看书。

他又问喻冬看什么书，喻冬很快回复：英文原版书。

"好看吗？我也想看。"

片刻后，喻冬的短信来了：你别吵我，好烦。

宋丰丰看着喻冬的短信傻笑起来。他开始往前翻页面，看以往两人聊天的短信。他一边看一边笑，太乐了的时候还在躺椅上蹬腿。

张敬被他烦得不行。

"你在看什么？笑得这么……"他艰难地斟酌着字眼，"不知道该说你发骚还是发瘟好。"

"我看喻冬的信息。"宋丰丰说，"说了你也不懂。"

张敬下意识看了一眼自己的手机。他也跟关初阳发过信息，一般是"今天几点补课""你的资料还在我这里，要不要我送给你"，内容乏善可陈，更谈不上有趣。

宋丰丰刚好在去少年足球学校训练的那两周里过生日，喻冬给他买了一双球鞋，一直等到他回家才能送出去。

宋丰丰翻看短信，又想起喻冬给自己送鞋那天的情景，嘴角不由自主露出笑容。

张敬开始注意宋丰丰，发现这人笑得很古怪。

"那天我在街上碰到龙哥了。"张敬说。

宋丰丰："嗯。"

张敬："还有他好朋友。"

宋丰丰的眼神总算从手机移到了张敬身上："你也看到了？"

张敬没想到宋丰丰这么坦然："你认识啊？"

"我跟喻冬都认识那人。"他放好手机，"怎么了？"

张敬嚅嗫半天，讲不出话，挠了挠头："我觉得你和龙哥很像。"

宋丰丰有几分惊喜："有吗？"

张敬起身靠在书桌边上，手里拿着水性笔，在手指上转了一圈又一圈，面露沉思之色。

宋丰丰给喻冬转述的时候做了一些艺术化处理。这种处理大概可称为"春秋笔法"。

喻冬摸着下巴沉思。

宋丰丰坐在郑随波做的小木凳上,被喻冬的神情弄得忧心忡忡。宋丰丰吃着烤好的牛肉片:"他说得对吗?"

"没事。"喻冬安慰宋丰丰,"听过就算了。"

但张敬的执着出乎他们俩的意料。

返校之后,足球队开始了每天早晚的例行训练。喻冬和张敬不在一个班了,张敬有时候找不到他,就去球场上找宋丰丰。

那时候喻冬正好跟郑随波一起在操场上跑圈,远远地跟张敬打了个招呼。张敬等到宋丰丰结束一个阶段训练,就把他拉到一边。

喻冬正巧跑到他们俩这里,又打一个招呼。

张敬看着宋丰丰:"我每次看到你和喻冬,都觉得你是翻版的龙哥。"

宋丰丰认真吸出奶茶里的淀粉珍珠:"你又不是学习委员,预感不准。"

"我直觉厉害啊,黑丰。"张敬急了,抓紧宋丰丰的车头,不让他走,"你给我一个明确答案行不行?"

宋丰丰的神情也变得认真了:"没有答案,张敬。你问这个问题没头没尾的,不存在的事情我怎么给你答案?"

张敬半信半疑。

"你有事情一定要跟我说啊。"张敬强调,"我们什么关系,对吧?你不要瞒我。"

宋丰丰咀嚼着结实的淀粉珍珠,盯着张敬点点头。

很奇怪,他心里划归理智的那一部分正在提醒他:这是不对劲的事情,张敬的担忧有道理。

但更大的部分却在扑腾着,蹦跳着,闹闹嚷嚷,让宋丰丰静不下心。

这是他十七岁的心情,复杂忐忑,也有新鲜喜悦。

喻冬和郑随波都在高二(1)班,是文科尖子班。让人诧异的是,吴曈居然也在这个班。吴曈的物理、化学成绩糟糕透顶,在绝大部分人都能拿到 A 的会考中,他居然拿了两个 B。

连郑随波都觉得不可思议了:"我都能拿到 A。"

但吴曈其他科的成绩还是不错的。他的历史学得好,随口就能说出一堆故事,连喻冬都听得入迷。

"他都是骗人的。"郑随波提醒喻冬,"你听多了就会被他绕进去。"

吴曈看着他:"我骗过你吗?"

郑随波:"你没有一天不在骗我好吗!"

吴曈眯起眼睛笑了:"我伤心了,真的。"

喻冬收到了宋丰丰的短信。今天他第一天上物理课,惊讶地发现给他们班上课的居然是孙舞阳。

孙舞阳带的是高一尖子班,对于其他班的同学并不熟悉。但是宋丰丰,孙舞阳是知道的,他是张敬和喻冬的好朋友,是足球队的明日之星,是黑黢黢、咋咋呼呼的男孩子。

"他问我要不要做物理课代表。"宋丰丰在短信里说。

喻冬笑得趴在桌子上抖个不停。

吴曈趁着下课出去玩了,郑随波还是和喻冬同桌,他和喻冬一样趴在桌子上。喻冬收了笑声,发现他在唉声叹气。

"你怎么了?"

这几天郑随波看上去都不大高兴。

"我做错事了。"郑随波侧着脑袋看喻冬。

他的头发软乎乎的,细长的眼睛里满是少见的忧愁。喻冬心想:他这是在演什么苦情戏吗?

"唉……"郑随波又叹了一口气。

"你做错什么了?"喻冬问他。

郑随波欲言又止。

"我就不该答应吴曈去他爸那边上课。"郑随波捂着脸,愁得说话都结巴了,"欠谁的人情不好啊,欠他的。"

吴瞳买了零食回来，隔着窗户给郑随波扔了一包薯片，顺道在他脑袋上抓了几下。

"不吃，上火。"郑随波把薯片扔给喻冬。

吴瞳又在他面前放一盒冬瓜茶。

郑随波拒绝不了，把吸管戳进冬瓜茶里，愁眉苦脸地喝。吴瞳靠在窗外，信手把他的手机抓过来，开始玩《贪食蛇》。

高二的生活似乎比高一要轻松一些。大家都熟悉了高中生活的节奏，高一加入各个学生协会的人，在升上高二之后纷纷成了各个协会话事人，行动讲话非常利落。

就连宋丰丰也搭上了末班车，他宣称自己要加入双节棍协会。

"等等，你不是足球队的吗？"大只佬奶茶店里，喻冬和张敬被宋丰丰的一句话弄得满头雾水，"你被足球队开除了？"

"开除全队人也不可能开除我好吗！"宋丰丰对张敬的揣测嗤之以鼻，"我是足球队的，足球队又不是学生协会。我还是可以加入别的协会的。"

喻冬和张敬面面相觑，问他："那你为什么要加入双节棍协会呢？"

"你们不知道吗？吴瞳是双节棍协会会长的救命恩人，协会会长常常找他商量事情的。"宋丰丰拿起一串鱼蛋。

这个他们俩倒是知道。高一的校运会上，那根从双节棍协会会长手中脱出的铁棒，如果不是吴瞳及时扑身抓住，只怕就要在副校长脑袋上砸出一个坑了。

"接下来不是国庆吗？他们被批准参加三中的国庆晚会，想做些准备，衣服、鞋子什么的尽量统一，但是没有经费。"

张敬听懂了，他之前在生物协会里潜伏的时候，也常常听到他们讨论这样的事情："要去拉赞助。"

"但是协会的人全部很宅，整个暑假一共拉了两百块钱赞助，还不够做衣服的。"宋丰丰往左右看了一眼，压低声音，神神秘秘道，"那两百块钱就是大只佬奶茶店老板友情赞助的，但再多

025

也不可能了。"

双节棍协会是高一刚刚成立的学生协会,会长的初衷跟关初阳是一模一样的:想加入类似的协会,但发现三中没有,于是干脆自己搞了一个。

由于是新协会,没有任何基础,也没有任何名气——除了校运会上的意外,拉广告非常难。加之获准参加国庆晚会的学生协会不止一个,摇滚协会、声乐协会、太极协会、记者协会和漫画协会全部在积极地拉赞助,基本上和三中的学生协会有过合作的,都已经被抢走了。

"然后吴瞳推荐了我,说我是兴安街的地头蛇,认识的人多。"宋丰丰看着他们俩,"我就……就答应了。"

喻冬:"……"

张敬:"……"

宋丰丰垂头丧气:"我急公好义嘛,见义勇为嘛。"

但他忙活一周,终于发现拉赞助这活儿一点都不好做。兴安街上的店铺对学生的活动完全不感兴趣,他们本来也不是只冲着学生做生意。

喻冬和张敬脑子里都冒出了同一个想法,两人又互相看了几眼,渐渐眯起眼睛。宋丰丰看他们的表情,就知道他们俩的想法跟自己是一样的。

"我的下一个目标是龙哥。"宋丰丰说。

"别打网吧的招牌。"张敬说,"我上次听你们说,龙哥不是最大的电脑配件商吗?是我们这里最大的。这个就很有搞头嘛。"

宋丰丰的眼神投向喻冬脸上。

"喻冬陪我去?"

喻冬瞥他一眼:"为什么?"

宋丰丰:"我不敢,我紧张。"

喻冬不为所动:"我又不是双节棍协会的。"

宋丰丰转而看向张敬。

张敬:"我又不急公好义,见义勇为。"他乐呵呵地跟喻冬击了一掌。

宋丰丰艰难地把杯底硕大的淀粉珍珠吸上来,慢吞吞地嚼。

找龙哥做生意不是一件容易的事情。

宋丰丰之前去网吧玩的时候,看到过其他学校的人到龙行网吧拜访龙哥,想要拉赞助。

那时候宋丰丰还是初中生,尚未闯入龙哥打《魔兽》赌钱的神秘世界,有时候还会好奇地听龙哥跟这些人谈话。

龙哥一般都在柜台里坐着,显然不愿意多跟他们谈,他大大咧咧讲了几句之后,一句"没兴趣"就打发了。

他确实是没兴趣的。

自己已经是最大的配件商,龙行网吧就在辉煌街对面,地理位置好得不得了,周围遍布各个初中、高中以及职业学校,每天到网吧玩的人络绎不绝,他还有什么打广告的必要?

宋丰丰越想越觉得这件事难度很大。龙哥挺喜欢喻冬的,他知道。龙哥当然还喜欢自己,他也知道。

"可那是钱啊。"宋丰丰说,"让他拿一笔钱出来做没意义的生意,太难了。"

正在宋丰丰家里看漫画的喻冬抬起头,叹了一口气,道:"如果你再说这件事,我就回家了。"

宋丰丰连忙制止他:"我不说了不说了,你继续看漫画,我不讲了。"

他正在草稿纸上写跟龙哥商谈时各种可能发生的细节问答,还列出了双节棍协会和国庆晚会的种种好处,然而所有的好处似乎都不足以说服龙哥接受他们的赞助方案。

喻冬看了一会儿漫画,掏出手机来发一会儿短信。

宋丰丰很少见他发短信这么繁忙,扔了手里的纸笔,爬到床上,蹭到他身边。

"你给谁发短信?"

"郑随波。"喻冬说,"他和吴曈,还有几个班干部在外面买教师节礼物。"

"你要去?"

喻冬抬头看他:"我不去,那么晒。"

宋丰丰嘿地一笑,也抓起一本漫画,和喻冬一起靠在墙上看。

宋丰丰仍旧喜欢看有打斗的漫画,但喻冬渐渐转变了兴趣,宋丰丰总觉得他看的漫画上,字比图还要多。

"《入侵》?"宋丰丰问他,"恐怖吗?"

"不恐怖,挺有意思的。"喻冬说,"这种生物能侵入人的意识之中,改变人的记忆结构。"

宋丰丰:"字这么多,你看得不累?"

"累了。"喻冬小声嘀咕。

他放下书,打了一个呵欠,眼睛往宋丰丰的方向打量片刻,装作不经意地靠在墙上,朝着宋丰丰的肩膀一歪,把脑袋靠在宋丰丰肩上了。

宋丰丰:"……"

他顿时紧张,呼吸都变得小心翼翼。

"我睡一下。"喻冬说。

宋丰丰搜肠刮肚要找话来讲:"这样睡不着吧?要不你躺下来?"

喻冬没应,仍旧靠着他。不吭声的喻冬看起来有点儿忧郁,他想跟喻冬说些别的事情,让喻冬高兴起来。

"周二下午我不训练,打算去找龙哥谈谈,你和我一起去吗?"他问喻冬,"那边应该有新游戏了,我们可以一起玩。"

"周二?"

"嗯。"宋丰丰轻声说,"一起去吗?你跟我一起去,我觉得比较有底气。现在周日,你可以再考虑一天。"

"去不了。"喻冬直起身,擦擦眼睛。

宋丰丰觉得有些遗憾,为了喻冬这句话,也因为肩膀突然变得轻松。

"那天我要去扫墓。"喻冬微微佝偻着腰坐在床上,对宋丰丰说。

宋丰丰突然想起来,每年九月下旬,喻冬总有几天看起来特别不高兴,有时候还会跟学校请假。他和张敬问起的时候,喻冬只是说不太舒服,不想上课。

这是喻冬第一次坦白告诉宋丰丰,他要去做什么。

"我和外婆一起去扫墓。"喻冬低下头,无意识地翻动漫画书的页面,"我妈的墓不在这边,还得搭火车。一来一回,我回到家估计都晚上了。"

宋丰丰拍了拍喻冬的肩膀。喻冬突然很想跟宋丰丰说一些从未与人提起的话。

母亲是在病床上走的。喻冬不知道那是否算是安详,但她那时候已经开始陷入昏迷,只靠器械来维持生命。病发现太迟,恶化太快,他们没能挽留她的生命。

医生每天检查完,都会对喻冬和喻乔山说,家属做好心理准备。喻冬记得第一次听这句话,是母亲去世前三个月,第一次昏倒在家的时候。

他的心理准备足足做了三个月,将近一百天。

喻冬甚至已经在无数个噩梦里看到了最后的结局。他从梦里醒来,抓住衣服喘气,眼泪流进枕头里。

但他所有的心理准备都是毫无准备。

痛是活生生、血淋淋的,人怎么能预备好与"痛"对抗?在它降临之前,他根本想不到它会这么猛烈。

然后日子需要继续过,每个人都需要继续生活。生老病死是宇宙规律,是永恒不变的时间法则,人无法左右,只能哭完之后硬起心肠接受现实。

喻冬觉得自己成熟了。他在疗养院里待着,没人跟他聊天,他就去听怪人们说话,或者在心里偷偷想一想妈妈。

他想妈妈想得多了,眼泪流了几次,心慢慢也就没那么痛了。

可是喻冬后来发现,原来不是的。痛苦会绵延极长极长的时间,他甚至没办法应对。即便一切如常,即便他开始交上新朋友,开始笑,痛苦也永远是悬在他头顶的一片乌云。它会在快快乐乐的大晴天里,因为某些微不足道的事情引发一个霹雳,打散他所有的表面平静。

它会在余生的某一刻落在喻冬身上,用隐约但强烈的痛楚提醒他:你永远地失去她了,你们甚至没有好好告别。

眼泪落在《入侵》的封面上,喻冬连忙将它擦掉。

宋丰丰又抱了抱喻冬。很久没有人拥抱过喻冬了,喻乔山不会,外婆也不会。他是大男孩,他要坚强了。

喻冬在宋丰丰的肩膀上擦去眼泪,低低地呜咽着:"对不起,我不想哭的。"

宋丰丰拍拍他的背,声音很轻:"扫墓,我可以去吗?"

喻冬一愣:"你去干什么?"

宋丰丰:"我去认识认识阿姨。她会喜欢我的,我又帅,又好。"

喻冬轻笑一声:"你傻啊。"

可他忽然觉得,自己不再害怕那个不知何时会降临的、痛苦的雷了。

宋丰丰最终没有跟着喻冬和周兰一起去扫墓。喻冬说他跟妈妈介绍了张敬,也介绍了宋丰丰。他们是他新的朋友,很好很好的朋友。

喻冬他们回来的时候,宋丰丰已经在周兰家里做好了晚饭,正无聊地换电视频道,打着呵欠。

宋丰丰是懂得做饭的,而且手艺比宋英雄还要强一点儿。他期待喻冬的赞美,但是喻冬就是不讲,只一个劲儿地埋头吃饭,嘴角带着一点笑意。

倒是周兰一直在夸宋丰丰,说他的红烧肉烧得好,那锅鸡汤煮得好,一碟子青瓜和一碟子清蒸龙利鱼也做得很够味。他听着周兰的赞扬,眼睛一直盯着喻冬。

喻冬特别能忍,就是不吭声。等到终于吃完饭,他慢吞吞地放下碗:"还可以吧。"

宋丰丰在桌子底下踢了他一脚。

两人出门遛狗，宋丰丰跟喻冬说起了自己拜访龙哥的过程。

龙哥在网吧里玩游戏，宋丰丰一进门，他就看到了。靓仔没来，只有黑仔，龙哥仍旧热情地邀请宋丰丰玩新装的游戏，顺口问喻冬去了哪里。

宋丰丰玩了一会儿游戏，从书包里拿出广告协议，磕磕巴巴地跟龙哥说双节棍协会的事情。

龙哥听得不太认真，一直在网页上浏览各种猛男的图片。

"我可以练成这样吗？"龙哥指着一张肌肉结实的健美先生写真照问。

宋丰丰："可以是可以，好看吗？"

龙哥："好看吧，你们梁哥就是肌肉猛男。"

宋丰丰："龙哥你也是猛男啊。"

龙哥瞥他一眼："怎么猛？"

宋丰丰："没有人不知道龙哥的威名，还不算猛？"

他笨拙地拍龙哥的马屁，但是看不出自己是拍对了还是拍到了马腿上。龙哥一直笑眯眯的，看上去深不可测。

"我帮你签了，五千块钱，可以吗？"龙哥问，"双节棍表演的时候，要把我们公司的名字贴在背景板上。"

宋丰丰一愣："你们什么公司？"

"龙行网络科技有限公司。"龙哥的马仔拿来一沓名片，龙哥全塞到宋丰丰手里，"你回去帮我发发。"

一模一样的名片宋丰丰曾在喻冬那里看到过，也是龙哥给的。当他珍而重之地收好名片，拿着龙哥签好名字盖了章的广告合同走出网吧时，还觉得很眩晕。

协会会长跟他说再拉三百块钱赞助，凑足五百块就行了，能在大家的衣服鞋子上印字。

可他拉到了五千块钱啊！

宋丰丰打电话给协会会长，问他提成按百分之三还是百分之五算。

"三百块钱的事情,不就是九块钱和十五块钱的区别?"会长觉得宋丰丰这个人太笨了,"你能拉到三百块钱,我直接给你二十块买奶茶行不行?"

宋丰丰:"我拉到五千块钱赞助费。"

会长数学不好,听力似乎也不太好。宋丰丰攥着手机等了一会儿,才听到那头传来嗷的一声大叫。

"所以最后到底是百分之几?"喻冬抱着小狗在路上走,扭头问宋丰丰。

"百分之十。"宋丰丰乐坏了,"会长太高兴,说给我提成百分之十。我可以请你吃饭了。"

两人带着小狗来到一片新的海滩。夏天的日子特别长,已经六点多了,天还是大亮的。宽阔的沙滩边上有不少人遛狗散步,有脚踝高的青草在风中摇晃,小螺小蟹在根部跑来跑去。

喻冬和宋丰丰把小狗放在沙地上,任由它自由地跑。两人坐在黑褐色的岩石上,一边分享路边买的话梅,一边聊天。

今天,孙舞阳做了一件很不得了的事情。他和韩叙都住在学校的员工宿舍里,周末才回家。而他的习惯是早上去买菜,做好午餐的准备工作之后,才到教室里抓迟到或者不上早读的人。

今早他吭哧吭哧踩着一辆自行车回到学校,车头篮子里放的居然不是青菜、猪肉,而是几朵玫瑰花。

被学生问起,他就笑嘻嘻地说:"这是送你们韩老师的。"

下午第一节是美术课,韩叙被学生逮着问个不停,于是说出了玫瑰花的原委。

今天是孙舞阳和韩叙的结婚周年纪念日,孙舞阳每年都记住这个日子,买完菜了就用剩下的钱买几朵花。花店若是开门,他就买正儿八经的玫瑰、康乃馨或者百合,花店要是没开门,或者菜钱花得差不多了,他就选择在市场里买现摘的栀子花、荷花或睡莲。

学生们又鼓掌又起哄,教室里乐成一片。

"你们孙老师还会拉手风琴呢。"韩叙说,"看不出来吧?"

韩叙来市三中当老师的时候,是一个能唱能跳的文艺女青年。她被选进了学校的乐团,是合唱的一员。孙舞阳当时已经在市三中教了几年书,在乐团里拉手风琴,是乐团的核心成员。训练几次之后,他开始厚着脸皮,扛着沉重的手风琴跑到韩叙宿舍的楼下:"请韩老师下来谈谈乐团训练的一些事情。"

两人谈着谈着,就变成谈恋爱了。

整个班的学生都兴奋起来了,计划着第二天上物理课的时候开孙舞阳玩笑。

"孙老师最拿手的是《莫斯科郊外的晚上》。"韩叙自己也乐,"最近他在为国庆的晚会做准备,你们可以让他给你们表演表演。"

喻冬确实想象不出来孙舞阳拉手风琴的样子。孙舞阳胖乎乎的,笑眯眯的,在学校里遇到他的时候,他手里不是拿着木工协会的工具,就是拿着物理协会的卷子。若是在校外碰上他,一般他手里还拎着半只鸡或者一袋子豆腐干。

"你懂什么乐器吗?"宋丰丰问。

喻冬摇摇头:"完全不懂。我对这个一窍不通。"

宋丰丰:"那你有什么兴趣吗?"

喻冬心想:你问这个干什么?但他还是耐心回答了:"滑板,看漫画,钓鱿鱼。"还有一个——和宋丰丰一起遛狗,他没说出来。

宋丰丰认为喻冬的兴趣乏善可陈,非常枯燥,并不酷炫。

"你喜欢听歌吗?"宋丰丰从裤袋里掏了半天,摸出一个红色的米奇头 MP3。

喻冬不喜欢也不讨厌听歌。宋丰丰分给他一只耳机。耳机里,女孩的声音充满情绪:有痛苦都只因拥有吧,会枯萎都只因收过花。

小狗踩着浅浅的水洼跑来跑去,扑到喻冬身上,用湿漉漉的爪子抓住喻冬的衣服。为了方便一会儿回家后直接去学校上晚自习,喻冬已经换上了夏季的校服。夏季的校服上衣是白的,裤子是黑的,很容易就被弄湿。

"坏东西!"喻冬揪着小狗的爪子,"你尾巴也湿了,黑丰。"

宋丰丰的目光在海面上游移,像在寻找一艘船,装作听不到小狗的名字。

小狗半湿的尾巴在喻冬裤子上扫来扫去,喻冬发现根本甩不干,干脆又把它放下,让它自己去玩了。

在海滩上听了半小时歌,喻冬提醒宋丰丰应该回去了。小狗又不识相地跑过来,嘴里叼着一只无主的拖鞋。

宋丰丰先起身,然后将喻冬拉了起来。小狗跑在他们俩前头,昂着头,很有气势,是一位开路的先锋。

"它到底叫什么名字?"宋丰丰几乎要恳求喻冬了,"不叫黑丰了,行不行?"

"它的大名叫宝仔。"

宋丰丰松了一口气。

"小名叫黑丰。"喻冬坏笑着说。

宋丰丰抬腿踢喻冬一脚,喻冬大笑着躲开。两人一路打闹,有时候会忘记看路,直接踩到坑里。

第十一章
大人的烦恼

宋丰丰所在的足球队调整了人员。高一新生加入了队伍,高三学生已经毕业了,而队长现在升上了高三,开始在球队里物色可以接班的人。他找过宋丰丰好几次,问宋丰丰有没有当队长的兴趣。

宋丰丰是一点儿兴趣都没有的,但高二年级里除了他之外,也确实没有别的球员可以担任这个职位了。他在场上的能力是足以服众的。

"其实你也很有人格魅力,特别容易跟人打成一片。"队长说起这些话来一套一套的,"当队长对你以后高考推荐也有好处,你真的要好好考虑考虑。"

队长基本确定自己可以去哪个学校了。他会以体育特招生身份进入一所不错的学校,在大学生运动会上带领学校的球队踢出不错的成绩。

"从十一月开始,我就不会再参与球队的任何工作。"队长告诉宋丰丰,"我要补课,我的成绩太差了……我至少要考到三百五十分才能上大学,最好能考四百分,这样我能挑专业。我想读工商管理,但是商学院分数特别高。"

两人聊着聊着,话题岔到了队长的人生选择上。

宋丰丰还没彻底做出决定,省里的中学生足球比赛又开始了。

市三中作为去年的冠军，肩负着许多责任，他们雄赳赳、气昂昂地奔赴省城，开始比赛。

宋丰丰没去省城之前，喻冬还不觉得特别想他。两人基本上学放学都在一起，每天还会一起遛狗，下了晚自习，还要绕道海岸线，一路嘀嘀咕咕打发回家的路程。

但是宋丰丰一走，喻冬就觉得生活完全不对劲了。

宋英雄回了家，有时候会拎着一些海货给周兰，新鲜鱼虾之类的也常常有。喻冬看着他总会想起宋丰丰。

宋丰丰仍旧每天给喻冬发一堆短信，短信的内容其实跟之前是一样的，没有任何特别的内容，无非是"吃饭没，吃了啥，上学没，学了啥"。

宋丰丰还是和队长住一个房间，队长逮着机会就游说他，动之以情，晓之以理。他快要被队长烦死了，连带着房间都不想回，吃完饭就在酒店周围游荡，给喻冬打电话。

喻冬会把手机揣在裤兜里，一边骑车一边跟宋丰丰通话。

他有很多话想说，又不好整理自己的心情。

但宋丰丰没他想得这么多，临挂电话时嚅嗫片刻，轻咳一声，紧抓着手机说："我想跟你再说说话。"

"说什么呀。"喻冬小声说。

宋丰丰："不知道。哈哈哈……"

他笑得中气十足，讲完了还觉得不满意，继续补充："我好想你和张敬啊！"

喻冬连车都蹬不了了，干脆下了车，蹲在电话亭边上，把手机的麦克风对准嘴边："我听到了。"

宋丰丰在原地转圈："哦。"

喻冬："你什么时候回来？"

宋丰丰："可能明天，也可能下周。"

宋丰丰低头踢地上的石子，小石子滚到了草坪里，一只流浪的小猫受了惊吓，呼地蹿上树，飞快跑了。宋丰丰靠在栏杆上，这是河边的观景路,有人在他身边散步,夕阳把河面和他都照得金灿灿的。

"我还是拿了冠军再回去吧。"他说,"我答应队长了,等他退了,我就是足球队的队长。"

喻冬轻笑起来:"那等你回来,我和张敬请你吃饭。"

他的笑声激得宋丰丰耳朵里痒痒的。

"你呢?"宋丰丰执意要从喻冬这里得到一个明确的答案,"你们想我吗?"

"想。"喻冬小声说,说完了还带着笑意补充,"不是'很想',是'有点'。"

已经是比赛的最后一天了,他们在决赛上遇到了同市的另一支队伍。

九中是省级中学生足球比赛的常客,但去年很令人意外,他们在半决赛就打道回府了。宋丰丰只记得当时在赛场之外似乎发生了一些不太好的事情,九中费了很大力气才保住了来年参赛的资格。

"九中的队长是一个流氓。"队友言简意赅,"不是一般意义上的流氓,是真流氓。"

宋丰丰在脑海中给龙哥的形象打了一个叉:"真流氓是什么意思?"

"就是看你不顺眼,就会带着人拎刀砍你那种人。"

队长接着补充:"文明比赛,文明比赛啊。九中这次的成绩非常好,我看了他们半决赛的录像,配合不够我们流畅,而且九中的守门员不太行,但是他们的边锋非常厉害,整体得分能力强。"

他又开始上课了。

"记住文明比赛,冷静、大方,不要被九中的演技迷惑了。九中的队长其实跟我还有一些私人恩怨,但我愤怒了吗?我生气了吗?我不冷静了吗?我没有嘛,对不对。冠军要有冠军的气度!来,大家跟我一起喊——"队长大吼,"三中必胜!三中必胜!"

教练:"文明比赛!"

市三中又拿了一次奖杯。领奖和拍照的时候,队长把宋丰丰拉到自己身边,和他一起托起了奖杯。

宋丰丰觉得这张照片拍得好,太好了,不仅自己冲印了一张挂在家里,还给张敬和喻冬各赠送了一张,让他们好好收藏。

张敬收了照片,直接放进床底下的箱子里,书桌上仍旧摆着关初阳的照片。

喻冬也收了照片,不知道放哪里好,于是压在书桌的玻璃板下,而且是背面朝上。

宋丰丰认为,这就是不想见到自己的意思了。

"你当队长了,我要记一记你队里所有人的名字。"喻冬指着照片背面的名单狡辩。

宋丰丰说不过他,把他按在书桌上揉脑袋。

期中考之后照例是家长会,宋丰丰这边是宋英雄去参加,而喻冬那头是喻唯英出席。

喻唯英当然没有出现,喻冬乐得逍遥,不打算理会他。

宋丰丰当上队长之后,比以往还要忙碌一点,有时候晚自习还要在活动室里跟教练、老师讨论球队的事情。他花在学习上的时间更少了,喻冬开始拿张敬的课本、资料学理科的基础知识,随时准备给他补课。

这天晚上,宋丰丰结束讨论,和上完晚自习的喻冬、张敬会合,一起离开学校。他身上还穿着球服,球服上的数字已经改成了1号。

队长退了,现在他每天奔波于学校和补习班之间。他期中考的成绩糟糕到连大学都可能上不了,巨大的危机感让他架起了眼镜,完全无暇理会足球队的任何事情。

"宋队长。"喻冬拍了拍宋丰丰的肩膀。

"喻老师。"宋丰丰也搭住了喻冬的肩膀。

张敬:"你们两个是傻瓜吧。我去补习了,拜拜。"

喻冬和宋丰丰都认为张敬更傻一点儿。

他们在校门口道别，一左一右离开。回家的路有些昏暗，两盏路灯被打坏了，有一段路都是黑的。宋丰丰拧亮了钥匙扣上的小手电，照着前路。宋丰丰和喻冬都推着车往前走，身边时不时有学生经过，宋丰丰偶尔会跟人打声招呼。

"你怎么认识这么多人？"喻冬嘀咕。

宋丰丰轻咳一声，认真说："但你是MIP。"

喻冬眉毛一挑："哦。"他的声音听不出高兴与否，但脸上已经带上了笑，接着说，"我在学理科的基础知识，期末你得补一下，不然成绩太难看了。"

"你来我家帮我补课呗。"宋丰丰说。

喻冬不乐意了："为什么不是你来我家？你是不是嫌弃我房间小了？"

"怎么可能？"宋丰丰瞥了喻冬一眼，微弱灯光下，喻冬有一双透亮的眼睛，"我就是有点紧张。"

"紧张？"

"我之前做梦梦到你了。"宋丰丰突然说。

喻冬以为他在岔开话题："等等等等，你先把紧张这个问题说清楚。"

宋丰丰对喻冬的追问置若罔闻，开始哼歌。两人正慢吞吞地往前走，注意力都放在对方身上，并没发现前面的巷口处站着几个人。

"喂，你。"有人敲敲路灯柱，声音吸引了喻冬和宋丰丰的注意，"你是市三中足球队的是吗？"

宋丰丰身上的球服在路灯的照耀下显得很清楚。

"我是。"宋丰丰下意识地拦着喻冬，把自行车歪了个头，挡在喻冬的车子面前。他看到那些人用铁棍敲路灯柱。

"1号……1号是队长，是吗？"问话的人手里抓着一个手机，"大佬，三中足球队队长，没错吧？"

手机里传出模糊的声音："没错，就是队长，弄死他。"

哐啷两声，是宋丰丰把自己和喻冬的自行车推倒了。

"跑！"他一把拉住喻冬往后跑，却发现后面也奔过来两三个拿着铁棍的青年。路边有一条窄巷，宋丰丰来不及思考了，拽着喻冬往巷子里钻。

巷子又黑又窄，两个人跌跌撞撞地往前跑，喻冬逮到一个喘气的时机，问宋丰丰："到底是什么事？"

"不知道！"宋丰丰拉着他拐入巷子中，从一个花圃里钻出来，"但是手机里的声音我觉得熟悉……九中的队长跟我们队长有仇……"

追赶的人闹闹嚷嚷地从巷子里跑出来，铁棍磕在墙上地上，声音可怖。

跨过花圃便是一条冷清的道路，离街心公园不远。喻冬心里一沉：他们应该第一时间跑回学校的，学校里有门卫，一旦进入校园，外面的人也就没办法再追赶了。

但是当时退路被堵，他们只有巷子这一个出口。

"进公园！"

喻冬穿过马路，从护栏上跨过去。路上没人没车，两人冲进街心公园后，追着他们的青年也从巷子里冲了出来。

街心公园挺大，以前是正儿八经收门票的地方，后来围墙拆了，就成了随进随出的公园。里头设施比较多，还有几处收费游玩的小火车和旋转木马，喻冬和宋丰丰到这里溜达过。

公园里树丛很多，给了他们藏身的地方。两人以小火车为掩体，钻进了一个黑魆魆的树洞里。

树洞里有门，落一把松脱的锁，门上贴着"恐怖之最，每人10元"的海报，已经褪色了。灌木长得乱七八糟的，戳进树洞里，刚好把他们俩遮住。

喻冬趴在树洞边上，隔着灌木的枝叶往外瞧，暂时还没看到有人过来。喻冬短暂地松了一口气，开始摸出手机。他们选的这个位置很不起眼，但是有一个问题：没有另外的出口了。

"先报警吧。"宋丰丰压低声音说。

喻冬也是同样的想法：这里不适合隐蔽，只能短暂停留，给他们一个求救的时间。

喻冬按下了110，正要拨号，宋丰丰突然一把抓住了他的手："等等，别报警！"

"对，不能报警。"喻冬很快反应过来。

球队获得了省里的冠军，和去年一样，要去参加华南地区联赛，一旦被扯进这些说不清楚的事里，不仅可能影响今年的参赛资格，甚至会影响后面几年参赛。

宋丰丰看着喻冬，无声说了两个字：龙哥。

这里距离龙哥的龙行网吧并不远，他们希望龙哥现在正在网吧里玩游戏，或者煮方便面当夜宵吃。

龙哥确实在打游戏。他待在顶层的私人空间里，坐在电脑桌前，噼噼啪啪地敲键盘。

浴室里有人，水哗哗地响。

龙哥打完一局游戏，队友约他再战，他说不了，有事。

浴室里，梁设计师揉着肩膀，龙哥隔着门问他要不要用跌打酒涂涂。这是他的老毛病了，一旦操劳便会肩颈酸疼，无法安睡。

"或者我帮你按摩？"龙哥说，"钱是挣不完的，你别太累了。"

浴室里传来梁设计师的声音："按摩。我讨厌跌打酒的味道。"

龙哥对自己的按摩手艺是非常满意的。以前他离开学校什么都不懂的时候，在兴安街的盲人按摩店里当过半年学徒。

龙哥趴在床上看了一会儿八卦杂志，他的手机忽然响了起来，来电人是"黑仔"。

宋丰丰在电话里就说了两句话："我和喻冬在港区外面的街心公园里，有大概八个人拎着铁棍在追我们。"

通话时间只有六秒钟。

"怎么样？"喻冬压低声音问。

宋丰丰完完整整地转述龙哥的话："他们敢动我的人？你们藏

好了,等着。"

喻冬暂时松了一口气。

夜风吹动地面的垃圾,空的易拉罐在路上滚动,声音很像铁棍拖动。他吓了一跳,眼神惶恐,隔着灌木丛警惕地看着外面。街心公园是有保安巡逻的,但是他们工作非常懈怠,平时根本见不到人。他和宋丰丰不知道保安现在在哪里,不敢随便行动。

宋丰丰攥紧了他的手:"转移位置!"

两人从树洞里猫腰走出来,借着灌木丛的掩盖,往另一个方向移动。远处的道路上,传来了纷杂的脚步声与人声。

喻冬被宋丰丰紧紧牵着手,心里安定许多,忍不住问他:"我们的车不会被偷吧?"

"车子被偷了我赔给你。"宋丰丰信口允诺。

两人小心翼翼地转移到一个开放的游乐区,钻进大象滑梯下面的空洞里。这个位置可以藏人,一旦被发现也可以往后继续逃。两人心中一片茫然,等待着龙哥的到来。

片刻后,又或者过了很久,宋丰丰的手机振动起来,是龙哥打来的电话。

"你们没被找到吧?"龙哥的声音里带着一点怒气,"你们先别出来了,有的场面少儿不宜。"

"龙哥龙哥,你别生气。"宋丰丰连忙说,"讲道理,讲道理。"

龙哥嗤地一笑:"我认识他们大佬,一个小孩子。我不会跟小孩子发火,但是大家做人做事不能过火,对不对?"

他不知道在做什么,宋丰丰和喻冬只听到手机里传来一声痛呼。

"不出格的,龙哥做事你们放心。"说完这句话,龙哥把电话挂断了。

街心公园里静悄悄的,此时他们才听到单调的脚步声响起,是值夜巡逻的保安来了。

两人心中惴惴不安,脑子里有一堆乱七八糟的想法。

龙哥之所以被三中开除,是他有暴力行为,之后他甚至被送到少管所待了一段日子。宋丰丰很紧张,不知道他们跟他求救是对是错,这时候脑子才开始稍稍活络,意识到他们其实还有其他可以解决这些事情的办法。

他心想:他们都太幼稚了。

"龙哥不会做错事的。"喻冬小声说,"他……他有在乎的人。"

他们两个人都不知道龙哥的背景,也不熟悉龙哥的家庭,但龙哥确实有在乎的人,这个事实足够有说服力。他是龙哥的缓冲气垫,也是让他们察觉龙哥平常如所有人的一个标志。

值夜的保安渐渐走远,喻冬和宋丰丰从大象肚子里钻出来。周围非常静,无论是龙哥带来的人还是追他们的人,都不知道去了哪里。

两人沉默地从公园的小路上往外走,宋丰丰跟在喻冬身后。两人没走多远,喻冬突然摸了摸胸口,发现别在左胸口袋上的校徽不见了。

离开鬼屋门口的时候他还摸到了校徽,它应该掉在了大象滑梯附近。喻冬和宋丰丰只好折回去找。这一片尤为昏暗,宋丰丰摸出钥匙串,拧亮了小电筒。

他很快在大象肚子里找到了喻冬的校徽。喻冬的照片看起来有些傻气,黑眼睛盯着镜头,咧嘴笑。他记得喻冬拍这张照片的时候,自己和张敬在摄影师后面冲喻冬各做了一个夸张的鬼脸。

"拿好。"宋丰丰把校徽递给喻冬。

小电筒的灯光在宋丰丰脸上一掠而过。喻冬突然愣了,连忙从他手里抓起小电筒,直直照着他的脸:"你的脸怎么了?"

"没事,"宋丰丰躲开他的手,"就蹭破了一点儿皮。"

宋丰丰脸颊上有一处擦伤,隐隐渗出血。

"什么时候弄的?"

"就跑的时候,巷子里。"宋丰丰盖住了喻冬手里小电筒的光,"不要照我了,刺眼。"

喻冬把小电筒关了,借着大象肚子外面的一点微弱灯光,仔细地看宋丰丰脸上的伤。

他伸手碰了碰宋丰丰的脸，指尖湿润，这是血啊。喻冬心想：这不能算没事了。

"你家里有消炎药之类的吗？"喻冬问，"要不我们回去再买一点？"

"没关系，没关系。"虽然伤口疼，但也没到忍受不了的地步，宋丰丰咧嘴笑，"我们快去捡车吧，不知道还在不在。"

"你疼不疼啊？"喻冬还是盯着他的脸，小声问，"天气热，你注意点，别被汗弄得发炎了。"

宋丰丰从他手里接过小手电筒，揣进了兜里："哎，真的没事，一点都不疼。我踢足球的，这点伤……"

喻冬忽然伸出手，在他的脑袋上摸了一把，是跟平时撸狗一模一样的动作。

宋丰丰："我不是宝仔。"

喻冬忽然笑了："我知道。我帮你吹吹，吹吹就不疼了。"

灯光太昏暗，宋丰丰只能看到一个模糊的轮廓。喻冬吹了吹宋丰丰的伤口，宋丰丰像被什么东西蜇了一样猛地站起来，他忘了这是滑梯的内部，后脑勺砰地一撞，声音堪称惊天动地。

喻冬："……"

宋丰丰捂着脑袋蹲下来，不知说什么好。喻冬笑着又摸了摸他的脑袋。

"好疼。"宋丰丰的眼泪因疼痛而溢出来，他飞快擦掉，"你别乱来，我不禁吓。"

喻冬："对不起。"

喻冬按住宋丰丰的脑袋，往他后脑勺吹气，他又疼又想笑。两人就这样蹲在滑梯肚子里，你看我我看你。

"走了。"喻冬低头钻出大象肚子，快步跨过了低矮的灌木丛。

两人又把校徽忘了，宋丰丰回头捡起，朝喻冬跑过去，把校徽放在他手中。

几片落叶在地上跳着滚着，翻过他们的鞋子。公园里的灯不够明亮,是用的节能灯。

喻冬看着校徽,想起拍照片时的事情,嗤笑道:"我这照片看上去好傻。"

宋丰丰凑过来:"不错啊,还可以。"他想拿起校徽再看看,但喻冬很快收好了。

"回去吧。"喻冬说。

从斑马线上过马路的时候,喻冬往左右看看,没人没车,便向宋丰丰伸出手。

宋丰丰:"怎么了?"

"你的脑袋不是被撞了吗?"喻冬说,"我扶你过马路。"

自行车没被偷,两个同样穿着校服的三中学生正在路边等待,他们看到喻冬和宋丰丰回来都松了一口气。

两人当时离得远,只看到喻冬和宋丰丰跑了,却不知道发生什么事。他们把自行车拖到路边放着,等了挺久。他们正激烈争辩是否返校通知学校时,自行车的主人回来了。

他们对这两个热心的同学连连道谢,目送人离开才各自跨上自行车,慢慢往兴安街骑去。

已经很晚了,两人不再绕道海边,直接穿过城市的街巷回家。

宋丰丰一路莫名其妙地笑。他一笑,惹得喻冬更加不好意思了,要十分努力才能按压下踢他一脚的冲动。

行到半途,天空下起了蒙蒙小雨。初秋虽然仍旧酷热,但偶尔也会有这样不大不小的雨落下来,打湿还带着暑气的地面。

"凉快!"宋丰丰深深叹了一口气。

喻冬想的是别的事情:"你把伤口遮一遮,雨水不干净,发炎的话就糟糕了。"

"你比我爸还啰唆。"宋丰丰说。

喻冬:"我上次帮你收拾过客厅,你知道医疗盒放哪里吗?"

宋丰丰:"不知道。"

喻冬无语了。

两人抵达兴安街后,喻冬没有立刻回家,而是钻进了宋丰丰家里。宋英雄这两天回老家探望宋丰丰的奶奶,家里冷冷清清的,没有人气。

喻冬按了按电灯开关,白炽灯没亮。

"宋丰丰,你又忘记交电费了。"

宋丰丰"哦"了一声,蹲在电视柜前翻抽屉:"医疗盒呢?你放哪里了?我很欢迎你帮我收拾房间,但是东西别乱放,可以吗?"

喻冬走过去,让宋丰丰闪开,他打着小电筒,在柜子深处找到了装着各种药物的盒子。

喻冬给宋丰丰上药的时候,宋丰丰跟龙哥通了一个电话。

龙哥本不想多说,但无奈宋丰丰锲而不舍,问了又问,他只好说了。

他们没怎么动手,就是揍了那个带头追赶的青年几拳头。打是打过了,但事情还没结束,龙哥联系了别的地头的大佬,谈笑风生之后,隐晦地提醒大佬管好自己手底下的人,不要乱闯别人的地盘闹事。

"我龙哥出马,没什么搞不定的啦。"龙哥笑着说,"你和靓仔没事吧?"

"没事。"宋丰丰大大咧咧地应了,"龙哥,你呢?"

"我怎么可能有事。"龙哥安慰他,"错的不是我,是跑错地盘的死仔。你也不用多想,我龙哥是做正当生意的,是模范纳税人,我有奖状的!我售卖的物品价格公道,从来不短斤少两,也不欺骗顾客,谁都抓不了我。"

宋丰丰和喻冬心想:那打《魔兽》赌钱呢?

龙哥显然忘了这一茬。

挂了电话之后,宋丰丰冲喻冬挑挑眉:"你放心了吧?"

"我没有不放心。"喻冬用医用胶带帮宋丰丰贴好伤口,宋丰丰痛得抽了抽嘴角。

黑暗让喻冬很紧张,即便有龙哥的承诺,他也仍觉得不够。踢足球还能惹上这种事情,实在闻所未闻,他很担心宋丰丰。他将医疗盒放好,叮嘱宋丰丰明天起床自己再换一遍药。

宋丰丰坐在沙发上看他,"嗯嗯"地应了。

"我走了。"喻冬说,"你快睡觉吧,不要发短信了。"

宋丰丰又"嗯"了一声。

喻冬打开宋丰丰家的大门,细细的雨丝立刻飘了进来:"我走了啊。"

宋丰丰冲他伸出手:"你不扶我上楼吗?我的脑袋撞了。"

喻冬举起拳头:"现在我让你再撞一次。"

两个人一齐大笑起来。宋丰丰瘫在沙发上:"天哪!今晚太刺激了!"

期中考之后,大家稍稍放松一段时间,又要进入极其忙碌的期末考试。老师们都在赶着上课,以争取留出更多时间进行高三至少三轮的复习。

地理老师在黑板上画季风分布图,底下有人问前面的内容怎么不上了。

"不考,不上了。"他言简意赅,"有时间就自己看看。"

十一月渐渐见底,整个三中都洋溢着一种特殊的欢乐氛围,最兴奋的是高三的师兄师姐。

三中即将迎来建校一百周年的庆典,而由于这个日子与元旦太近,经过大家的争取,三中获得了举办周年庆典暨元旦跨年晚会的许可。

这是一个通宵晚会,全校所有师生都可以参加。

高三学生全部疯狂了。这是他们高中的最后一年,高考的压力还悬在头顶上,但狂欢他们绝对不能错过。

课间的时候,喻冬常站在走廊上透气,和同学闲聊。对面的高三教学楼里常常爆发出笑声,这被冷酷的高二师弟们称为"死前狂欢"。

通宵晚会的准备工作有序进行,双节棍协会被许可参与到晚会中。他们和龙哥上次合作愉快,这次龙哥大手一挥,又赞助了一万块钱。

现在郑随波当上了木工协会的会长,每天都在捣鼓他那套在晚会上展示的机关,连吴瞳也不敢随意打扰。

有一次张敬来找喻冬玩,看到吴瞳站在郑随波旁边的窗口看他画图。张敬凑过去听,发现自己一句都听不懂。吴瞳说他这儿不对那儿不对。他脸色阴沉,吴瞳说一句,他就顶一句"你行你来画",但他的精神头越发充足,运笔如飞。

张敬转头对喻冬说:"吴瞳也懂画画啊?"

喻冬:"是吧,他给郑随波提意见的时候头头是道。"

张敬摸了摸下巴:"你和宋丰丰,还有吴瞳、郑随波,真让人羡慕。我也想有这么好的朋友。"

喻冬:"关初阳呢?"

张敬:"那不行,我不跟她做朋友。"说完,他咧嘴一笑。

因为张敬忙于补习,所以这一年的圣诞节教堂活动,宋丰丰和喻冬不打算叫上张敬。

张敬还浑然不知自己已被剔除出去,在圣诞的前两天反而屁颠屁颠地筹谋起来,先是去十二班找宋丰丰,又拉着宋丰丰去一班找喻冬。他用自己攒的钱外加父母的赞助费,终于买了一台单反相机,又贵又重,打算圣诞节带去拍照。

宋丰丰和喻冬互相使眼色,当张敬说到提前买烟花,免得海滩那边的小贩坐地起价的时候,终于打断了他的话。

"圣诞节你不去补习吗?"他问张敬,"关初阳家里的补习学校关门了?"

"收起你的乌鸦嘴。"张敬冲他挥挥拳头,"平安夜是周日,周日晚上不补习。"

他是不补习,但是全校都要上晚自习。按照之前的习惯,他们会在十点结束晚自习之后,一起骑车到乌头山脚下的教堂那里,十一点左右启程回家。

喻冬决定给张敬来个早死早超生。

"我们是要去教堂的,不过没打算叫你。"

张敬已经开始规划如何通过赚取烟花差价挣一笔了,闻言一愣:"为什么?"

喻冬挠了挠头:"我们以为你会约关初阳一块儿……"

张敬郁闷了:"怎么可能啊!我肯定跟你们一起过的!"他看看喻冬,又看看宋丰丰,竟把这两个人神秘莫测的表情看成了愧疚。

"那好吧。"张敬挠挠头,"你们自己去玩吧。我……我回家。"

"你约别人去吧?"喻冬过意不去了,"学习委员、班长……还有你现在的同桌不是跟你很谈得来吗?"

张敬更委屈了:"人家早就约我了,我们班上十几个人一起出发。我拒绝了,就想跟你们俩行动。我们分班之后能一起玩的机会不多了,而且这么热闹呢。"

他确实没想过宋丰丰和喻冬一起行动,居然把他排除在外。

张敬心里有种被眼前这两个浑蛋抛弃了的感觉,他垂头丧气地上楼,宋丰丰和喻冬跟在后面跟他道歉。走了几步,楼梯上走下来一个扎着马尾的女孩。

"吵架了?"关初阳眼睛一眯,嘴角一翘,"稀奇哦。"

张敬靠在扶手上:"他们欺负我。"

宋丰丰:"对不起,对不起……张大哥,你跟我们一起去吧,我们三个人一起。"

关初阳:"去哪里?去上厕所?"

张敬被她的话噎得不行了:"不是,他们俩约着一起去教堂,就平安夜,居然把我排除了。初阳,你说这有道理吗?这应该吗?我什么都不知道,就这样被抛弃了。"

关初阳点点头:"不应该,太坏了。"

张敬转头正要继续谴责喻冬和宋丰丰,耳朵却听到关初阳接下来的一句话——"那你要跟我一起去吗?"

049

张敬："……"
喻冬和宋丰丰一边笑一边拉长了声音："哦。"

平安夜天气不好，张敬思量再三，不敢带他金贵的单反出场，还是把他那台旧的海鸥相机揣进书包里。

距离晚自习还有半小时，学生们已经坐不住了。坐班的老师也不阻拦，笑嘻嘻地问他们教堂到底有什么好玩的。早已经收拾好书包的学生在下课铃响起的瞬间，纷纷从座位上跳起来，冲出了教室。

喻冬和宋丰丰在车棚边上见到了张敬。

"一起走啊，"喻冬故意喊他，"这回我们不抛弃你了。"

张敬："快滚快滚。"

宋丰丰骑着车驶过去："张敬，我们是最好的朋友，今晚我一定不扔下你，从头到尾陪着你。"

张敬："两位大佬，我求求你们了！走吧走吧！抛弃我吧！"

喻冬和宋丰丰一路笑着到了教堂。

他们来得晚，教堂里外都挤满了人。两人随着人流来到神父面前。神父对眼前一黑一白两个学生印象深刻，一只手拿着笔记本和笔，一只手拿着饼干和糖果，犹豫着不知道给什么好。宋丰丰伸出左右二只手，将笔记本和糖果都抓在手里，随即握着神父的手吧唧亲了一口。

"吻手礼，今天英语课上学的。"他把糖果和饼干塞给喻冬。喻冬拆了小包装，发现里面还有一棵手指大小的圣诞树。他观察片刻，发现这是一根小蜡烛。

教堂前面的广场上，三五成群的学生和年轻人纷纷把圣诞树小蜡烛粘在地面，一边聊天一边吃起零食。喻冬不舍得，他把小蜡烛放进了书包里。

张敬和关初阳抵达教堂之后，喻冬向他要来了相机，说要给他拍照。

张敬紧张坏了，结结巴巴问关初阳拍不拍。关初阳毫不扭捏，站在他身边，笑眯眯地合了影。拿着相机的喻冬拍完之后，扭头对宋丰丰无声地说："没有夫妻相。"

相机也引起了宋丰丰的注意，他拿过来摆弄。张敬教了他一些基础的设置，让他试一试。

宋丰丰按了一下快门，又沉吟片刻："相机质量不行，调不清晰。"

"你虚焦了！"张敬夺回相机，"浪费我一张胶片！没胶卷了，你知道吗？"

关初阳凑过来："你之前就用这个偷拍的我？"

"对。"张敬很快反应过来，"我没有偷拍，绝对没有，就随手一拍。"

现在关初阳都还没机会看到自己那张照片，好奇极了。

"我能拍几张吗？"她冲张敬伸出手，"你教我吧。"

张敬激动得手都抖了，喻冬和宋丰丰简直要为他的相机捏一把汗：脚下就是坚硬的水泥地面。

"随便拍，多少张都行。"张敬拍拍书包，"我其实还多带了两卷胶卷。"

宋丰丰："哎，你这人。"

他们还在海滩上见到了龙哥。龙哥卖的炭烤鱿鱼生意红火，几个人免费吃了两串之后，觉得不好意思，各自放下五块钱便遁走了。

教堂周围的人太多了，宋丰丰和喻冬需要扯着嗓子说话，对方才能听见。喧闹的海滩上人头攒动，灯火把天映得半亮。渔船的汽笛声忽远忽近，仿佛海兽的呢喃。宋丰丰一整晚都在笑，跟喻冬一起排队、一起吃零食、一起看烟花，这样的时光再长一点、再多一点，他也是喜欢的。

在送关初阳回家的路上，张敬终于软磨硬泡地得到了关初阳的QQ号。他回到家后立刻打开电脑登录QQ，给关初阳发出了好友请求。

关初阳很快通过了好友请求，张敬给她发了一个笑脸的表情包。

关初阳：晚安。

张敬：晚安晚安！

他没有气馁,点开关初阳的QQ空间,打算给她浇花,顺便看看照片。

但关初阳居然没有开通空间!张敬惊愕得半天都回不过神,就看着关初阳灰暗下去的头像发呆。

最后他只好去给喻冬、宋丰丰、班长、学习委员的空间浇花。当他浇花浇到学习委员的空间的时候,看到学习委员的空间名是"爱到痛了"。

底下的空间签名里有解释:成绩比不上,心很痛。

这一夜里,张敬与学习委员同病相怜。

在二〇〇七年最后的这几天里,三中的大部分学生都陷入了一种无心向学的狂喜状态。

结束了平安夜活动,接下来就是元旦的通宵晚会了。

孙舞阳的木工协会和音乐协会在通宵晚会上有一个合作节目,他上完物理课之后,敲敲讲桌,提醒大家注意明晚的通宵晚会:"今年期末考试是三中自己出题,我也是出题组的老师。我会在考卷里设置一个跟节目里的木制机关有关的题目,不少于十分,你们大家看着办啊。"

木工协会只有五个人,是三中所有学生协会里人数最少的一个。音乐协会则是三中所有协会里最活跃、最能拉赞助也最有名气的。学生们面面相觑,又好奇又觉得很好笑:"老师,剧透一下呗?"

"剧透就是,我也要上场。"孙舞阳补充说,"我有两个节目哦,一个是木工协会的,一个是音乐协会的。到时候你们记得给老师加油鼓掌,有相机的拍点靓照,靓照可加期末卷面分。"

大家尖叫鼓掌。

宋丰丰很好奇,下了课就跑到一班去找郑随波打探消息。郑随波口风很紧,什么都不肯讲,只是神神秘秘地笑,问他们知不知道什么叫榫。

宋丰丰看着郑随波写出来的这个字:"别说知不知道了,我连它怎么读都不懂。"

在围着郑随波的人之中,只有吴瞳晓得他在做什么。吴瞳伸手抓一把他的头发,惹得他回头踢吴瞳一顿。

元旦的各类活动从十二月三十一日下午三点之后开始准备。下午各个协会在校园内划分区域展示协会文化,还有学生经营的小摊点和跳蚤街。

木工协会的五个人推着两辆板车从校道上经过,板车上放的都是上臂那么长的木块,被削成了特殊的形状,两头还各有一个打穿了的小洞。

宋丰丰和喻冬正在学习委员的臭豆腐摊位上不要脸地狂吃,见到板车后立刻来了兴致,甩下二十块钱就冲着郑随波去了。

木工协会的人直到此时还在拼命保持神秘感,把板车上的东西全部搬到了正在搭建的舞台后侧。主持人吴瞳在台上跟搭档对词,结束练习之后立刻钻到后面,看郑随波干活。

所有的木块都放在了地面上,郑随波和木工协会的人正将木块一块块连接起来。用于连接木块的工具也是木块,但形状不一样,刚好能嵌入不同木块头尾两端的小洞口。

喻冬摸着下巴:"这也不是榫卯啊,不过有点儿类似。"

宋丰丰:"怎么搞?我怎么看不懂?"

喻冬:"孙老师卷子上的这道题目肯定跟力学和动能有关,你注意复习吧。"

宋丰丰:"?"

两人看着木工协会的人把木板搞来搞去,一会儿用这种形状的木条连接,一会儿又用那种形状的木条连接,渐渐觉得无聊,又跑去学习委员的臭豆腐摊位上剥削他。

"我的心很痛!"学习委员对路过的张敬说,"同窗数年,他们就这样对我!"

"我同情您,我帮您谴责他们。"张敬快速拿过一碗臭豆腐,拔腿就跑。

学习委员:"……"

喻冬和宋丰丰无奈地把张敬那一碗臭豆腐的钱也帮忙出了。

玩了一个下午,晚上八点钟,通宵晚会准时开始。校友赞助的烟花一箱箱地燃烧,火花蹿上高空,纷纷炸开。

张敬声嘶力竭地对关初阳说:"烧钱啊!"

关初阳什么都听不到,对他礼貌地点点头,笑了笑。

年迈的校友被搀扶上台,磕磕巴巴地讲话,唱起了历史久远的校歌:"青葱骊歌,战火岁月,吾辈心怀壮烈志,血肉身铸崴嵬魂。"

坐在轮椅上的校友年纪太大了,他的声音含糊不清,但舞台下的近万名学生鸦雀无声。

他提到了一些名字,一些不会在历史书上出现的历史,还有只存在于校史里的惊心动魄。校歌的词曲都出自名人之手,历经百年,一字未改,一调未换,在这茫茫星夜里唱起,似乎还能和涛声遥相呼应。

之后便是校乐团的表演,他们唱了四首歌。场上的都是熟悉的老师,只是换了衣服和装扮,一个个看起来和平时截然不同了。

在乐团的掩护下,木工协会的人开始把已经串联好的木块全部摆上舞台。

郑随波没有动,他的手腕很疼。刚刚他推板车的时候将手腕扭伤了,紧急去校医室做了处理,但是现在几乎使不上力。

吴疃在后台找到他,发现他愁眉不展,上前问他是否需要帮忙。

"会长的手动不了了,"协会里的人跟他解释,"一会儿没办法操作浪涛的把手。"

"我可以。"郑随波连忙说。

那人比他高半个头,闻言按了按他的脑袋:"你别逞强,我找别人来帮忙,反正就是转动把手而已,没关系的。"

"别的人怎么知道我们的节奏?"郑随波晃晃脑袋,甩开他的手,"我们练了多久?和音乐协会他们配合了多久?不能搞砸。"

吴疃按着他的肩膀,让他看着自己:"下两个节目都不需要我报幕，我可以代替你操作浪涛。"

郑随波快烦死了："谁都可以操作浪涛，很简单！可是你也一样，你不知道音乐的节奏，你……"

"我知道。"吴曈看着郑随波的眼睛，"郑随波，我看过你的演示动画。"

舞台与场地的光线映亮吴曈的眼睛，此时此刻他看起来很稳妥，很可靠。郑随波这才想起来，自己当时使用 Flash 软件简单制作的演示动画，就是借用他的电脑做的。

"只看一次是不行的，吴曈。"郑随波的语气软了，透出隐隐的不安，"一次记不住。"

"我看了很多次。"吴曈一字一字地说，"你之前生我的气，不肯理我，我就老看你那个演示动画。你不是还在里面加了音轨吗？我就听着你的声音看书做作业，有激励作用。"

郑随波目瞪口呆："吴曈，你……"

"对，我有病。"吴曈笑了一下，"好啦，就让我代替你吧。那东西太重了，你的手腕很珍贵，要用来画画的，不能弄伤。"

他指了指自己的脑袋。

"你讲解的声音，整个节目的流程，还有'浪涛'的表演节奏，都在我脑子里。"

乐团的表演结束了，守候在一旁的音乐协会人员开始往舞台上搬运乐器。三台钢琴呈品字形摆在舞台中央，木块就在他们身后。

郑随波答应了吴曈的请求。

"就是这个节目了。"宋丰丰和张敬拎着两袋吃的，偷偷溜到一班的位置找喻冬。

张敬听宋丰丰讲了半天，对这个节目充满了好奇："它叫什么？"

"不知道。"喻冬看着走上场的人，"反正钢琴是四手联弹。"

每台钢琴前都坐下了一男一女两个学生。

在安静的场地里，第一个音符流泻了出来。

三个人认真且严肃地听了一会儿，无奈他们的古典音乐造诣不高,除了知道很好听、很整齐、很厉害之外,并不晓得是什么歌儿。

"木工协会呢?"张敬问。

他话音刚落,观众里开始冒出低低的惊讶声。

舞台上的灯光全部暗下来,只打在三台钢琴上。而此时在舞台背后,有柔和的水蓝色灯光倾泻,所有观众顿时看到了从低矮地面不断上升的黑色波浪。

那不是波浪,是一块块被精心削成了特定形状的木块,它们被不规则的木条连接在一起,因为力的作用缓慢地起伏。

它们越来越高了。

灯光渐渐加强,光源越发倾斜。波浪的阴影漫出了舞台,投到了观众身上,而这些阴影仍在不断起伏、翻滚、流荡。

"孙老师!"宋丰丰终于看到了孙舞阳,"还有吴曈!"

灯光掠过舞台后侧,木工协会的四个成员和他们的指导老师以及主持人外援站在缓慢升起的木块之下,正操作着相连木块的把手。每奋力扭动一次把手,上头的无数木块便以无法看清的移动规则缓慢起伏。

音乐又变了。弹琴的女孩子调整了麦克风,带着笑意唱起歌儿来。

"原来如此。"宋丰丰也笑了,"这么好玩。"

浪涛的阴影被灯光染出了各种变幻的蓝色,就像真正的水流。被称为"浪涛"的机关活动着,浪涛也随之活动着,淌过所有人心里。

"海风吹,海浪涌,伴我漂流四方。"

三重唱结束了,唱歌的三个女孩抓着麦克风走到舞台前,男孩则全部站起来,弹奏出急切欢快的曲调。挎着吉他与贝斯的乐队也跳上了舞台。架子鼓搬上来,拿着三角铁的老师坐在四脚的椅子上,轻轻敲响乐器。

乐声随之一变,浪涛越发汹涌。

整个会场此时此刻终于沸腾起来。

"孙老师厉害了,好多人看完通宵晚会之后,说想要加入木工协会，可他不收。"张敬的脚在地面点了点，踏出节奏，"他只收物理成绩排名全年级前五十的人，而且要有动手能力。"

他和喻冬、宋丰丰正站在校门口的小吃摊面前，等待着老板炸热狗。

一月的天气越发冷得可怕。刚刚结束期末考的三个人甩动着僵硬的手腕，一拍即合，决定晚餐在外面解决，一路把周围的小吃店吃过去。

"武术协会的节目不是更好玩吗？"宋丰丰兴致勃勃，"那叫什么？佛拳？这名字太奇怪了，难道是因为武术协会的指导老师长得太胖，像弥勒佛吗？"

"马老师强调过很多遍，他不是胖，是水肿。"喻冬更正。

他和宋丰丰笑个不停，张敬发现这两个人的笑点越来越趋同，自己已经参与不进去了。

"说到佛，你们初一去拜佛吗？"张敬竭力想要把他们俩的话题拉回自己可以参与的程度，"我还从没跟朋友去过乌头山拜佛烧香。"

说话间，吴瞳和郑随波打打闹闹地出来了，闻到香气也迅速围过来，五个人把老板和他的小油锅围得严严实实。

"我过年要回家。"喻冬先拿到了热狗，吹了几口之后快速咬下一块，"这是我跟我爸的交换条件，而且我得待足七天。我爸的意思是，会有很多人来我家给他拜年，喻家不能因为我丢了面子。"喻冬说完，嗤之以鼻。

吴瞳和郑随波对喻冬的复杂家庭没有一点儿概念，齐齐看着他："哇，豪门电视剧。"

张敬看向宋丰丰："你呢？"

宋丰丰："我回老家看奶奶。"

张敬沮丧极了："又丢下我一个人。"

"你这么想去烧香拜佛？"旁边插进来一个声音，"你可以跟我一起去。"

关初阳从五个男孩身后钻出来,伸长手臂递给老板五毛钱:"一块炸红薯,多谢。"

张敬:"啊?"

关初阳拿到了炸红薯,快速咬了一口,跨上自行车:"不好啊?那算了。过年快乐。"

"好……好的啊!"张敬冲着她的背影大叫,"我去啊!我去!"

关初阳回头冲他笑了一下,扬扬手里的炸红薯。

张敬整个人都软了,靠在喻冬身上,捂着左胸:"哎呀,我的心哪,我的心……"

喻冬很理解他:"现在什么感觉?"

"我知道什么叫小鹿乱撞。"张敬突然文绉绉起来,"我的心真的就这样跳着。"

吴瞳拿到了自己的虾饼,一口咬掉一个带壳的脆虾。

老板:"我这里也卖鸡的,鸡翅膀两块钱一个,要不要?"

喻冬帮忙收拾好屋子之后,告别周兰和宋丰丰,坐火车回家了。

喻唯英来接站,脸上尽挂着不耐烦,一路上没跟喻冬说一句话。进家门前,喻冬在花园里转了好几圈,做足心理建设才敢打开门。

家里只有做饭打扫的阿姨。喻唯英送他回来之后一溜烟走了,喻唯英的妈妈不在,喻乔山也不在。他回到了自己房间,一切干净整洁。他躺在床上,给宋丰丰发短信:我到了。

回家这一路已经把他的精力消耗殆尽,他还得振作精神,应对接下来的七天假期。他换了衣服,钻进被窝里,很快睡着了。

他梦到了通宵晚会,梦到树上悬挂的彩灯,一盏盏都亮着。

通宵晚会的节目其实只进行到凌晨一点,接下来校内各个不同区域都开始了新的活动,足球场和篮球场上彻夜亮灯,学生在场上又跳又跑。彩灯上挂着灯谜,猜中了就有礼物,有些题刁钻又有难度,喻冬看到语文老师站在一盏宫灯下,足足想了十分钟。

宋丰丰很精神,但喻冬有些困了。张敬在人群里钻来钻去,想要跳上舞台唱歌。一首歌五块钱，钱会被音乐协会的人收起来当作活动经费，他觉得贵，又清清嗓子跑了下来。

横跨二〇〇七年和二〇〇八年的冬天特别特别冷，教室里门窗紧闭，比外面暖和很多。宋丰丰和喻冬一块儿回到文科班的教室，熟悉得如同回自己班上一样。

有人坐在教室后面，抱着吉他弹奏。课桌被拼凑起来，待在教室里的学生不是坐在椅子上就是直接坐在桌子上，玩桌游或者打牌。

喻冬和宋丰丰打了一会儿牌，他不太擅长，老是输，脸上被贴满了白字条。打到三点多的时候，他实在困了，趴在桌上睡觉。弹吉他的男孩、女孩把课本和资料全部放在地上，堆了厚厚一沓，三四个人就坐在书上，羽绒服和棉衣的帽子紧紧兜着脑袋，靠在墙角睡着了。

喻冬睡了一会儿，迷迷糊糊地醒来，发现自己身上披着一件外套，抓下来一看，是宋丰丰的衣服。

打牌的人兴奋起来了，连声音都忘了压低。班主任把家里的两个取暖器拿过来，一个放在教室后面，一个放在教室前面。取暖器暖烘烘的，部分人已经脱了外套。等喻冬六点多再一次醒来，发现自己身上又多了两件衣服，却不知道是谁的。

他们没刷牙、没洗脸，离开教室的时候，发现学校里居然还有人在活动。脑子活络的学生跟食堂合作，四点多就架起了早点摊子，生意非常红火。宋丰丰和喻冬买了豆浆、油条和大肉包，一边吃一边离开学校，回了家。

宋丰丰一晚上没睡，仍旧精力充沛。喻冬连连打呵欠，只想回家立刻躺着。

外头冷飕飕的，北风带着潮湿的水汽，透过衣物的缝隙往人身体里钻。他忘了戴手套，宋丰丰把自己的手套分他一只，两人一只手骑车，缩头缩脑地往家里赶。

海上灰蒙蒙的一片，他听到宋丰丰在身边说话："听说今年冬天特别冷。"

喻冬被说话声音惊醒的时候，发现喻乔山站在床边，正在打电话。

他的生意看来很繁忙，挂了电话之后眉头仍旧紧锁，没有松开。喻冬看他一眼，又闭上了，转身背对着他。

"起来吃饭了！"喻乔山说，"你这么懒，成什么样子！"

一直等到喻乔山骂骂咧咧地离开，喻冬才慢吞吞起来。宋丰丰和张敬都给他发来了短信，问他家里的情况。

喻冬心想：也就是那样，没什么可说的。

他们沉默地吃了一顿饭，又吃了第三、第四顿饭。家里的活儿完全不用喻冬动手，喻乔山请了工人回来打扫，连门窗上的对联和福字都是阿姨贴的。喻冬没有跟喻唯英的母亲讲过一句话，他在家里的时候，那个女人也很少会在他面前出现。

四个人坐在饭桌上，喻唯英总是跟母亲说话，喻冬默默听着，心里头有百般滋味，却没办法简单理清楚。

这一年冬天太冷了，从北到南，冰雪封住了大部分的道路，新闻里不断滚动播放救灾抢险的消息。

喻冬在元旦给周兰买了厚被褥、羽绒服和取暖器。

被褥在他回家之前就给周兰换上了，他还跟周兰说，羽绒服一定要常穿，不穿的话，里面的羽毛渐渐就臭了，很难闻，这种衣服要靠人气来养的。周兰信了。他想了一会儿，又撒了一个谎：冷的时候，取暖器必须每天都开，至少开十个小时，不然里面进了水汽就坏了，以后再也开不了。宋丰丰每天都去周兰家里转一转，给他认真地报告：今天周妈也开着取暖器，穿着羽绒服，她还说你买的东西质量不行，耗电。

"周妈怎么会信你啊？"宋丰丰在电话里说，"这么假。"

"说不定外婆知道我骗她呢，但她也信了。"喻冬戴着厚帽子、围着厚围巾，在山上小步地跑动。他把耳机挂在耳朵上，跟宋丰丰讲电话，"明天就大年三十了，你什么时候回老家？"

"今天下午我就回了。"宋丰丰打了一个喷嚏，"好冷啊，张敬这家伙，让我陪他来海边拍照。"

宋丰丰的爷爷是兴安街上土生土长的渔民，奶奶却是另一个城市山里的姑娘。她年纪大了，家里又正好留着两间老房子，干脆就回老家住着。宋英雄十几天前就回去了，听说山里下了一点雪，都在山尖上，山脚的村镇倒还好。雪线没有继续往南侵袭，压着北回归线，开始往后撤了。

宋丰丰："我还没见过雪呢。"

喻冬："我见过。小时候我去东北滑过雪。"

宋丰丰："以后我们一起去嘛！"

喻冬笑着应他："那就一起去吧。"

两人又说了一些古里古怪的话，没什么内容，也没什么营养。喻冬跑了一圈，浑身热起来，小声喘气。

喻乔山站在别墅的大门外面，正盯着慢慢走回来的喻冬。

喻冬跟宋丰丰道了再见，慢悠悠地收好耳机线。

"你一天到晚怎么那么多电话打？"喻乔山的神情里带着揣测和警惕，"跟什么人？女同学？"

"男同学。"喻冬从他身边钻进院子，几步跳上了台阶。

喻乔山似乎要出门，喻冬正要推开家门，门就从里面被人打开了。

新烫好头发的女人也吃了一惊，看了喻冬一眼，很快低下头，一声不吭地走出来。

喻唯英的母亲跟喻唯英很像，瘦削脸庞，五官清秀，看得出年轻时也是一个好看的姑娘。她对喻冬像永远带着害怕与愧疚，平时不说话，打照面也不抬头，喻冬相信自己和她都希望对方是透明的。

喻冬侧身让了让，女人快步走下台阶，穿过院子，进了喻乔山的座驾。

喻冬说不清楚自己是否怨恨她。时间真的稍稍冲淡了怨恨，他希望这个女人是从来不存在的。但那也不是恨，而是比直截了当的恨更复杂的东西，他还没办法弄懂。

很快，喻冬迎来了他预想的最艰难的一夜：大年三十晚。

喻乔山请的阿姨都回家了，年夜饭是直接从酒店里送来的。四个人仍旧沉默地吃饭,席间只有喻乔山和喻唯英喝了点酒,碰了碰杯。

沉默而尴尬的气氛一直延续到客厅。电视上播放的晚会热火朝天,然而除了喻冬,客厅里的三个人都没有看。喻乔山拿着几份外文报纸在看,喻唯英手里四台手机此起彼伏地振动,他面无表情地按压键盘逐个回复。喻冬猜测他这是在应付他那四位神秘的女友。他的母亲则在一旁跟老家的亲戚打电话拜年,说着喻冬根本听不懂的方言。

宋丰丰给喻冬发了好几条彩信,都是一张照片配着密密麻麻的字。冬季,山里没什么好玩的,大家就围在一起烤火。他很久没回去了,亲戚们也都是说方言,有的话宋丰丰已经听不懂。他跟喻冬说起小学过暑假,他跟着表哥表姐在安静的夜里出门捉蛇、捉青蛙、打兔子。毛竹一根根又高又俊,在夜风里婆婆摇摆,硕大的圆月挂在天上,照亮山间的小孩子。

喻冬一边看一边笑,引得喻乔山频频注目,眼神不满。

熬了几个小时,喻冬在强大的自得其乐能力之下,终于等到了晚上十二点和《难忘今宵》的歌声。

在喻乔山起身的瞬间,所有人显然都松了一口气。

喻冬还在低头回复准点收到的同学们的祝福短信,回复完再抬头,发现客厅里只剩下自己,电视上开始播出春节晚会的赞助名单。

宋丰丰打来了电话。喻冬跑到阳台上去接电话,这时尚未禁鞭炮烟火的城市热热闹闹的,一片欢腾,各式各样的烟花从城市各个角落升腾起来,鞭炮声接连不断。由于别墅区位于山上,严禁烟火,这儿便成了城市冷清寂静的一块。

"新年快乐!"宋丰丰在那一头的鞭炮声里大喊,"生日快乐!"

"新年快乐!"喻冬大声回答。

无奈喻冬那边声音太嘈杂了,宋丰丰根本听不清他的声音,干脆自顾自地一直讲下去:"山里信号不好,我准点给你打电话的,但是拨不出去,短信也发不出去。今晚也是我来点炮,十万响!你听到了吗?好吵啊,哈哈哈!我爸还跟人说起你,说你特别好!我上辈子不知道积了什么福,能碰到你和张敬,小学时张敬借我作业抄,中学时你借我作业抄!"

喻冬:"我当然特别好!"

"当然不是因为抄作业,他就是这么讲的,我更正了!"宋丰丰吞吞吐吐道,"是因为……因为……哈哈。"

他在遥远的地方傻笑起来。

喻冬觉得回家没意思,喻乔山也同样觉得小儿子回家反而让他心烦。

好在喻冬根本没心思宅在家里,喻乔山要出门探亲访友,两人碰面的机会不多。他不敢带着喻冬出门,他非常确信,只要喻冬不乐意,喻冬绝对敢丢自己面子。

喻冬倒是等着喻乔山提出带自己出门拜年。他有几年没见过喻乔山那边的亲戚了,姑姑和叔叔一直都很关心他,他决定让喻乔山过一个虽然不够快乐但一定很平静的年。

父子俩显然都不知道对方在想什么。

初三这天,喻冬醒来之后发现家里没有人。桌上留了一张字条,喻乔山带着另外两位同样不高兴看到喻冬的人去拜年了。

喻冬吃了早饭,在房间里玩了一会儿电脑,觉得呆坐太浪费时间,便抄起家里放着的滑板出门了。

别墅区的路非常平整,喻冬很久没在无坑洞的路面上踩滑板了,开心得绕了一个大弯才来到大马路上。大马路平坦铺展,他一路插着耳机听歌,慢悠悠地往前滑行。

大年初三,只有卖年货的摊点开了门,路上还是一片冷清。喻冬溜达半天,没找到可以去玩的地方。

喻冬草草地在快餐店里吃了一个套餐当午饭,正准备转去公园,电话突然响了。他踩着滑板停下,按了耳机上的控制键接听电话:"Hello?"

"心情这么好?"宋丰丰笑嘻嘻的声音从电话里传出来,"现在你方便来接我吗?"

喻冬一愣："什么？"

宋丰丰："我在火车站的站前广场。"

喻冬把滑板夹在腋下，大步往前跑。公交站在几百米之外，和他这儿有点距离。

"你过来了？"

"我刚到的。"宋丰丰的声音透过耳机钻进喻冬耳朵里，显得异常清晰，"我来找你。"

宋丰丰是初二下午回的兴安街，因为家门被撬开了。

异样情况是隔壁小卖部的人发现的，他认得那个在宋家门口晃荡的人不是宋英雄也不是宋丰丰，连忙出声喝止。那人转身就跑，留下刚被撬开的铁门和木门。邻居连忙报警和通知宋英雄，但宋英雄还在家里参与祭祖的准备工作，没办法脱身，于是让宋丰丰回来了。

宋丰丰回来之后，发现家里没有丢失任何东西，全靠邻居发现得及时。

兴安街上就有锁匠，他过来帮宋丰丰重新装好了防盗锁，宋丰丰便无事可干了。

喻冬不在家，张敬这些朋友又都要出门拜年，难得相聚。宋丰丰睡了一晚上，起床之后揣着钱包和手机奔向火车站，买了最早的一张票过来找喻冬。

喻冬找到宋丰丰时，他正在站前广场上津津有味地看几个老头子下棋。

这一年的春节也十分冷，他穿着羽绒服，头上戴着灰色的毛线帽，除了脚上的球鞋，整个人看上去都没什么亮色。但喻冬还是一眼就认出了他，跑过去揽着他的肩膀，先揍了一拳。

下棋的老头子把棋盘折叠起来，进站赶车去了。宋丰丰被喻冬拉到路边，脸上带着傻笑："你真的来了？"

"废话！"喻冬简直不知道要说他什么才好，"你这样跑过来，万一我不在呢？万一我没办法来接你找你呢？你怎么办？"

"我玩一个下午，晚上回家。"宋丰丰从钱包里抽出一张粉红色的车票,"我已经做好了万全准备,回程的票都买好了。"

喻冬又拉着他往车站里走:"这里有什么好玩的?你改签,我买票,明天我和你一起走。"

"你不是初八才回去吗?"

"我不留了,找一个借口提前回。"喻冬露出了仿佛牙疼的表情,"我留在那个家里,大家都很煎熬。"

他可以想象自己不在的时候,喻乔山、喻唯英和喻唯英的母亲应该是有说有笑,能聊得起来的。他才像闯入这个平和家庭中的外人,是这个家庭的异类。家里有他的房间,房间仍旧保持原样,仍旧整齐干净,却没有适合他立足的地方。

宋丰丰听他说完,一把按着他的脑袋,飞快地往自己这边揽。他迅速挣脱出来。

宋丰丰冲他抿嘴一笑。

傍晚,喻乔山拜完年回家,发现喻冬不在家里。他小小地发了一通脾气,随即发现,喻冬不在家的时候,家里的气氛似乎还正常一点。

喻唯英泡好了茶,装作不经意地问:"喻冬不用补课吗?都高二了。"

喻乔山看了他一眼:"才高二就补课?现在是寒假。"

"赵总的孩子今年也是高二啊,假期到初八为止,时间特别紧张。"喻唯英喝了一口茶,"高二离高三也不远了,喻冬没有作业?"

他妈妈在桌下踢了他一脚。

喻唯英闭嘴了,喻乔山解了领带,没吭声。他明白喻唯英话里的意思。这时喻冬推门进屋,一身寒气,腋下夹着滑板。

"你一天到晚不在家,回来就吃饭是吗?"喻乔山呵斥道。

喻冬莫名其妙地看着他:"你让我回来过年,不是让我帮你们看房子的吧?不能出去玩?"

喻乔山眉毛一抖,像准备骂人。

但喻冬很快想起自己还要从喻乔山那里得到提前回家的许可,连忙把语气放软:"外婆说想我了,我明天回去,可以吗?"

喻乔山盯着喻冬,半晌没吭声。他感觉到喻唯英母子的小小兴奋以及喻冬提出问题之后的小小期待。

"你回去吧。"喻乔山低声说,"明天我带你去买点补品给你外婆。"

"她从来不要补品,都丢了。"喻冬三两步跃上楼梯,"我去收拾东西。"

喻冬看上去很兴奋,喻唯英和他的母亲看上去大大松了一口气,喻乔山在轻松之余却又有点伤心。喻冬不孤僻了,变得活泼了,可再也不会亲近自己了。

晚饭之后,心情很好的喻冬和心情很好的喻唯英甚至还下了一盘棋。

他们两个人都为了同一件事情高兴,喻乔山的心情愈加不好了。

九点多,喻冬收到了短信。他上楼洗澡换衣服,抄起滑板下楼,看样子是要出门。喻乔山吓了一跳:"这么晚了,你出去做什么?"

喻冬很快回答:"初中同学聚会。"

喻乔山点点头:"让哥哥送你,玩完了再去接你回来。"

喻冬瞥了喻唯英一眼:"不用了,我可能回来得晚一点,同学送我就行。你记得以前我的同桌陈敏吧?他大哥买了一辆房车,今晚带我们上山玩呢。"

说到这地步,谎言变得十分真切可靠了。喻唯英在心里感激这个毫无印象的陈敏及其大哥让自己免于在寒冷冬夜里为一个臭小子奔波。喻乔山终于点头,允许喻冬出门。

宋丰丰正缩在酒店房间里看电视,外头下起了小雨,他决定给喻冬发信息,让喻冬不要过来。

下午,喻冬带他到电玩城里玩了很久,两个人把所有的项目玩了一遍,但喻冬不肯和他一起拍大头贴。他遗憾极了。

喻冬说晚上再来找他,他挺想和喻冬彻夜长谈,但不好意思说出口。喻冬还住在家里,家里毕竟还有喻乔山这样一尊黑面佛。

他在这里有家的。宋丰丰跟自己说,大过年的,他怎么可能在酒店里留宿。

宋英雄问他家里情况怎么样,他扯了一个谎,说一切正常,现在正在周兰家里看电视。宋英雄放了心,随他去了。他在床上滚了两圈,虽然才和喻冬分开两三个小时,但已经开始想念喻冬了。辗转片刻,他最终还是拿出手机。

宋丰丰一条信息才编辑了一半,门就被敲响了,喻冬的声音从外面传来:"是我。"

他手里拿着滑板,还抱着一个全家桶,头被细雨淋湿了,却还嘿嘿笑着:"我及时吧?"

两人一边吃东西,一边守着电影频道看电影。喻冬连续打了几个喷嚏,宋丰丰拿来毛巾,让他把自己脑袋擦干。他懒得动,最后还是宋丰丰帮他擦了。

"今天是我今年过年以来最高兴的一天。"喻冬在湿润的毛巾上擦干净手,将它丢到一边去,"太难熬了,我一分一秒都不想待在家里。"

电影播到一半,开始播放冗长的广告。

喻冬靠在床头上,枕着双臂:"不过我没想过我爸这么痛快就答应了,估计他也不愿意看到我吧。"

这话题让人不高兴。宋丰丰想让他开心起来:"张敬的亲戚送了他们很多手工做的鱼丸子,又结实又香,他留了一些,等我们回去了一起吃火锅。"

"海鲜火锅?"喻冬立刻问,"有鱿鱼吗?"

"你想吃,肯定有。"

两人说着说着,不知道想起了什么,低笑起来。喻冬和宋丰丰说起家中沉闷的气氛,宋丰丰却想,喻冬十八岁了,是大人了,可仍旧没法摆脱困住他的东西。

"要是我和你都是大人就好了。"宋丰丰似乎充满了遗憾,"我有能力的时候可以帮你。"

"做大人烦恼也很多的。"喻冬说。

宋丰丰知道他想到了家里的事情,于是跟他说别的话题,让他转移了注意力。两人聊了一会儿,觉得说那些话没意思,就靠在各自的枕头上看了一会儿电视,迷迷糊糊地睡了过去。

凌晨一点左右,宋丰丰把喻冬推醒,提醒他该回去了。

喻冬洗了一把脸,看着外头蒙蒙的冷雨,垂头丧气地出了门。宋丰丰又劝他别回了,反正是双人间,另一张床是空着的。但喻冬坚持要回家。

第二天他就离开这里了,至少今晚得给喻乔山留一点儿好的印象,自己撒的谎才不至于被戳穿。

喻冬回到家已经接近凌晨一点半。喻冬轻手轻脚地上楼,还没走到自己房间,三楼突然传来开门的声音。

"回来了?"喻乔山问。

喻冬愣了一会儿:"嗯。"

"被雨淋了?"

"一点点。"喻冬想了想,"你在等我吗?"

喻乔山没有立刻回答,沉默片刻后,他叮嘱喻冬先洗个澡再睡觉。

喻冬看到他回了房间,自己则在楼梯上呆站了两分钟。

太迟了。他想,已经来不及了,喻乔山这点儿温情没办法打动他了。

喻冬吃惊地交换了眼色，随即宋丰丰来了兴趣似的问："真的吗？"

张曼叽叽喳喳地说起自己从笔友那儿听来的信息。他们全部觉得有趣，原来世界上还有这样的地方，允许同样性别的人以被法律和宗教许可的方式一辈子生活在一起。

新鲜感注入了四人的心里。张敬咬着牙签，又叹气道："各种各样的事都可以存在啊，这个世界真是蛮有趣。"

进入高二下学期，所有课程突然间紧张起来，每个老师都会在上课之前强调数遍："本学期上课的进度会比上学期更快，是为了争取更多的复习时间。"

对于文科生来说，多复习一轮，就多一分把握。

喻冬上学期的考试成绩稳居文科班第一，丝毫不必担心。班主任倒是找郑随波谈了几次话，都是劝他不要参加美术高考，继续稳步学习，考非艺术类院校。

宋丰丰也不大理解郑随波的选择。

"美术不都是学习不好的人选的吗？"宋丰丰问郑随波，"你都考进文科前二十名了，为什么还要去学啊？"

郑随波把足球踢向宋丰丰，宋丰丰立刻接下。

"这是谁说的？偏见。"他揉揉自己细长的眼睛，"我就是想考美院，怎么了，不行？谁说成绩好就不能学这个了？"

宋丰丰坐在足球上想了片刻，发现自己这个想法确实毫无逻辑，连忙跟郑随波道歉。

郑随波也不太在意，坐在他身边抓抓耳朵。

"不过确实有很多人是这样想的。我花了很大力气才说服我父母，接下来还得应付我班主任。唉……"他仰躺在草地上，看着灰白色的天空，"做人真难。"

喻冬和张敬结束了体检，到足球场上找宋丰丰。郑随波一个项目都还没检，躺在草坪上打滚打呵欠。郑随波远远看到吴瞳跟在喻冬身后过来，立刻像见到猫的老鼠，飞一般逃走。吴瞳自然转了方向追过去。

三个结束体检的人各自交换体检单。张敬变化明显,上了高中之后,他不但没有放弃乒乓球这个爱好,而且被喻冬带着也喜欢上了打篮球。

"你行啊。"连宋丰丰也吃惊了,"现在你才七十多公斤,而且又长高了。"

张敬紧张地揉了揉肚子:"可是我的腹肌还没出来。我特别羡慕你的腹肌。"

喻冬:"黑丰有腹肌?"

宋丰丰:"你不是看过?"

张敬:"来来来,让我再看一次。"

宋丰丰突然迅速出手,撩起张敬的衣服,在他肚子上摸了一把。

"啊,你真的没有腹肌!"得手的宋丰丰靠在喻冬的肩膀上大笑,"你不胖了,但都是软肉。"

张敬面红耳赤,理好自己的衣服,正要说话,抬头却看到关初阳和朋友从面前走过,几个女孩的神情都很古怪。

"你们男孩子表达感情的方式好奇怪。"关初阳的朋友憋着笑说,在走上楼梯之后,她又低声讲了几句什么,随即几个女孩爆发出大笑。

张敬丢了脸,恼羞成怒,追着宋丰丰从一楼打到三楼。

转眼到了四月,宋丰丰带着球队,又跑到别的城市参加华南地区联赛了。

他当了一段时间队长,现在已经是一个有模有样的领袖人物,站在队伍前训话的时候也充满了气势。

喻冬和张敬都想去看他比赛,但四月没有任何假日,时间确实不允许。

熬过了一个酷寒冬季,这个热带城市在温暖的春季里迸发出无穷无尽的生命力。路上所有的植物都疯了一样往外冒芽,嫩红色的叶片缀在小叶榕和大叶榕树冠上,长长的气须下长出了嫩黄色的新芽。学校里种的龙眼、荔枝和芒果树满树开花,一团接一团。蜜蜂

072

和小虫子同样繁盛，嗡嗡嗡地飞来飞去。理科班的生物课老师和文科班的地理课老师，都要拿这些现象来讲课出题。

车棚边上那株白花羊蹄甲也一样开疯了，连教了几十年书的孙舞阳都说没见过白花羊蹄甲开得这么盛。满树白花都成了花团，沉沉地压在尚未长叶的树枝上，暖湿的春风一吹，白的花瓣和隔壁常绿乔木上的黄叶子一起哗哗往下掉。

它一边掉一边开，从三月开到四月，雾气蒙蒙的回南天结束了，白花羊蹄甲仍未停止这场竭尽全力的盛放。

四月底，张敬和关初阳作为学校代表，一起飞到北京参加数学竞赛。他既紧张又兴奋，出发之前还让喻冬陪自己逛街买衣服，收拾了一番。喻冬说他本末倒置，他对自己的成绩倒是信心满满，所有时间都花在担心外形上和关初阳不相称。

"娃娃脸很可爱。"喻冬疲倦地说。

张敬虽然常常对他们俩说张曼逛街不要命，但自己逛起来也一样犹犹豫豫，这也要看，那也要试。喻冬已经在张敬身上体验到了陪伴女友逛街的男孩子的心情。

结束了购物，两人绕道辉煌街回家。张敬放好了东西之后，拍着胸脯说请喻冬吃饭，硬是将他拉到了东北人饺子店里。这里的大肉馅饺子非常经济实惠，他也不客气，大手一挥，先点了三斤。

两人正吃着饺子，外头哗哗下起了大雨。喻冬和张敬都没带雨伞，进食速度迅速减慢，等待大雨停止。

街上的人渐渐少了，夜幕降临，路灯一盏盏亮起。

雨还下着，饺子店要翻台，客客气气把吃了两小时的两个人请出外头。他们俩只好走进附近的报刊亭，打算买一把伞。

报刊亭里放着几份晚报，老板找雨伞的时候，喻冬小心地翻阅起报纸。

头版头条上说，年末年初开展的扫黄打黑专项行动成果喜人，不仅对几个涉及黑社会的团体进行打击，而且严查了那段时间发生的一些治安案件，并且对相关的涉事人员采取了拘留或拘捕手段，有的还在继续调查。报道后面附了一份表格，里面清楚详尽地列明了打击的对象和打击事由。

喻冬没仔细看，草草扫了一眼，意外地在表格的倒数几栏上看到了"莫晓龙"的名字：某年某月某日，寻衅滋事，随意殴打他人。

好在情节不严重，他最终只是拘留了事。

喻冬吓了一跳：报道上说的那个时间，正是龙哥出手帮他们解决混混那天。

龙哥跟宋丰丰说一定没事，但显然不是。

张敬买好了伞，听他这么一说，顿时也急了："反正我们离网吧很近，去那儿看看？"他计算了日子，"拘留十五天，龙哥应该早就放出来了。"

两人撑着伞，在雨里往龙行网吧的方向走去。

网吧距离报刊亭确实不远，走了大约五分钟，喻冬突然在拐角处看到一辆牌照很熟悉的黑色豪车。

他一把拉住了张敬。

雨大，路面上几乎没有人。在豪车旁边，龙哥正和一个青年在争执，声音隐隐传来。

张敬眯起眼睛打量片刻，突然揪住了喻冬的衣袖："我没认错吧？他不就是校庆时，在校友荣誉墙上那个参与奥运场馆内部设计的设计师吗？"

喻冬："你没认错。"

在一百周年的校庆上，喻冬和宋丰丰意外地在长长的校友荣誉墙上看到了龙哥的朋友。青年名叫梁哲木，是一位年轻的建筑师，参与了北京奥运场馆的室内设计工作。他正好毕业于张敬想要考的学校和院系，被张敬奉为偶像，张敬还偷偷用手机拍了他的照片。

今天梁哲木穿的仍旧是整齐的西装，但是整个人被大雨淋得异常狼狈。

"我警告过你很多次了，莫晓龙，很多很多次！不要闹事，不要惹事，也不要多管闲事！"他的声音粗哑而疲惫，"为什么你总是不听？"

　　龙哥粗暴地打断了他的话："我也已经解释过很多很多遍，这不是多管闲事，是见义勇为。那些人在做坏事，有人跟我求救，难道我不管吗？"

　　"你英勇，但你看看自己现在成了什么样子？"梁哲木烦躁地抓着头发。

　　龙哥衣着单薄，完全被雨淋透了："说到底你还是不信我。你是天上云，我是地底泥，地底泥能做什么好事，对吗？我懂的，你不用说出口，我都懂的！"

　　"莫晓龙！"青年大吼，"你原来是这样看我的？"

　　两人争吵太激烈了，喻冬和张敬进退两难，都不敢上前去劝，也知道现在根本劝不了。

　　"算了。"龙哥哑声一笑，"就这样吧，没意思，就当我白认识你一场。"

　　梁哲木听到他这句话后突然暴怒，转身在车顶上狠狠一砸。

　　警报声尖锐地响起。

　　"我是怕你重蹈覆辙！"他声嘶力竭。

　　雨仍在下着，却没人再讲话了。梁哲木上车离去，龙哥被瓢泼大雨浇得浑身湿透了，仍站在原地不动。

　　喻冬和张敬把伞给龙哥，但龙哥没要。他冲进网吧，直接上了楼，随即重重关上门，留下一地的水痕。

　　此前张敬还觉得这两人关系铁得如同宋丰丰和喻冬，现在却觉得不妙，忙跟龙哥马仔打听详情。

　　"梁哥很不喜欢龙哥做道上的事情。"马仔甲说，"每次他们吵架都是因为这种事情。"

　　"他们关系很好的啊，就是道上的事情总要烦到龙哥。龙哥这种身份，也不可能不管对吧？"马仔乙说，"我跟了龙哥差不多三年，每年都看到他们一起过中秋和春节。"

　　雨水成串地淌下来，在下水道口传出咕嘟咕嘟的声音。

这件出乎意料的事情喻冬没跟宋丰丰提。两人通电话发短信的时候，说的尽是些学校或者赛场上发生的事情，开心的或者不开心的，什么都能聊上一两个小时。

宋丰丰对今年校队进入前三信心满满，三中高一年级来了几个非常厉害的球员，一开始甚至因为过分傲气，很让宋丰丰操心。好在经过一段时间的磨合，整支队伍进入了最佳状态。

"希望能比前一次的成绩再好一点。"宋丰丰信口说，"最差也要保持第三名吧，如果连第三名都拿不到，我回去没办法交代。"

"你的压力不要这么大好吗？"喻冬连着耳机线，一边整理历史笔记一边跟他通话，"比赛有时候不能全说是实力，还要看天时地利的。"

宋丰丰见他讲话慢吞吞的，一个字一个字地往外挤，立刻知道他在学习。

为了不打扰他，宋丰丰决定挂断电话。

"宋丰丰，你觉得我们俩跟龙哥他们像吗？"喻冬突然问。

宋丰丰一愣："我们和龙哥他们？"

龙哥和梁设计师之间的感情很深，那是经年累月，用各种经历层层堆积起来的，外人不一定理解，但看着就知道那不是一段普通的情谊，尤其在宋丰丰知晓龙哥以前的事情后。

他曾想过，如果是喻冬或者张敬遭遇了梁哲木曾经遭遇的事情，他会做什么。光是这样一想，他已经开始愤怒起来。

这是无从议论对错的事情，成年人与社会有自己的标准和量定的原则，但是，宋丰丰固执地认为他们也有属于这个年纪的标准。

朋友的标准可能包括：付出义气的界限，幼稚但凶狠的暴力，以及必然伴随的报复。

可能世界上真的有千万种更合理的方式去解决先施展暴力的人，可是在宋丰丰和当年的龙哥心里，十六七岁的他们什么都没有，最直接的方法，也是他们唯一可以使用的方法。

"如果有人欺负你,我会弄死他。"宋丰丰说。

喻冬:"我知道……不不不,你别这样。"

宋丰丰:"我说真的。"

喻冬:"我问的不是这个。"

他又没办法跟宋丰丰说得更明白。这是龙哥的私事,他不想在背后议论。

宋丰丰见他沉默,又叨叨起来:"那肯定是不一样的,他老我们那么多。"

"也就十岁吧,很多吗?"喻冬笑了。

"十年很长了。"宋丰丰拍死了一只飞到自己脸上的蚊子,"世界都不一样了,我们和他们肯定也不同的。你问这个到底做什么呀?"

听见他说"不同",喻冬隐隐悬着的心一下落回了原位。

他知道不同,肯定不同,但他必须从宋丰丰那里得到确定的答案。

就像数学试卷上的一道单项选择题,必须选出唯一正确的选项,喻冬才能够确定自己是没有错的。

他倒不是怕出错,而是怕因为自己让宋丰丰也做错。

挂了电话之后,宋丰丰还是坐在安全通道的楼梯上,半天没动静。直觉告诉他,喻冬会问出这样古怪的问题,肯定是遇到了什么,但是他问不出来。

喻冬跟自己之间存在秘密。宋丰丰很不甘心,他把手掌大的手机在左右手上抛来抛去,手机上挂着的小篮球挂饰晃动不停,里头装着的小金属珠子叮当乱响。

他到这边训练和比赛,用不上自行车,于是把自行车钥匙串上的这个小东西换了一根线,挂在手机上当挂饰。

宋丰丰玩了一阵,停了手。安全通道里的声控灯灭了,外头的万家灯火映进楼梯间。

他突然开始想家了。

三中参加联赛的成绩在决赛之后立刻传回了学校。校足球队又创造了一个纪录：他们在决赛中和对手战成平局，最后在点球大战里以一比零惜败。

但这个第二名已经是从未获得过的荣誉，三中立刻做了横幅，高高挂在门口，来来往往的人忍不住抬头看一眼，都晓得学校足球队拿到了第二名。

"才第二名，"路人说，"有多好？有本事来个第一啊！"

门卫："年年高考状元不是三中的就是华观的，你想看状元七月过来数啊，名字都看到你饱。"

路人悻悻走了。

宋丰丰在学校对面的小超市门口骑着摇摇乐，吃着冰激凌，等待下课铃声响起。

半小时后，三中的校门打开了。饥饿的学生蜂拥而出，如流水般沿街巷淌去。

宋丰丰把摇摇乐让给一个在旁边眼巴巴啃了半天手指的小孩，还教人抓住皮卡丘的耳朵。他往摇摇乐吃钱的口子里放进两块钱，皮卡丘开始前后晃动，播出《蓝猫淘气三千问》的主题曲，眼睛噌噌地放射出七彩光芒。

"我听说你有两百块钱奖金？"张敬难以置信地看着他，"就玩这个？"

一首歌正好放完，小孩看着宋丰丰，宋丰丰没再给摇摇乐喂钱，骑车随着张敬走了。小孩在宋丰丰身后慢慢哭出声，宋丰丰在张敬谴责的目光下试图用金钱来诱惑他："是有两百块钱奖金，我用它来请你和喻冬喝大只佬奶茶啊。"

"这么寒酸？"张敬震惊了，"两百块钱，请一顿快餐不过分吧？"

宋丰丰推了他一把："你还有脸说这个？上学期你拿到一千五百块钱奖学金，就请我们吃了一次牛杂。"

"我那钱都用来交这学期学费了好吗？"张敬厚着脸皮抓抓脸。

喻冬已经先去大只佬占位置了，他在饥肠辘辘地等了半个小时后，宋丰丰和张敬各托着两碗牛杂走进来。

大只佬的老板最近拓展业务，在店里卖起了各种烧烤和快餐，喻冬和宋丰丰还要回家吃晚饭，所以谨慎地选择好吃又不饱肚子的东西。张敬毫不客气，有什么吃什么，吃到最后，他已然撑得直不起腰。

宋丰丰和张敬告别之后，悄悄跟喻冬说："我再请你吃一顿，不叫张敬了。"

喻冬露出一脸坏笑："不错，不错。"

两人回到兴安街，经过龙记大排档，抬眼就看到龙哥在门口抽烟发呆。龙哥看到宋丰丰和喻冬，立刻朝两人挥手。

"来吃饭，我看到三中门口的横幅了，给黑仔庆祝庆祝。"他脸上挂起了热情的笑容，"有新鲜大虾和象拔蚌，特别靓。"

两人客气回绝，说要回家吃饭。

龙哥："你们陪龙哥吃个饭嘛，好久没人陪我吃饭聊天了，很无聊的。"

他的目光在喻冬身上停了一下，立刻又辩解似的补充道："不过也没事，龙哥想要什么人陪，一个电话就能找到十几个。"

宋丰丰没觉得他说的话不对，但喻冬静悄悄地跨下了自行车。

"那我给外婆打一个电话。"喻冬把车推到门口附近锁好，"有弹虾就更好了。"

龙哥高兴了："有有有！"

宋丰丰一头雾水，但他还是跟着喻冬进了大排档。

今天大排档其实是不开张的，卷闸门关着，只开了一扇小门。里头正在换新的桌椅，连墙上的菜牌也换上了全新的。

他们不知道龙哥为什么心血来潮要换这些，只能乖乖地和他坐在同一张大圆桌上。

他们等了几分钟，厨师做好的菜陆续端了上来。回港的渔船带来了新鲜的鱼虾蟹螺，不用怎么调味，用最简单的方法就能做出好滋味。宋丰丰和喻冬刚刚在大只佬里吃得很小心，现在看着满桌好菜，胃抽搐着发疼。

龙哥不动手,他们不敢起筷。

可是龙哥又在发呆,他翻开手机盖子,眉头微皱,不停地按着向下和向上的按键,嗒嗒嗒,嗒嗒嗒。

宋丰丰眯起眼睛,小声跟喻冬报告:"是通话记录。"

龙哥伸手拿起一只白灼大虾。喻冬和宋丰丰的眼睛都睁大了,可他不吃,只是呆呆地拿在手上,目光一直没离开过手机屏幕。

两人用眼神沟通,拼命撺掇对方开口提醒龙哥该吃菜了,外头突然跑进来一个马仔。

"龙哥,梁哥来了。"马仔说,"他就在外面,问你在不在。我们说你不在,他不信。"

龙哥吓了一跳似的,立刻大吼:"别让他进来!"

迟了。喻冬和宋丰丰心想。

穿着白衬衣的梁设计师已经迈过小门,站在了大排档里。

龙哥一下就站了起来:"别进来!出去!"

宋丰丰吓呆了,扯了扯喻冬的手指。喻冬示意他安静,并且开始小心翼翼地在大排档里寻找另一个出口。

"我打扰你吃饭了?"梁设计师走了过来,站在桌边,"伙食不错啊,看来你的心情很好。"

龙哥半个身子挡在他面前,厉声呵斥:"你先出去!"

梁设计师挠了挠脸,他的脸微微发红:"莫晓龙,你根本没有反省。"

宋丰丰用眼神问喻冬:我们俩需要先躲进桌子底下吗?

喻冬还未回答,龙哥指着桌上的白灼大虾、椒盐弹虾、清蒸鱼、清蒸蟹和海鲜粥,朝着马仔们大手一挥:"撤了撤了!"

两个学生仔:"?"

马仔们纷纷走上来,端着一碟碟原封不动的菜往厨房去。

另一头,龙哥推着梁设计师往外走,气急败坏地吼:"你对虾蟹过敏啊,连味道都不能闻的,找死吗?"

宋丰丰:"我们不过敏呀,龙哥。"

喻冬在清蒸蟹被撤走之前,手疾眼快地抓了两个往自己和宋丰丰碗里扔。两人无奈,就着温热的茶水,一边吃蟹,一边悄悄窥伺门外。

外头的声音听不清楚,只能看到龙哥拉着梁设计师小声争执。他们都站在兴安街边,已是傍晚,来往的人车不少,有人会回头看一眼这两个好似吵架的男人,但目光也没有停留很久。

喻冬吃着那只膏肥肉嫩的蟹,小声把之前发生的事情告诉了宋丰丰。宋丰丰睁大眼睛,半晌才出声:"那现在是怎么回事?"

上次两人吵得激烈,喻冬以为再见面必然又是一次争执,但龙哥和梁设计师看起来显然不是这样的。

"大佬和梁哥经常吵架的啦。"龙哥马仔坐在旁边嗑瓜子,"不过这是第一次吵这么凶,冷战这么久。"

喻冬:"经常?"

马仔们:"经常。"

宋丰丰:"经常吵架,还做什么朋友啊?"

"越吵感情越好啊,从来不吵架那是假朋友。"有个马仔说。

喻冬心想:张敬错了,跟龙哥和梁设计师相似的不是他与宋丰丰,而是吴曈和郑随波。

两人吃完蟹,又喝了一肚子茶水,饿得不行,看看时间快要上晚自习了,实在顾不上不好意思,起身跟马仔们告别,打算回家再吃一点。出门要开锁,两人慢吞吞把钥匙插在锁孔里,慢吞吞地转,四只耳朵竖起来,凝神听着另一边的声音。

他们已经不吵了。

"我也有错。"梁设计师说,"我道歉。"

龙哥连忙截住他的话头:"不不不,你没错,是我错了,我应该在事情暴露之前先跟你通气。我知道你是为我考虑,我以前蹲过少管所。"

梁设计师擦了擦眼镜,问:"你说你是见义勇为,具体发生了什么事,现在可以告诉我吗?"

龙哥："详细的事情我没办法告诉你，当事人绝对不是我这种流氓。他们是没办法才跟我求助的，我不想说得太具体。"

梁设计师皱起眉头："莫晓龙，我们说好了要坦诚的。我不是怀疑你，但是这件事很重要，我不希望我和你之间在这个问题上有任何隐瞒。你坦白告诉我，万一以后有什么不妥，我可以及时帮你。"

喻冬和宋丰丰同时站起来，几步跑到龙哥身边，齐齐开口："龙哥帮的人是我们。"

龙哥吓了一跳，连忙护着宋丰丰和喻冬，让他们离开："别说，你们走吧。"

宋丰丰力气不小，和龙哥僵持着，喻冬语速很快地把那天发生的事情告诉了梁设计师。

龙哥隐瞒两个学生与混混有牵扯，当然是为了保护他们。喻冬和宋丰丰都是无辜的，但这样的事情能免则免，一旦被学校老师或者家长知道，就会多一些不好的影响。

喻冬还好，问题在于宋丰丰。他这样的孩子，有些成年人是不会吝于在他的人生标签里多加几个可怕的词的。龙哥太懂了。

所以，无论如何他都不会说出喻冬和宋丰丰的名字。

对方已经被他这边的人狠狠教训过，也被对头大佬训斥，自然不敢再提。若是知道被找麻烦的是未成年人，他们也不可能善了。

此时此刻，喻冬和宋丰丰根本没有想这么多。他们不知道龙哥的想法，只是凭着一腔滚烫的热血，不愿意让奋身为自己站出来的人蒙受委屈而已。

喻冬说完，梁设计师点点头，看向龙哥。

他没再多说，只是讲了句"很好"。

龙哥松开宋丰丰，眼睛像被热烘烘的气体猛地熏了一下，连忙转头吸了吸鼻子。他看见宋丰丰和喻冬盯着自己说："龙哥，我们都可以帮你做证。"他已经是一个硬心肠的大人，可面对两个要保护他的孩子，还是感到了久违的温暖，像被深夜的海浪温柔抚过的巨大岩石。

"他总是这样的,"他还听见梁哲木的声音,"做事情好像不考虑后果,其实该想的都想了,就是有时候跟大多数人想的不一样。"

喻冬和宋丰丰没怎么听明白,但宋丰丰开口强调:"龙哥是好人。"

龙哥擦擦眼睛,笑了:"我?好人?"

"什么好人啊,"梁设计师笑着说,"也就一个普通人。"

晚自习结束后,宋丰丰厚着脸皮邀请喻冬到家里玩游戏。喻冬提醒他明天还要补课。进入高二之后,他们的补课时长增加为一天,周六除了没有晚自习之外,跟其他的日子没什么区别。

两人站在玉河桥桥头。桥上的路灯换了新的样式,一艘艘小船挂在杆子顶端,船下就是灯泡,亮光照得玉河桥上一片明亮。之前有人趁着夜间城管不出门,光明正大地在桥上摆起了夜宵摊,卖炒粉或者生蚝。路过的兴安街居民看到后都要骂他几句:你扫干净地!你不要乱倒垃圾!不能把污水倒到桥下面!我们会报警抓你!

对住在这里的人来说,玉河桥和兴安街跟家是一样的。

那人终究没摆摊多久,没几天就消失了。

"高二了啊。"喻冬忽然说,"时间过得真快。"

他的头发长了很多,还没去剪,每天进学校都会被站在校门口检查学生仪容仪表的教导主任说上几句。昏黄光线落在他的脑袋上,仿佛浑身罩着暖暖的光。

宋丰丰迫切地想让喻冬见识自己玩游戏的本事,没明白喻冬为何突然深沉,同他一起看玉河桥下漆黑的河水。

喻冬扭头盯着宋丰丰:"你别老惦记着玩儿,好好学习,好好考试。"

宋丰丰明白了:"你学梁哥吗?我很讨厌别人提醒我该做什么,不该做什么的。"

喻冬:"是吗?"

宋丰丰挠挠头:"好吧,你和张敬例外。"

083

宋丰丰的期末考仍旧依赖张敬和喻冬的课余辅导，总算险之又险地考到了三百多分。他的数学和物理糟糕得一塌糊涂，卷面成绩距离合格还有很远很远的距离。张敬和喻冬商量之后，劝他数学部分只拿基础分，物理随便看书记基本的概念，把拿分的重点放在其他几科上。

两人为宋丰丰操碎了心，但宋丰丰的心思早飞到暑假去了。

放暑假不久，宋英雄带了一堆海产回家。宋丰丰的成绩差强人意，自觉不会再惹怒宋英雄，便大大方方把成绩单给他看。

宋英雄脸色严峻，让宋丰丰坐在自己面前。

宋丰丰屁股挨着凳子，只坐了三分之一，随时准备跳起来反击或者跑路。

"丰啊，"宋英雄却罕见地羞涩起来，"有件事我想告诉你。"

宋丰丰："嗯？"

他的父亲交到了一个女朋友。

女人是宋英雄春节回老家时家人介绍认识的。她也在这边生活，自己开了店子卖衣服，勤奋且能干。宋英雄一直不敢跟宋丰丰说这件事，但他又觉得应该对儿子坦白，左思右想，还是讲了出来。

宋丰丰有点呆。

宋英雄叨叨地讲了很多，那女人说不上漂亮，也不年轻了，没读过什么书，但是头脑灵活，人品很好，又孝顺又善良，认识的人都夸她的。

"爸爸。"宋丰丰听了大半天，打断他的话，"她喜欢你吗？"

宋英雄："我们这种年纪还说什么喜欢不喜欢的，又不是年轻人。"

宋丰丰还是问："她喜欢你吗？"

宋英雄紧张的样子和宋丰丰是一样的，挠头发又挠下巴："喜欢吧……她说我很有男人味，很可靠的。"

宋丰丰："好啊，太好了。"

三个人约好了晚上一起吃饭互相认识认识，宋丰丰在房间里滚了一个中午，睡不着，于是跟喻冬发短信说这件事。喻冬祝贺他和宋英雄，他捧着手机发愣。

他应该高兴的，但笑得有点儿艰难。

好不容易等到喻冬午睡醒了发来信息，他拿着师弟的掌机跑到了喻冬那边。

即将升上高三的学生是没有悠长暑假的。长达两个月的暑假，他们只能享受一周，下星期又得回到学校补课。宋丰丰来的时候，喻冬正在床上打呵欠看闲书，他看到宋丰丰，第一句话就是："我给你布置的作业都做完了？"

说到作业就没意思了。宋丰丰满腔的喜悦登时化为乌有，一个人坐在书桌前开始玩游戏。喻冬房间里没有装空调，因为靠近渔港的码头，海风很大，只有一台旧的落地扇嘎嘎地吹。

太热了，两个人都大汗淋漓，喻冬从床上弹起来："去游泳吧。"

"不去，再把你晒脱皮，我会被我爸揍得脱一层皮。"宋丰丰说，"对了，你记得吧？我要过生日了。"

"今年没有生日礼物。"喻冬应他，"但我和张敬为你准备了很多复习资料。"

宋丰丰郁闷了："我不是说这个。过了七月的生日，我就十八岁了。"

喻冬"哦"了一声。

宋丰丰扭头看喻冬："喻冬，我成年了。"

"嗯，那又怎么样？"喻冬没看他，从枕头边抓起刚刚丢在一旁的小说，装模作样看起来。喻冬预感到他要跟自己说心事。

掌机中，猎人发现了怪兽的踪迹，举起武器准备狩猎。宋丰丰忽然兴味索然，放下掌机，呆呆地看着摆头的落地扇。

父亲是逮着他十八岁生日才告诉他这件事情的。他成年了，足够处理这种事情带来的冲击。他察觉到宋英雄对自己的信任，或许这种信任里头还藏着忐忑。他又想起父亲说起女友时尴尬、害羞和紧张的样子，和自己何其相似。

原来他会让宋英雄紧张、畏怯,这个念头一旦出现,他登时眼眶发热。他怔怔地朝着风扇吹风,热风把他的眼泪又吹了回去。

"我老爸怕我。"宋丰丰小声说,"其实这种事情他做决定就可以了,不一定要跟我说的。"

喻冬盘腿坐起来,抓抓耳朵。他和宋丰丰在一块儿久了,学到了许多小动作。"你爸不是怕你,是爱你,尊重你。"他说,"如果你说不喜欢,你爸不会继续和那个女人相处的。"

"我没有不喜欢,"宋丰丰说,"也没有很喜欢。"

喻冬:"你还没见过她。"

宋丰丰沉默了很久很久,才说:"我也很久没见过我妈妈了。"

说完这句话,他便走到阳台发呆。喻冬陪他站了一会儿。炎热的夏天,天空没有半朵云。他问:"我能在你这儿睡一会儿吗?"

五点多时,喻冬把宋丰丰叫醒。宋丰丰回家去洗澡洗头,把自己收拾整齐,出门去了。

喻冬收到他的信息是九点多,信息上三个字:吃完了。

宋丰丰和宋英雄回到兴安街时,老远就看见喻冬牵着宝仔在桥上玩儿。他跑向喻冬:"你等我吗?"

喻冬:"我猜你现在可能想跟我说说话。"

宋丰丰:"你又知道了?"

喻冬:"我什么不知道啊。"

宝仔在宋丰丰脚下蹭来蹭去。宋丰丰的头发长了一点儿,仔细梳理好了,穿得也整齐干净。喻冬说:"不错,你今天比平时帅。"

宋丰丰狠狠地揉了几下宝仔的脑袋,抬头:"她跟我想象的有点不一样。"

喻冬蹲在他面前:"你想象她什么样?"

宋丰丰:"豪门争产电视剧里那样。"

喻冬忍不住大笑。宋丰丰揉揉自己的脸,十分尴尬,干脆傻笑。小狗不知两位主人说的什么笑话,汪汪叫了两声,在热度未消的桥面蹦跳。

补课前一天，宋丰丰终于做完了喻冬和张敬布置给他的基础练习题。他看太阳稍稍偏西，立刻抱着篮球在玉河桥上蹦来跳去："喻冬，打球！"

两人转了几个地方都没找到空场地，只好继续沿着海岸线前行。夏季的海面异常刺眼，喻冬披着长袖校服，脑袋上还戴着帽子，这是宋丰丰要求他必须穿上的装备，以免又晒脱皮。

快到乌头山的时候，喻冬突然停下来，带着八卦笑容指指人行道。

关初阳推着自行车，张敬两手空空走在她身边，两人正在热络地聊天。

宋丰丰："哎哟。"

喻冬："哎哟。"

两人"哎哟"得很大声，张敬回头时脸上的笑意还未褪去，但很快就转成了惊讶。

"嗨，张敬。"宋丰丰打招呼的声音很做作。

关初阳："嗨。"

张敬："你们怎么在这里？"

喻冬摘了帽子，将它拿在手上："你们怎么也在这里？"

张敬："我的车子爆胎了，在那边修呢，初阳载我到这里看看风景而已。"

宋丰丰："好好好，我们不打扰你们。"

他和喻冬闷闷地笑，一路往前蹬车，实在忍不住了，又各自回头朝着他们俩吹口哨。

张敬慌里慌张："你不要管他们，他们爱乱想。"

"乱想什么？"关初阳看上去非常纯真无害。

张敬："……"

凤凰木的花早就落尽了，整条路上都是绿色。张敬被这炎热的天气热晕，半天没回答上，只呆呆地看着关初阳。

关初阳被他的呆相逗笑了。

"你想考哪个学校啊?"关初阳问。

"同济大学。"张敬终于调整回来,捂着乱跳的心回答,"你呢?"

关初阳饶有兴趣地点点头:"好巧,我想考的学校也在上海。"

海风吹动浓密的凤凰木,每一次的摩擦似乎都在催促张敬表达心意,但他最后只讲了句"那我要努力了"。

关初阳走了一段,才小声补充:"要是我们能考去一个城市就太好了,跟你聊天很开心。"

张敬心想:当然,你说过我很好笑嘛。

他抑制不住笑容,只能扭头看向道路另一侧的海面。

进入暑假补课阶段之后,高三的学习气氛前所未有地浓厚。

教练和指导老师已经物色好了宋丰丰的接班人,最近宋丰丰只要训练,都带着一种沧桑心态。

"我是老队员啦。"他一脸忧伤地从场边抓起自己的书包和外衣。

张敬和喻冬在补课结束后照例到操场跑圈,跑完就在场边等他一起回家。他磨磨蹭蹭收拾东西,跟高一、高二的队员聊天。

一封信从他书包上掉下来。

宋丰丰捡起信,发现上面没有署名。

张敬的八卦雷达全面伸开,一下蹦到宋丰丰身边:"宋队长,拆信!"

宋丰丰躲过他的魔爪,小心翼翼地把信封拆开,取出里头浅青色的信纸。

"这纸还有香味。"张敬站在他身后,踮起脚,"哦……'宋丰丰学长,你好。你可能不认识我,但我已经仰慕你很久了'……黑丰,你可以啊!"

喻冬一边肩膀挎着书包,挑挑眉毛:"情书?"

在喻冬和张敬看来,宋丰丰的长相绝对不能说寒碜,他浓眉大眼,身形高大,肌肉结实,人又特别精神,在人群之中也是很打眼的男孩。

宋丰丰总是混在男孩的圈子里玩,闲暇时间要不和喻冬、张敬凑在一起,要不跟足球和足球队的人混一起,最熟悉的女孩不是关初阳就是张曼。

在喻冬炯炯的目光里,宋丰丰认认真真地看完了手上的信。

写信的女孩子在信件末尾写明了自己的班级和姓名。

三中每个班级都有自己的信箱,就在教学楼下面。邮局的人把信件送到门卫室,门卫再分拣清楚,属于学生的就放进学生的信箱里,钥匙一般由班主任或班长保管。

如果宋丰丰有意回信,他可以直接投入对应班级的信箱中。

张敬要看女孩的名字,宋丰丰飞快盖住了,不让他看。他笑着说宋丰丰小气。

喻冬一直没说话,嘴巴里嚼着泡泡糖,不时吐出一个大泡泡。

宋丰丰拿着这封信想了一会儿,将它放进了书包里。

喻冬:"舍不得?回家打算回信啊?"

宋丰丰:"这是我第一次收到情书好吗,留个纪念不行?"

张敬挠挠下巴,揽着喻冬的肩膀往外走了。补课期间没有晚自习,足球队的训练也是隔天进行。宋丰丰跟在两人身后慢慢走出来,随手拨了一个电话。

喻冬和张敬告别之后,站在校门口等宋丰丰。

现在他不怎么收得到情书了,可能是因为他给人的印象过分高冷,收到情书也从来不回,渐渐就没人给他写了。第一封情书是什么时候收到的,他一点儿也记不起来。这些仰慕和爱他得到太多,反而不懂得珍惜。

他看到宋丰丰把情书收好,有些嫉妒,有些生气,还有一点说不出的遗憾。是谁第一个向他投递这样可爱的信呢?多可惜,他真的已经完全忘记了。

宋丰丰推着车和他会合,两人一起往前走,宋丰丰还拿着手机说个不停。

手机另一头的人是足球队的老队长,宋丰丰还是初中生时,他就经常去球场看宋丰丰踢球。

老队长在成都读书，女朋友在重庆。五月份大地震发生时，两个人都失去过联络。

消息传来的那天，宋丰丰和喻冬都还在补课。

喻冬记得很清楚，那天下午第一节课是地理课，他们正在复习板块运动。有同学的手机收到短信，举手跟老师说："四川地震了。"

老师当时根本不在意："四川这个省份确实是我国地震多发的地方，为什么呢？你们还记得吧？刚刚我说过，它刚好处于……"

上课继续，没有人在意这件事。

下一堂课是政治课，政治老师课前跟大家说四川发生了大地震，但具体情况如何，他也不知道。办公室里的收音机和电视上只报道了一些数据，还没有任何更确切的新闻。

那是资讯尚未发达的年代。下午放学，喻冬和宋丰丰又去大只佬奶茶店里喝奶茶，但奶茶店里静悄悄的，所有人都看着电视。中央一套正在不断地滚动播放地震的消息。学生们面面相觑，良久才有一个男孩颤着声音说："不可能吧？"

宋丰丰尝试联络老队长，电话没通。他辗转问到了老队长女友的电话，也打不通。

晚上，宋丰丰到喻冬家里做作业，两人都戴着耳机听新闻，几乎隔一个小时宋丰丰就拨一个电话。

一直到深夜十点，老队长宿舍里的座机终于接通了。

虽然成都是灾区，但市区受灾程度不算太严重。老队长所在的学校允许他们回宿舍带一点贵重物品，随后继续返回操场。手机几乎无法拨出任何电话，通信通道拥堵不堪。在返回宿舍的十几分钟里，老队长宿舍里的六个男孩全部争分夺秒地用座机打电话给家里报平安。

宋丰丰见缝插针，在上一个人挂电话的瞬间拨了电话进去。

"他没事。"通话只持续三十多秒，宋丰丰放好手机，愣愣地说，"吓死我了，他没事……"

他和喻冬分享一副耳机。夜深了，也冷了，他们听着播音员播报新闻。播音员语气急促,那些只在地理课本和地图上看过的地名一个个从她嘴里蹦出来。

喻冬握着宋丰丰的手。他们才十几岁,从未如此清晰地感受到大地带来的巨大灾难。

各条交通线路恢复后,老队长并没有立刻回来。他先到重庆和担任志愿者的女友会合,两人一起留在重庆,做一些力所能及的工作。

这通电话持续了很长时间。宋丰丰问老队长是否还需要什么,老队长说什么都有,不用寄。他家里人几乎每天都要打电话骂他一顿,宋丰丰至少还会安慰他几句,他感激极了。

"以后你和喻冬、张敬来成都玩呀,"他十分热情,"我带你们去逛。我的成都话学得不错哩。"

宋丰丰挂了电话,扛着自行车走下路堤,和喻冬一起在海边歇脚。

乌头山上的佛寺传来了钟声。庙里的祈福活动要持续一百天,每日早晚都有和尚诵经撞钟,钟声沉闷厚重,在远的地方听着,就像沉沉的叹息。声音惊动了山林里的鸟群,细小的黑影不断从高高低低的林子里飞出。

喻冬忽然想起,六月的一天,几个朋友一起去佛寺祈福,学习委员和班长都用认真的口吻说:"想当国防兵"。和尚听到了他们的闲聊,不知道为什么,给了他们每人一串小佛珠。张敬正儿八经地说"人民子弟兵不信这个",老和尚点点头,说道:"不信也没关系,戴着它吧,这是保平安的东西。"

宋丰丰显然也想到了这件事。带回家的佛珠,喻冬的那串给了周兰,宋丰丰则把自己那串给了宋英雄。

"为什么这么多人信佛呢?"

"不知道。"喻冬把刚买的可乐递给他,然后摊开手,弯了弯手指。

"什么?"宋丰丰一头雾水,"你也想跟队长通话?早说啊。"

"情书。"喻冬又屈着手指。

宋丰丰:"你真的想看?"

喻冬:"在你藏起来之前让我看看。我以前的情书你也没少看啊。"

宋丰丰拿出情书,在递给喻冬之前又收了回来:"其实我没想过要保存它,我想让你帮我处理,你懂得比我多。"

喻冬眯起眼睛,上下打量宋丰丰。

"看看再说。"他拿过情书。

信上的字迹很漂亮,一笔一画,非常工整。喻冬仔细地一行行看,牙齿摩擦,手指捏着信纸搓个不停。落款的名字挺好听,但他不认识这个人。

喻冬抬起头时,宋丰丰也正瞅着他。他用笑来缓解心里的烦躁:"你有情书上写得这么好?"

"不止不止。"宋丰丰摇头晃脑,"我好太多了,你不知道吗?"

"我怎么知道。"喻冬把信还给他。

宋丰丰厚脸皮地笑,然后摇摇头:"信给你了,你处理吧。"

喻冬起初以为宋丰丰不明白,这样的信件是不能让别人处理的。他嫉妒这样温柔的心意,可是他没资格去"处理"别人的一颗真心。这是写信人和宋丰丰之间的事情,他喻冬不能去碰。

宋丰丰走过来,和喻冬坐在一起。喻冬拿过他喝了一半的可乐灌了两口,把信还给他。

宋丰丰把那封信又看了一遍,接着紧张地看喻冬。两人僵持片刻,喻冬退步了:"你不打算回信?"

"不打算。"

喻冬抽出信纸放在宋丰丰手里,拆开信封,折了一只纸船。宋丰丰用信纸来叠纸船,尤为仔细精致。

两人走到海堤边,把纸船放入大海。

海水不断地涌动,两只纸船在海面上起伏,随着海浪渐渐远去了。

第十三章 ♥
廊仔

宋丰丰过十八岁生日花了不少钱。宋英雄和女友带着他去了一家特别贵的海鲜自助餐厅吃了一顿饭，能俯瞰全城景色那种。

吃完饭后，宋英雄又给他开了一个包厢，让他找朋友过来一起玩。他叫了一堆人，喻冬到的时候，被包厢里唱歌的声音震得耳朵疼。

张敬的高音上不去，一首《乱世巨星》唱到后面有些后继无力。

喻冬想起了郑随波。他在征得宋丰丰同意之后，给郑随波发信息，问郑随波出不出来玩。郑随波苦哈哈地告诉他，这个暑假特别忙，自己已经进入美术高考的考前培训，没办法脱身。吴曈有空就跑家里来监督自己，顺便给自己补补历史和政治这两个科目。

今天宋丰丰收了不少礼物，球队队员们送了他一个足球，学习委员送了他一副太阳眼镜，张敬给的是一张五百块钱的书店图书卡，他怀疑这是张敬参加竞赛获得的奖品，揪着张敬质问了半天。

"能买游戏的！"张敬大声辩解，"你不知道那书店收银台旁边多了一个游戏专柜吗？"

宋丰丰把卡塞到喻冬口袋里："给你买游戏。"

喻冬心想：我买的游戏，不都是你在玩？

"你送我什么礼物？"宋丰丰问。

"一套电脑专用的音响。"喻冬在出门之前将它送到了宋丰丰家里。宋英雄不在,他悄悄从窗下的小洞里拿出备用钥匙,将礼物拿到宋丰丰房间里,还帮宋丰丰装好了。

宋丰丰有些失望:"音响啊?"

"质量和效果都很好。"喻冬说,"它方便你看电影,更有真实感。"

宋丰丰:"其实我在你家里做作业的时间,比在我家里玩游戏看电影的时间更长。"

"你不说我还没意识到,"喻冬言简意赅,"我要收房租。"

张敬凑过去:"什么房租?"

"敬,我给你介绍一下。"宋丰丰指着喻冬,"这是我房东。"

喻冬:"……"

张敬:"喻冬买房啦?"

宋丰丰:"对啊!"他抓过麦克风宣布,"朋友们,从今天开始,喻冬成为我的房东。"在众人满头雾水的欢呼声中,他又说,"我们还一起养狗。"

喻冬傻了:"他怎么了?"

和喻冬的惊愕相比,张敬显然还是镇定的:"他一喝酒就这样,很容易兴奋。"

话音刚落,宋丰丰就扑了过来,他将张敬和喻冬一左一右紧紧抱住,又在两人肩上各拍了一下。

宋丰丰哈哈大笑:"爱你们哦。"

张敬:"你以后别喝酒了,啤酒也不行。"

宋丰丰酒量欠佳,喻冬和他回去,一路上都提心吊胆,两人并行时始终骑在外侧。

宋英雄仍旧没回家,宋丰丰估计宋英雄在女朋友那边住下来了。喻冬看着宋丰丰进家门才转身离开,但他刚走上玉河桥,宋丰丰就在二楼天台喊他:"音响没动静啊,我再去找你喝酒吧!"

喻冬:"这么晚了,你别弄了,明天我再来看。"

宋丰丰:"我睡前想看电影。"

喻冬:"……"

宋丰丰："今天我生日。"

喻冬："好好好，你最大。"

他只好回头去帮宋丰丰调试音响。

宋丰丰电脑的问题似乎不仅是音响，喻冬发现连开机都没反应。他开始摆弄机箱后面的线。宋丰丰蹲在他身边，懒洋洋地把脑袋靠在他肩膀上，不断地打呵欠。

"你去洗澡吧。"喻冬说，"喝酒后全身好臭。"

宋丰丰立马冲进浴室里。喻冬立刻掏出手机，紧急向龙哥求助。

龙哥正在看账本，接了电话大喊一声："靓仔？"

喻冬只想在宋丰丰出来之前赶快解决好这个问题，以免影响自己在宋丰丰面前无所不知、无所不晓的形象。

"线和插头都没问题？"龙哥说，"那你拆开机箱看看，是内存条松了，还是电池松了。"

喻冬佩服极了："龙哥厉害，果然是内存条的问题。"

问题轻而易举地解决了，喻冬坐在电脑前面，无目的浏览网页。他看见宋丰丰的抽屉没拉好，露出照片的一角。

他忽然想起张敬曾说过宋丰丰很长情。抽屉里照片很多，从宋丰丰幼儿园到现在的都有，一张张仔细过塑了，放在一个大盒子里。盒盖上摆了几张新的照片，除了合影就是喻冬。

喻冬仔细辨认，发现当时自己应该是在参加校运会。但他从来不知道宋丰丰居然偷偷拍了自己这么多照片，有一些是重复的，大部分是自己的特写，站在跑道上的、笑着的、大汗淋漓的。

翻到最后一张照片，他愣住了。照片上的少年正转过头，迎着太阳，冲拍照的人露出灿烂笑容。这是张敬拍的。

喻冬正在发愣，背上突然一重，有个还带着热气与湿气的身体趴了上来。

"你偷翻我东西？"宋丰丰说，"我小时候也帅吧？"

"你有照片收集癖吗？"

宋丰丰坐到一旁擦头发。他仍有醉意，被热水一熏，头越发沉重，身体摇摇晃晃的。喻冬翻出他刚出生时拍的照片要开他玩笑,忽然听见他抽鼻子。

"你哭什么?"

"没有。"宋丰丰滚到床上,用毛巾盖住自己的脸。

喻冬觉得莫名其妙:"怎么了?今天你生日啊,高兴一点儿。"

宋丰丰隔着毛巾闷闷地说:"我成年了,我……我没有家了。"

喻冬笑着推他:"你说的什么啊。"

"我爸结婚之后,我就没家了。"

喻冬顿时怔住,他没想到宋丰丰心里还牵挂着这件事。或许是酒精的作用,或许是生日的气氛,令他在欢喜中又感到伤感。喻冬一下明白了今晚他所有怪里怪气的举动。

喻冬趴在床边,静静等待宋丰丰的下一句话。但宋丰丰不吭声了,只顾着揉眼睛:"我没哭。"

"我当你房东吧。"喻冬说,"如果你睡相好,我可以大发慈悲,分你半张床。"

宋丰丰扯下毛巾,喻冬还未见过他这样的眼睛,湿润泛红,带几分尴尬,还有一丝笑意。

"收房租吗?"

"废话。"喻冬抢过他的毛巾,"我不仅收房租,还要翻倍。"

"无耻!"宋丰丰在床上蹬脚,"我们相识一场,半张床你还要收我钱!"

喻冬去洗手间洗毛巾,只听见宋丰丰在外头嘀嘀咕咕,带着醉意说话。他出来时宋丰丰已经睡着了。关了灯,喻冬小声说:"生日快乐。"

这个承诺,是他送给宋丰丰的第二份生日礼物。

八月比七月还要热,没有台风,没有暴雨,只有明晃晃的太阳挂在蔚蓝的天上,一刻不停地散发热力。

老师罕见地没有布置很多作业,下课之前下意识抬头看看头顶的日历:"今天八号了。"

这一天,所有的科任老师都展示了足够的慈悲与同理心。

"今晚大家都无心做作业。"数学老师说,"算了,试卷我就不发了,推迟到明天吧。"

也就是说,九号要做双份作业。

学生们哀号片刻,很快又振作精神。刊载了奥运开幕式专题的报纸在班上传阅,连门卫都借来了小电视,守定晚上八点的节目。

张敬家的诊所里新装了一台液晶电视,挂在墙上。暑假期间,很多小孩感冒发烧,今晚他还是得去诊所帮忙,估计一家人就陪着打吊瓶的病人一起看奥运会开幕式了。

宋丰丰和喻冬买了一堆零食,打算回去吃。宋丰丰家里的电视机比较大,他早就打算邀请喻冬和周兰到家里来,高高兴兴看一晚上电视。两人把超市的购物袋放在车头,摇摇晃晃地回到兴安街路口,发现龙记大排档外面挂起了巨大的横幅。

"热烈庆祝北京奥运会开幕,啤酒买三送一"。

现在宋英雄允许宋丰丰适度喝一点儿酒,宋丰丰连忙推车过去问门口的马仔:"一瓶多少钱?买三瓶送一瓶的话,都送同一个牌子吗?"

马仔瞥他一眼:"是买三打酒,送一瓶。"

宋丰丰:"哦。"

他又推车走了。

龙哥正好从大排档里走出来,看到两人立刻挥手招呼:"今晚你们来看电视啊!"

他在大排档里新装了一台颇大的液晶电视,所有桌椅全部朝着电视所在的方位。不仅是电视,整个大排档都被重新布置过了,墙上贴着五个吉祥物的贴纸,每张桌子上都有一个奥运项目的标牌。

"这是羽毛球桌,这是乒乓球桌,还有游泳桌和跳水桌……"

龙哥兴致勃勃地给他们俩介绍:"还是可以的吧?今晚九点,我还会搞抽奖,就在大排档里。你们来看啊,人多比较热闹。"

喻冬和宋丰丰有些心动，又有些为难："我要回家陪外婆一起看。"

"都过来都过来！"龙哥大手一挥，"今晚就是看电视，不强迫消费啊，不用担心。"

喻冬回到家里，问周兰知不知道龙哥大排档的老板龙哥，顺便说了想一起去大排档看电视的想法。

"我知道啊。"周兰说，"兴安街谁不知道莫晓龙这个癫仔。"

喻冬和宋丰丰大笑起来。他们又知道了龙哥另一个外号。

高三学生的主要任务就是考试和学习，这已经是所有师生的共识。但奥运会给了他们一个喘气的机会，最紧张的时刻还未来临，学生们想尽一切办法去听赛事直播。

学校食堂里有一台笨重的东芝电视。每天中午和傍晚，电视机周围都围满了捧碗或不捧碗的人。小卖部里的收音机时刻开着，学生们不买东西也要进去听两句，一直到上课铃响了，才跑回教室。

数学组的老师从宿舍里扛来了电视，把它放在体育活动室里，没课的时候大家就凑在一起喝茶看比赛。体育活动室和喻冬他们的教室就隔着一条校道，老师们有时候过分激动了，声音能传到这边来。

"上课了，上课了！"地理老师拍着黑板大喊，"黄河流经的几个省份怎么记忆，还有谁记得？"

喻冬也没仔细听课，他坐在教室后方靠窗的位置上，一探头就能看到校道和对面的体育活动室。

宋丰丰和几个男孩子从教学楼里溜出来，横穿校道，跑向体育活动室。

喻冬："……"

他立刻偷偷给宋丰丰发短信：你在哪里？

上课。宋丰丰回复。

喻冬：上什么课？体育课？

片刻后，宋丰丰从体育活动室跑出来，冲他这个方向挥了挥手。

班上几个同样往外探头的同学都看到了宋丰丰，他们回头瞧喻冬,估计这个黑小子是在给他的白皙朋友打招呼。

喻冬表情很冷淡,重重地按压手机键盘:回去上课!

宋丰丰扭头钻进体育活动室里,甚至没给喻冬回信息。

奥运会结束后,宋丰丰开始厚着脸皮往喻冬身边蹭。喻冬对他不好好学习的行为很不满。他对天发誓,九月份的月考绝对能上三百分,不过三百分誓不为人。

喻冬冷冰冰地看着他手里的漫画。

宋丰丰快速地藏好漫画,从书包里掏出几张卷子。

现在喻冬的房间里多了一张桌子和一张椅子,这是宋丰丰专用的,正好摆在喻冬身后。宋丰丰把数学卷子上自己懂的题目都写完了,抬头看喻冬。喻冬正戴着耳机做听力题,房间里只有隐隐约约的英语对话声,其余什么都听不到。

宋丰丰按了按自己的笔,发出咔嗒咔嗒的声音。

喻冬别过头看他,他连忙对喻冬笑笑。

喻冬转过头去看卷子。宋丰丰从他的眼神里又得到了一些鼓舞,于是翻出下一张化学卷子,开始琢磨哪些题目是自己可以做的。

为了给自己巩固知识,同时也分担喻冬的任务量,张敬和喻冬分工合作,各自负责辅导宋丰丰不同的学科:喻冬只要负责语文、英语,其余都由张敬来解决。张敬辅导宋丰丰的时候非常凶悍,宋丰丰不敢造次,分子结构式都要写得横平竖直,生怕被张老师发现笔力软弱,又会被骂。

相比之下,喻冬实在是温柔极了。

宋丰丰写完最后一张生物卷子,看了眼时间,已经九点多了。他伸了一下懒腰,用笔戳戳喻冬:"喻冬?"

"嗯?"喻冬在做历史题,慢吞吞地应他。

"我去拿点吃的,你要什么?"

说话间,周兰敲响了门。她给两个孩子煮了糖水,还拿了两袋饼干和两盒牛奶。她叮嘱他们俩不要学得太晚,之后就下楼休息了。喻冬吃了一点饼干,继续研究历史题目。他一天至少要做一百道选择题，必须保证自己的准确率无限接近百分之百。

宋丰丰吃完自己的那份，开始觊觎喻冬的。喻冬瞥了他一眼，拿过他的卷子。

"你又看不懂。"宋丰丰想抢回来，"这可都是超高难度的理综……"

喻冬花半小时看了两张卷子："生物选择题错五道，化学对三道。"

宋丰丰："……"

他趴在桌上呻吟："不行了，我累了。"他见喻冬不理自己，一把拎起书包，拍了拍喻冬的脑袋，"今天就这样，我回家了。"

喻冬有些吃惊："这么快？你的英语也做完了？"

"没有。"宋丰丰理直气壮，"我回去看快乐的小电影了。"

喻冬："……"

对于宋丰丰的变化，吴疃精准地使用了一个字形容。

"骚。"吴疃说，"虽然他跟我还有一点差距，但我是过来人，我懂的。"

喻冬："怎么聊起宋丰丰了？你不是来问我这道数学题怎么答的吗？"

吴疃："哦，对。"

他连忙坐到喻冬身边，认真请教。

自从郑随波请假离开学校，吴疃的学习劲头前所未有高涨起来。

郑随波去省城参加高考前的美术培训了，吴疃声称自己会连同他的那份一起学，记笔记也特别认真。

只要时间允许，手头有闲钱，他都会去找郑随波，看看郑随波的学习进度。

高三的学生实际非常忙碌。一周七天，周一到周五，从早到晚课都排满了；周六全天补课，但不上晚自习；周日上午补课，下午放假，但晚上得上自习。

吴瞳总是周日中午一放学就蹬车到火车站，把自行车扔在停车场里，然后坐最近的一趟车去省城。他抵达省城已经三点，匆匆去见郑随波一面，把最近一两周的笔记交给郑随波，喝点东西聊个天，用郑随波最讨厌的语气点评其画作，然后匆匆赶四点多的火车回来。

火车到站已经七点，吴瞳飞速解决一碗粉，就骑车去学校上晚自习。

他没跟任何人说过自己的行程，家里人也不知道，只晓得他有时候周日下午不在家，是去图书馆或者留在学校里自习。

他并不觉得自己这种行为不妥当。郑随波在绘画一途上是罕见的天才，连他的父亲都这样承认。他身为天才的伯乐，密切关注天才的学习进度，没有半点不妥。

觉得不妥的是郑随波。

当吴瞳第一次去探望他的时候，他已经劝过吴瞳别这样。他并不急于拿到学校的教学笔记，而且有时候吴瞳过来了，他恰好没有空，吴瞳根本连他一面都见不到，又得打道回府。

吴瞳以为他担心自己钱不够，于是拍拍口袋，表示里面都是压岁钱。吴瞳在别的事情上几乎没有欲望，花费很少，攒了小小的一笔钱，能让其支付来回不到百元的火车票费用。

郑随波劝他不听，只能任由他奔波。

虽然吴瞳说的话不好听，但他的点评意见是中肯的。有时候他来找郑随波，郑随波还没下课，他就会溜进画室，坐在角落里，静静看着画室里练习的人。他喜欢颜料的气味，喜欢画笔落在画板上的沙沙轻响。

郑随波让吴瞳也试着画一张，吴瞳总是笑笑，摆手拒绝。

每每吴瞳看到郑随波发现自己到来时露出惊喜的眼神，总是很快乐。他享受着当"伯乐"的快感。郑随波却跟喻冬说，他是在自己身上补足自己不能完成的梦想。

"他其实喜欢画画，但是他不愿意和他爸在同一个圈子里生存。"郑随波说，"我好像不理解，又好像能理解。"

吴曈知道喻冬常常跟郑随波通电话,老是问喻冬,郑随波是否又说了自己坏话,但喻冬只想和他聊数学题。

"你不想听就算了。"年级第一的学霸冷淡表示,"你不要打扰我学习。"

吴曈不敢造次,乖乖听讲。

高三没有期中考和期末考的概念,每月考一次,考完就开家长会,把全年级所有学生统统排个名。

喻乔山没那么多时间来开喻冬的家长会,喻唯英便全权代理。

喻唯英本来想跟上次一样,人不到,电话到,但班主任不允许。九月份的月考成绩出来之后,喻唯英缺席家长会,当天夜里班主任就把电话拨给了喻乔山。

喻冬的成绩非常理想,他不仅是三中文科第一名,而且也是市里文科第一名,但是居然没有家长过来开会!班主任不仅震惊,而且想起听过的那些传言,越发确定他的家长对他的关心匮乏,应当批评。

对每个要参加高考的学生来说,高三都是极为关键的一年。而对带高三班,尤其是尖子班的老师来说,也有巨大的压力。喻乔山被老师毫不客气地训斥了一番,转过头把火气全撒到了喻唯英身上。

喻唯英不得已,只好来了一趟三中,跟老师道歉,并且假装认真地了解一番喻冬的学习状况。

喻冬并不知道他来,他也不想见到喻冬。这天放学,喻冬才在校门口看到了他的车子。他在车里抽烟,先是见到了喻冬,然后又看到喻冬身后的宋丰丰和张敬。

这两个人,一个用自行车砸过他,一个跟在那个粗鲁流氓身边,看着流氓揍过他。

这两个人对喻唯英来说都不是什么好东西。他把烟熄灭,关上窗,开车走了。

喻冬想起了一些事情。他考试成绩不错，心情也不错，加上虽然见到了喻唯英，但没有起任何冲突，因而可以分出一点儿精力去思考自己和喻唯英的关系。

他很快发现，其实在某些方面，自己和喻唯英是可以成为同盟的。

他怨恨喻乔山，喻唯英自然也一样。

喻冬这个想法虽然很快被别的事情压到了心底，但并没有消失。当喻冬不知道的时候，它一点点在心里扎下了根。

宋英雄决定在宋丰丰高三这一整年停止出海。

他的女朋友做饭手艺很不错，连带着他也学会了不少，做出来的菜也不至于难以下咽了。宋丰丰拐弯抹角地跟父亲打听他俩打算什么时候结婚，他恼了，忍着没扇宋丰丰巴掌："这是你该想的事情吗？好好学习！考个好学校！"

宋丰丰不怕死："老爸，我关心你。"

宋英雄犹豫片刻，跟他坦白："一切等你考完试了再说。"

宋丰丰咬着筷子，咧嘴一笑。

他是很重要的，无论何时，无论宋英雄在不在他身边，他都能从宋英雄这里得到这样的讯息。

没有卫星电话的时候，宋英雄会在遥远的海面通过渔监电台给他留言，虽然内容是让他记得吃饭、不要乱花钱、注意锁好门窗、关煤气，末了还要骂他几句，但他总是算准了时间，提前到渔监电台里守着。

在他人生中关键的时刻，宋英雄从来没有缺席过，初三陪着他考试，送他和喻冬去考场，到了高三则决定全程陪伴。

"我老爸真的好好。"宋丰丰说，"其实我也挺喜欢蔡阿姨。"

喻冬没有插嘴，在他身边默默地听。

国庆七天长假，他们只能放三天。宋丰丰抱着一堆卷子到周兰家里来，但喻冬不想立刻开始做作业，拿着一本小说在房顶发呆。房顶上装了遮阳的棚子，是宋英雄出的钱，周兰要还给他，他怎么都不收。棚子挺好看,不仅阴凉,还放着竹编的桌椅。宋丰丰喜欢躺在地上,喻冬带了席子上来,自己坐在棚子里看书,宋丰丰则在一旁有一搭没一搭地跟喻冬说话。

喻冬没见过宋英雄的女朋友,但是宋丰丰断断续续提过她很多次。喻冬觉得自己同样喜欢她,如同他喜欢宋英雄和宋丰丰。

那是很复杂的感情,单单用"喜欢"两个字根本没办法简单概括。那里头还有羡慕,有嫉妒,有一些求而不得的渴望。

"你爸爸对你真好。"喻冬说。

宋丰丰结巴片刻,连忙闭嘴:"对不起。"

喻冬:"没关系。"

宋丰丰知道他心情有些低落了,开始紧张地想如何迅速转换话题,把他的注意力从这件事情上扯开。

喻冬身上带着一点食物的气味,是刚刚吃的炸小鱼残留的气味。今天周兰不在家,去市区探望老姐妹了,喻冬便下厨炸了一碟子小鱼,和宋丰丰就着白粥、榨菜解决了一顿午饭。

"你打算去哪个大学啊?"喻冬主动打破沉默。

宋丰丰的足球特长让他很受瞩目。高三刚开始,教练和老师分别找他谈过,有几个知名高校接触过学校,他们对他很感兴趣,并且在大学的专业选择上提出了很不错的条件。

按照规定,宋丰丰是国家二级运动员,而且足球队在省级比赛甚至更高级别的华南地区联赛中都拿过前三的成绩,作为主力队员的他是完全可以以体育特长生身份参加统考的。

"教练跟我说,我现在的成绩不行。"宋丰丰挠挠手臂,"我之前不是老说考上三百分就可以了吗?现在不行了。省里的学校还好说,但是省外的,尤其是重点大学,对体育特长生的要求一般是高考分数要过二本线。"

喻冬:"去年二本线多少分?"

宋丰丰:"四百多分。"

喻冬:"你确实不行。"

他说得果断，宋丰丰生气了："这才刚高三，谁不行了？队长恶补一年都考上了大学，我也可以的。我不是有你和张敬吗？"

话未说完，喻冬已经站了起来，顺手把他也拖起来。

宋丰丰满头雾水："怎么了？"

喻冬："去我房间。"

宋丰丰高兴了："玩游戏？"

喻冬："学习！"

趁着宋丰丰埋头抄英语作文的经典句式，喻冬跟张敬通了一个电话。

两位优等生在半个多小时的通话里，很快为宋丰丰拟定了一个整体的复习计划。

"周一到周五，晚自习是十点钟下课，但高三教学楼十一点才关灯，我会陪你到十一点，不过不是陪你玩，是陪你在教室里学习。"喻冬敲敲宋丰丰的桌面，"然后你报一个基础强化班，就在关初阳她爸妈开的补习学校里，张敬会帮你选老师。周六晚上和周日下午那里都开课，张敬会跟你一起去。"

宋丰丰："张敬也要上基础强化班？"

喻冬："你不要做梦了，他是绩优提高班。"

宋丰丰显然不太乐意："全排满了？那以后我都没时间玩了。"

"现在都十月份了，还玩什么玩？"喻冬简直恨铁不成钢，"你再不抓紧把成绩赶上去，就没有以后了。"

他罕见的严肃认真，甚至有些焦虑，让宋丰丰也忍不住认真起来。

"Yes,sir！"他敬了个礼，"你为什么对我这么好？"

喻冬瞥他一眼："你猜？"

宋丰丰："你也想跟吴瞳盯郑随波一样，把我培养出来？"他挠头笑了，"不会吧？"

喻冬难得看到宋丰丰害羞，忍不住笑了，但很快咬唇让自己的表情恢复肃然。

"坐好，继续抄！"喻老师严厉地说。

十月中旬,一波流感袭击了南方各城。在班上十几个学生先后中招的情况下,喻冬也没能幸免。

校医室常备着退烧药和感冒药,班主任还从家里拿来了一个电饭煲,每天中午和傍晚都在教室里煮醋,熏蒸消毒。喻冬被醋味熏得晕乎乎的,但病情没有好转,反而越来越严重了。最后不得已,他只能请假回家休息两天。

喻冬的身体一向健康强壮,在兴安街住的这三四年里,他没有病过一次。周兰很紧张,立刻带他去医院。在输了两天液之后,他完全退烧了,但人还是没精神,昏昏沉沉的。班主任不允许他回去上课,一是担心他的身体,二是避免他传染班上的其他人。

吴瞳说班上三分之一的学生都被流感击倒了,撑不下去的都已经请假了。

喻冬躺在床上,盖着薄被子发抖,他睡一会儿醒一会儿,醒的时候总是庆幸,学习的进度还不至于落下很多。

退烧之后,他开始频频咳嗽。周兰给他煮了糖水,里头加了罗汉果、梨和蜂蜜,喝下去润喉止咳。

喻冬喝了几口,突然愣住,半天才哑声说:"以前妈妈也煮过这个给我喝。"

周兰看着他吃完才放心。

"你妈妈也是跟我学的。"她从喻冬手里夺过复习资料,让他躺下来继续睡觉,"你妈妈小时候常常生病,我都这样做给你妈妈喝。以前梨不好买,但蜂蜜都是亲戚送的,用蜂蜜冲水也好喝⋯⋯"

她轻声说着,声音渐渐停了,摸摸喻冬的头。

"你哪里不舒服?"周兰粗糙苍老的手抚过喻冬的额头,"怎么哭了?"

喻冬擦擦眼睛,摇摇头。

"你想妈妈了?"

喻冬闭上了眼睛,小声地应道:"嗯。"

老人不再说话，仍旧轻轻抚慰着他。他感觉自己又变成了一个孩子，很小很小的孩子，孱弱，孤独，茫然。

久违的病痛让他脆弱了，他揪着薄被，在床上蜷成一团，悄无声息地流泪。他甚至不敢睁开眼睛，因为他知道外婆也和自己一样，正在思念着同一个人。

"乖啊。"老人梳理着他的头发，声音苍老温柔。

当吴瞳给喻冬送作业来的时候，发现喻冬眼圈发红。

他很同情："流感这么严重？你都哭了？"

喻冬看了看戴着医用口罩的他，接过卷子："你不给我送作业也没关系的。"

前几天都是宋丰丰回家的时候顺便去一班帮喻冬领卷子，今天来的是吴瞳，喻冬有些诧异。

"本来不是我送的。"吴瞳正了正自己的书包，里头沉甸甸的，"宋丰丰被张敬拉去学习了，所以让我担任信使。"

喻冬记得吴瞳的家和兴安街是反方向，他让吴瞳留下来吃饭，吃完了直接去上晚自习。

吴瞳抖抖肩膀："我不吃，你家里都是流感病毒。"

喻冬把卷子卷成一个纸筒，作势要抽打他。

"我不能感冒的！"吴瞳拉下口罩说，"我要代替郑随波上课，责任重大。"

他从车篮子里拎出一个白色塑料袋递给喻冬："这是我路上买的，可能不甜，可能不好吃。不过你现在口味淡，应该也吃不出来，随便尝尝吧。"

喻冬接过塑料袋一看，是乒乓球大小的枇杷。

"我听说吃了它能治咳嗽。"吴瞳又戴好口罩，"你吃过川贝枇杷膏吗？就是这种东西做的。"

他跑来送了卷子，送了水果，不肯留下来吃饭，掉转车头又跑了。

周兰说喻冬的同学都是癫仔。

"跑这么远的路，他连一碗饭都不肯吃！"

107

喻冬喝着汤，忽然想起"癫仔"这个词也被周兰用来形容龙哥。

"外婆，你们为什么喊龙哥作癫仔？"

周兰："啊，你们不知道？"

喻冬："什么？"

周兰压低了声音，喻冬连忙凑近了一点，竖起耳朵接收龙哥的秘密。

"他进少管所，是为了同学跟别人打架。"周兰有点小惋惜，"我听说他同学上了好大学，也有好工作，你看看他现在……是不是癫仔？自己毁前程。"

喻冬："是……是癫仔。"

他一脸镇定地坐好，埋头吃饭。

喻冬回到学校的第一天，受到了宋丰丰和张敬的隆重欢迎。

两人在互相没打招呼的情况下，都给喻冬买了早餐，而且买的都是两人份早餐。

"你大病初愈，是要多吃点。"张敬热情地捧出自己的流沙包和叉烧包。

"我这个比较厉害。我专门去得意楼的早点铺买的，是秘制核桃包和正宗蟹黄小汤包。"宋丰丰举起自己面前的两份早餐。

喻冬："我再怎么能吃，也不可能吃得下四人份的量吧？"

因为外带的早餐不能带进学校，三人只能偷偷缩在围墙边上，大口解决了所有东西，并赶在门卫关门的前一刻钻进了校门。

纵然如此，宋丰丰还是慢了一步，被教导主任抓住了："宋丰丰，又是你！你怎么又没戴校徽？"

宋丰丰连忙摸向胸口，发现校徽早不知道掉哪儿去了。他求助似的看向张敬和喻冬。喻冬在自己书包里翻了一会儿，找出一个他的校徽。

教导主任："你的校徽为什么会在喻冬那里？"

张敬："方主任，你不知道，我的书包里也有宋丰丰的校徽。"

教导主任:"宋丰丰啊宋丰丰,如果没有他们两个,你怎么办?你丢三落四,真是一个癫仔!"

宋丰丰站直了身体,大声说:"对!喻冬和张敬就是我的保险栓!"

教导主任把宋丰丰的校徽还给了他。他免于被登记名字,松了一口气:"差一点!这周我们班一分都没扣,如果在我这里掉了一分,流动红旗又拿不到了。"

张敬一路狂笑:"我知道,你们班拿不到流动红旗的时候,一般问题都出在你身上。"

喻冬没想到张敬目光如炬,如此通透:"张大师,请受我一拜!"说着,他用手指在车头上给张敬跪了一下。

张敬:"好说好说。"

宋丰丰被两人揶揄也不脸红,他已经练就一张极厚的脸皮。

他们吃得太饱了,走路都慢吞吞。他们在车棚放好车子之后,《运动员进行曲》已经开始播放,早操时间到了。喻冬揉揉脸,心中不太平静。明天就是十月份的月考,他总感觉自己不在状态。

月考之后,高三学生如常上晚自习和补课。考试已经成了他们生活中极为平常的一部分,谁都不会因为这个紧张了,除了发放成绩的时候。

喻冬考完就知道不太妙,第一肯定是拿不到了。

晚自习结束后,张敬和宋丰丰撺掇他一起去吃夜宵。他还咳嗽着,这不能吃,那不能吃,最后点了一堆烤青菜,放在面前慢慢地嚼。

张敬和宋丰丰捧着两大碗牛杂回来,又叫了许多牛肉串、羊肉串,最后还加了一条烤鱼和两碗鳝鱼粥。喻冬很震惊:"你们没吃晚餐吗?"

"吃了,这是夜宵。"张敬大口喝粥,讲话都不利落了,"我晚上一般都学到两点的,不多吃点撑不住。"

宋丰丰被张敬的学习劲头吓了一跳:"两点?你要成仙了!"

"不努力不行啊。"张敬把烤鱼盘里的炸花生拌到粥里,"我的成绩还不够好。"

"你上次月考排名全市前二十了。"宋丰丰看着喻冬，试图从他这里获得支持，"上同济大学完全没问题吧？"

"难讲。"喻冬不同意他的想法，"看全市没什么意义，得看全省排名。他现在考前二十名，能保证以后一定考前二十名吗？你注意观察，关初阳这种保持在前三名的人基本没有大变动，但是后面的几十个位置，每次考试都会变化的。"

"尤其是第一个学期。"张敬点点头，"第一学期还有复读生在迷惑我们的视线，等到了第二学期，基本上人员固定下来了。"

宋丰丰听得一愣一愣的。

虽然班上老师也会讲这些事情，但他基本没仔细听过。

"所以第一学期真的非常非常重要，时间就是分数。"张敬伸长脖子，吞下一串牛肉串，"搏一搏，青春无悔！拼一拼，石头成金！"

隔壁桌喝得面红耳赤的几个大汉为他鼓掌："好！学生仔有气势！"

宋丰丰看向喻冬，喻冬也正看着他。两人默默交谈了很多话。宋丰丰低头吃牛杂，一副若有所思的表情。

"喻冬，你想过考哪里吗？"张敬用羊肉串跟隔壁桌交换了两个生蚝，顺手递给宋丰丰一个，"北京？上海？广州？西安？重庆？"

"北京。"喻冬简单回答，这是他第一次明确地给出答案。

宋丰丰咽下了嘴里的食物："哪个学校？"

喻冬却不肯说了："不讲了，讲出来不灵。"

张敬："迷信。"

宋丰丰："那我也选北京。"

确实有北京的大学对他有兴趣，但他现在的成绩还达不到他们的条件。

学到两点……宋丰丰咬了咬牙：这有什么难的，不就跟玩游戏玩到两点差不多？

这场流感来势汹汹，喻冬病的这段时间确实受到了影响：他的总分排名下降到了全校第十名，全市第十六名。

班主任找他谈话，主要是想安慰他。

文科的学习和理科不一样，它需要积累和大量练习，才能够在脑子里形成一个较为系统的记忆。班主任告诉喻冬，这次排名前十的学生里有一半是复读班的，而这一次月考的题目范围很广，有些他们甚至还没有复习到，应届的学生做不出来很正常。

喻冬多谢她，并且很真诚地告诉她，自己明白。

考试之后照例是开家长会。因为天气晴朗，高三学生的家长会安排在操场上统一举行。学生们把开会使用的小板凳放在操场上，在写清楚班级姓名后，继续回到教学楼上晚自习。

坐班的老师把桌椅搬到走廊上，长长的走廊被六个班的六位坐班老师分割，各个学科都有。即便有些老师不在本班坐镇，学生只要有问题也可以过去问。

课间，喻冬掏出手机给宋丰丰发信息，告诉他，自己今晚要提前一点儿回去找资料。宋丰丰回信的速度慢了许多，他让喻冬先走，自己待到十一点。

喻冬诧异地挑了挑眉毛。

最近宋丰丰勤快得让人吃惊，就连张敬也觉得不对劲，他摸了宋丰丰的额头很多次，问宋丰丰是不是被人夺舍了。

"我也要去北京的。"宋丰丰总是这样回答。

喻冬和张敬都没笑他，因为感觉到他的认真与坚定，没人会笑话。

张敬把自己高一高二做笔记的本子给了宋丰丰，喻冬则一有时间就提醒他"学习，做题"。别说他学到凌晨两点，学到五点都有可能。

喻冬认为，宋丰丰可能是他们三人之中精力最旺盛的一个。这一周以来，宋丰丰声称自己每天学到凌晨两点，但白天居然一点儿不犯困。

晚自习结束的时候，操场上的家长会也进入了尾声。喻冬拎着书包轻快地下楼,快走到车棚的时候,忽然闻到一股淡淡的香烟气味,扭头一看,喻唯英正在校道边的树下抽烟。

"学校里不允许抽烟。"喻冬走过去跟他说。

"就两口。"喻唯英眉头紧皱,"烦死了。你这个家长会耽误我多少时间,你知不知道?"

喻冬耸耸肩:"你怨我没用,本来也不应该让你来开的。"

喻唯英低低骂了一句,用脚把放在地上的小板凳踢到喻冬脚下。

喻冬把板凳拿起来,转头走向教学楼。他走到一半,发现烟味随着自己而来,回头就看到喻唯英满脸不悦地跟在他身后。

烟虽然已经灭了,但喻唯英烟瘾很大,他身上似乎永远散发着那种令人不舒服的气息。

"你这次考得不好。"喻唯英说,"有什么理由吗?说来听听。"

喻冬很惊奇:"你想听我的理由?"

"你不说,我只能回去乱编了。"喻唯英看着喻冬,"你不想学习了,你被人欺负了,你谈恋爱了,你突然变傻了……原因有很多的,你选一个。"

喻冬在心里暗骂了一句:"我之前生病了,重感冒,状态不好。"他倒是没想到喻乔山还会跟喻唯英询问自己的学习状态。

喻唯英点点头,当他转身要走的时候,犹豫片刻,又喊住了喻冬:"那你现在身体情况怎么样?"

喻冬简单回答了。

喻唯英显然对他的敷衍答案很无所谓,自己只是要从他这里得到一个说法,好回去应付喻乔山就行。

"你有什么要对他说的吗?"不知何时喻唯英手上又夹了一根烟,没点着,"我可以转告他。"

"没有。"喻冬立刻回答。

喻唯英看着他,心里渐渐冒出了烦躁之感。即便喻唯英不想承认,他和自己也是有些像的。这种相像让喻唯英再一次确认了他们无可断绝的血缘关系。

"你的态度最好好一点。"喻唯英对喻冬说,"他吃软不吃硬,你跟他硬碰硬没有用。"

喻冬没料到能从喻唯英这里听到这样的话,讶异地张了张嘴,但没说话。

"我比你更了解他,他喜欢顺从的人,听话的孩子,你这样忤逆他,对自己没有一点好处。"喻唯英压低了声音,靠近喻冬,"你上大学的学费从哪里来,你想过吗?他手里这么多的钱,这么多的股份,你只要稍微听话一点点,也不至于变成今天这样。"

喻冬有一瞬间感到极度反胃。

"我现在有哪里不好吗?"他冷冰冰地问。

喻唯英笑了一下,正要说话,忽然猛地后退了一步。

喻冬还未回头,宋丰丰已经从教学楼的台阶上跳下来,一把揽着喻冬的肩膀。

"你们聊什么呢?"皮肤黝黑的男孩冲喻唯英亮出一排白牙,"这么高兴,我也来听听?"

喻冬吓了一跳:"你不是要学到十一点吗?"

宋丰丰也正好朝喻冬说话:"他是不是又在欺负你?"

两人大眼瞪小眼。喻唯英又退了一步,目光在面前的两个男孩脸上游移。

喻冬推了宋丰丰一把,重复问:"你不是要学到十一点吗?"

"不学了。"宋丰丰看了喻唯英一眼,"我以为他过来骂你,所以下来帮你撑场。"

喻唯英没想到这个小流氓居然对自己成见这么深:"我骂人?我还怕你打人呢。"

宋丰丰发现两人没冲突,于是把书包往肩上一甩,指着喻唯英说:"你不要走,你等着,我现在就开锁推车来打你。"

喻唯英冷冷地笑着。

宋英雄也开完了会,把小板凳交给宋丰丰。宋丰丰直接把木板凳往车篮子里一扔,顺手指向喻唯英,让宋英雄瞧瞧:"那个,这

113

是喻冬的假大哥。"

宋英雄从周兰那里听过喻冬家里的事情，知道一些底细。他让宋丰丰不要掺和，宋丰丰嘴上应着"是是是"，一看他开摩托走远，立刻跑到喻冬身边，冲喻唯英露出威胁的表情。

兄弟俩之间的气氛很奇怪，宋丰丰像闯入了一场彼此都心知肚明的默剧中，唯有他是局外人。

"你们说了什么？"

喻冬耸耸肩："一些闲话。"

他正要转身走，喻唯英突然喊住了他。

"作为交换，我也可以给你一个建议。"喻唯英说，"你清理清理你的朋友圈，他非常重视我和你的交友情况。现在你还在读高中，可能他不管，但你一旦上了大学，这样的人肯定不允许出现在你和我们家周围的。"喻唯英指着宋丰丰，"你跟一个卖鱼的小流氓来往，有什么好处？"

宋丰丰又惊又怒，他下意识转头看喻冬。他以为喻冬会和自己一样愤怒，但喻冬却异常平静。

喻冬拉了拉宋丰丰的衣角，示意他跟自己一起走。

"和你无关。"喻冬对喻唯英说，"管好你自己吧。"

喻唯英又心烦气躁，点起一支烟，却被从教学楼走下来的老师发现，批评了一通。

喻冬也把小板凳扔到车篮子里，和宋丰丰推着车离开学校。宋丰丰一出校门就伸长手臂揽着他的肩膀。他回过头，看见喻唯英站在车边，远远盯着他和宋丰丰的背影。距离太远，停车处的光线太暗，他看不清喻唯英的神情。

走了一段路之后，喻冬察觉宋丰丰的沉默有些古怪。

宋丰丰平时说话很多，两人可以一路说个不停，在饭桌上也继续唠嗑，随手就能找出一个消磨十几分钟的话题。

他问宋丰丰怎么了，宋丰丰摇摇头。

喻冬看看周围，路上没人，两人推着自行车慢吞吞地走。他轻咳一声，抬手揽上宋丰丰的肩膀，把宋丰丰往自己这边拉："你怎么不说话了？"

喻冬平时很拘谨，对张敬、宋丰丰两个人表达感情的动手动脚行为十分不屑。宋丰丰被他这动作吓了一跳，甚至有些不习惯。他从喻冬手里挣扎开，往前走了一段路才开口："那人说我是卖鱼的小流氓，你怎么不帮我说话？"

喻冬想了一会儿才意识到，宋丰丰在意的是这句话。

他当时根本没仔细听喻唯英后面讲的什么，一开始就被喻唯英那句"清理你的朋友圈"气着了。

"我没注意听。"喻冬坦白，"对不起，我要是听清楚了，一定揍他的。"

"算了，算了。"宋丰丰想，那可是学校，怎么可能。

喻冬在安慰他，他当然知道，但喻唯英这句话确实很伤他的心。他知道喻冬不喜欢喻唯英，两兄弟也从未把彼此当作家人，但是喻唯英一站出来，他就能明显感觉到喻冬和自己生存的世界是不一样的。

而喻唯英这样对喻冬说话，就像生生在宋丰丰和喻冬之间划定了一道线：喻冬和喻唯英是"那个"世界的，而他宋丰丰只是一个不入流的、卖鱼的小流氓。

他攥住车把的手悄悄握紧了。

"他一直都不是东西。"喻冬说，"你记得吗？我跟你说过的，就是他把喻乔山写的那些信拿给我看的，后来我就说不了话了。"

喻冬想了想，斟酌着说了一句话："他很懂得怎么伤人。"

这话一说出来，喻冬立刻恍然大悟——宋丰丰不是生气，他是被喻唯英刺伤了。喻唯英刺伤他的目的是羞辱自己。他成了自己的软肋，他是因为这个在愧疚，甚至是自卑。

两人回到玉河桥上，喻冬示意宋丰丰跟上自己。

"早上我发现有两只猫快饿死了，你看看还有没有什么办法救救它们。"他说小猫就在玉河桥桥洞下面，让宋丰丰下去看。

115

宋丰丰沿着台阶走下去，转了一圈都没看到一根猫毛。

回头时，宋丰丰发现喻冬也走了下来，手里还拿着彼此车篮里放着的小板凳。

宋丰丰："猫呢？"

喻冬："在这里。"他指了指自己。

宋丰丰被他弄笑了。小板凳是年级统一买的，坐起来没有郑随波木工协会的成品舒服。两人各坐着一张小板凳，待在玉河桥下窄窄的平台上。

前段时间，下了一场又一场大雨，把桥下洗得很干净。废弃的渔船陷在浅浅的水中，桥上灯光照下来，轮廓清晰。

喻冬指着一个方向，宋丰丰随着喻冬的手指看去，惊讶地发现浅浅的水面居然闪动着绿色的光点。

他仔细去看，才发现是碎裂的啤酒瓶，它深深陷进泥沙之中，只露出了一点点。水挟带着摇摆不定的光，连水底的碎片也被照亮。而处于桥洞阴影的那一半则陷入黑暗之中，桥下一汪水就这样被分成了两半。

两人谁都没说话，只看着水面的流光。偶尔有一两张纸片漂来，喻冬用长棍子把它挑起，扔在岸上。

宋丰丰攥着喻冬的手，那颗不太高兴的心一点点冷静了下来。

喻冬给他按摩手臂和手指，他心中一动，笑着问喻冬："你搞什么？在安慰我吗？"

"对。"喻冬加大了手上的力气，"还满意吗？"

满意死了。宋丰丰心里想着，嘴上开始装可怜："我写字太多了，手真的特别疼，比踢球难多了。"

喻冬又重重地捏了几下。宋丰丰说："我没有生你的气。"

两只流浪猫跑到桥下，发现这儿有人，登时立定。但它们多瞅两眼便认出了宋丰丰和喻冬，于是在一旁玩闹起来，冲他们俩抖尾巴伸懒腰。

"你敢生我的气？"喻冬笑道。

"不敢,毕竟你是……"

喻冬等他的下半句。

"你是喻冬啊。"宋丰丰说。

夜晚的玉河是漆黑的,玻璃瓶的碎片像绿色的萤火,也像倒悬的星星。夜宵摊点的烟火气漫漫飘过来,黑暗的河流、船只、猫咪与遥远的海湾,如坠入茫茫的幻梦之中。

喻冬是这场幻梦的一部分。宋丰丰心想:我怎么会有勇气说出"我要去北京"呢?那样斩钉截铁,不可动摇。

"一起去北京吧。"宋丰丰说,"你答应过我的,带我去看雪。"

喻冬:"嗯。"

"我要当最好的大学生足球运动员。"宋丰丰又说,"我要拿金牌和奖杯。"

喻冬:"谁再说你是小流氓,你就用奖杯砸他。"

宋丰丰:"好!我先定一个小目标,下次考试,我要考到你总分的百分之七十。"

喻冬:"降一点,百分之六十五吧。"

宋丰丰说完也立刻觉得不妥,迅速下台阶:"好吧,听你的。"

猫儿不知跑到哪里去了,只听见它们的叫声,在桥洞里一阵阵回荡。两人伸直双腿,随着耳机里的音乐声轻轻摇晃脑袋:认真投决定命运的硬币,却不知道到底会去哪里。

不知何时落下了雨,倒悬的星星碎在黑色河流里。

第十四章
载我回家

张敬很快发现宋丰丰学习的劲头比之前还要足。原本周末补课他总是一脸不情愿,现在下了课也不肯走,一直赖着等到绩优提高班下课,拽着张敬一口气问十七八个问题。

张敬怀疑他被某位心愿未了的短命学子夺舍了。

"我一定要跟喻冬一块儿考去北京,"宋丰丰目光炯炯,"而且最好是跟喻冬读同一所学校。我现在充满了动力,需要你的协助,先把十一月月考的成绩提高一截,我的目标是拿到喻冬总分的百分之六十五。"

张敬坐在他对面的椅子上,神情有些怜悯:"你知道十一月的月考是全市摸底考,考题难度会比上两次难吧?"

"是吗?"宋丰丰说,"但我这个月已经学得很认真了。"

张敬在纸上写了两个分数:三百二十五和六百零三。

"六百零三是喻冬上一次月考的分数,然后这个三百多是你的。你应该知道他是身体情况不好考砸了,所以这一次他考得肯定比六百零三还高。"张敬画去六百零三,"保守估计六百三十吧。"

宋丰丰愣了一会儿,慢慢抬起头:"这么高?"

如果喻冬考六百三十分,他至少要考四百一十分。

张敬:"你把目标分降低一点儿吧,为什么要为难自己?"

宋丰丰呆愣了一会儿，就埋头继续看书了，片刻后才闷闷地说一句："我先试试。"

十一月的摸底考，题目普遍比之前要刁钻一些。

这是一场足以拉开距离，让学生看清楚自己真实水平的考试。学生的成绩不仅在全校、全市进行排名，而且也会联合其他同样进行摸底考的城市进行统一排名。

不知道是谁将排名表拿了回来，就放在讲台上。学生们一堆堆围上去，装作不经意地看。有的人平静下来了，有的人强颜欢笑，有的人则喜出望外。

喻冬没动，吴曈蹦上去瞧了一眼，回来戳戳他的背脊："你考了全市第二。"

喻冬："知道了。"

他最近很累，上午下午都盼望着广播里响起眼保健操的音乐。有眼保健操的课间长达十五到二十分钟，闭着眼睛做操的时候还能打瞌睡，堪称享受。一般在眼保健操结束之后，班上大都趴倒一片，他们连眼睛都不想睁开。

科任老师都很担心，这才十一月，大家就这样不精神，到了冬天或者下学期只会更糟糕。

没多久，高三年级开始了强制性的体育锻炼。每天下午五点钟，高三所有班级都要进行室外活动，戴着耳机一边听英语一边在学校里晃荡吃零食都可以，但不能一直待在教室里。

宋丰丰来找喻冬一起去打篮球，喻冬一看到他就问他的成绩。

宋丰丰这次的考试成绩距离四百分还有一点距离。在他拿到成绩条和排名单之后，心里没多少遗憾，反而一脸激动："我也能考这么高？"

"那是肯定的。"喻冬伸了个懒腰，从夏季的校服上衣下摆处露出白净的一截腰身，"高考卷面至少有五百分是基础内容，任何一个高中生，只要把基础部分学好，肯定就能上大学。"

宋丰丰半信半疑："你学得好，才会这么讲，基础知识也不是那么容易学的。"

他一路拍着篮球下了一楼。喻冬问他为什么不踢足球了，他咧嘴一笑："陪你。"

他们有时候能看到张敬和关初阳一起在操场上跑步。两人很八卦，问张敬现在跟关初阳到底是什么关系。

张敬坦然回答："我们是志同道合之人。"

他们还不打算将这种彼此信赖、见之欢喜的感情用某种词语来定义。

张敬的班主任还问过他想考哪里。他说考去上海，关初阳也去上海。班主任的眉毛动了动，没说什么。他在办公室里待了一会儿，结果班主任告诉他，自己和妻子也是高中同学，不过是大学毕业之后才重新联系上的。

张敬就像受到了鼓励，一路傻笑着回教室。这件事他只跟宋丰丰和喻冬说过，又继续低头啃书做题。

郑随波结束了美术培训，开始恢复上文化课。吴曈给他提供了很多上课的笔记和资料。他的基础比吴曈好，成绩跟上来毫不费劲，他的目标是央美，文化课分数一定要很漂亮。

有时候吴曈会和他一起跑步，两个人一前一后，没什么交流。但总是一起上学，一起放学。

宋丰丰和喻冬打球累了，就走到双杠那边休息。两个人都坐在杠子上，看学校里的人来来往往。宋丰丰拎着书包，突然想起什么似的，低头掏个不停。

"我有一本禁书。"他神神秘秘地说，"班主任不许我们看，你小心点，会被没收。"

然后他掏出一本崭新的《男人装》。

"不过操场上应该没问题。"宋丰丰又补充。

两人脑袋挨着脑袋，逐页翻阅，不时发出古怪的笑声。

"好看吗？"

他们的身后传来声音。

"还行吧。"喻冬看着半裸上半身的男模特,他正一只脚踩在浴缸上,注视着浴缸里仰躺的女明星。

宋丰丰补充:"这男的练得一般,肌肉没有爆发力。"

他回头想跟问话的人一起讨论,结果看到了教导主任笑眯眯的脸。

"好看是吧?"教导主任看着他们俩问。

宋丰丰:"不好看,这是什么东西,模拟金卷一百套比较精彩。"

喻冬默默地把书递过去,冲教导主任露出纯良无害的微笑。

在十二月初举行的家长会上,教导主任以不点名的形式批评了高三学生存在看黄书、看黄片之类的歪风邪气,并且展示了自己没收的这本厚重杂志。

别人不晓得这本杂志,但是宋英雄是认得的,他在宋丰丰的车篮子里看到过它。

当夜宋丰丰回家,宋家鸡犬不宁,这是后话了。

家长会结束之后,喻唯英发短信给喻冬,和他碰了头。

喻冬这次考得很好,喻乔山和喻唯英都没有什么可说的。他以为喻唯英又会抓住一些无谓的问题来训斥自己,但喻唯英直接打开了车尾厢。

这一年的冬天不算冷,但喻乔山总对年初的酷寒心存余悸,命令喻唯英给喻冬带了不少衣服,还都是新买的。喻冬看着他车里的两个行李箱陷入沉默。

"我知道你带不回去,一会儿直接送到兴安街,给你放门口。"喻唯英抽出一支烟,但他控制着自己没有拿出打火机,"怎么,你那个黑朋友呢?不来救你了?"

"你怕他?"喻冬立刻说。

喻唯英一口气堵在喉头,咽不下去也出不来。和喻冬说话太让人难受了,根本无法顺利沟通。

"谁怕他！"喻唯英气冲冲地说，"不说他，就连你那个大佬我也没有怕过！"

"我的大佬？"喻冬想了半天才明白，"哦，龙哥。"

喻唯英冷笑："龙哥，哈！"

喻冬无意跟他沟通这件事，低声询问："你查到了吗？"

喻唯英咬住了嘴里的烟，半天没出声。

晦暗不明的树荫下，只有喻唯英和喻冬两个人。而在树荫之外，是被灯光照亮的校道和操场，结束晚自习的学生快快乐乐地聊天打闹，与此处相比仿佛是两个世界。

"查到了。"喻唯英点点头，"确实有两项。"

喻冬直起身，沉默着点点头。

当年喻乔山通过喻冬的妈妈，从老教授那里先后拿到了七种专利技术的授权，才有了之后顺应互联网时势的商业网络。

喻冬只是模模糊糊有这么一个印象，但喻唯英得到他的隐晦提醒之后，查到了他们都很感兴趣的东西：这七种专利技术，有五种是授权给喻乔山所在企业的；而剩下两种技术，拿到委托代理权限的是喻冬的母亲。

虽然喻冬的母亲已经离世，但喻乔山没有交还委托权限，而是继续使用这两种技术，并且以它们为核心，继续研发新的功能。

这件事太隐秘了，除非接触到具体的授权和委托文书，否则不可能知道。

喻唯英烟瘾全无，他忍不住问喻冬："你要做什么？"

喻冬反问他："授权期限是二十年？"

喻唯英点点头："对。"

喻冬不吭声了，摸着下巴陷入沉思。

片刻后，喻唯英先开了口："这是一个好把柄，你给我，我很感激，但我什么都不可能做。我和你不一样，我不需要忤逆他，或者费尽心机从他那里抢夺什么。"

喻冬耸耸肩："我知道，你特别乖。"

他语带讥讽,喻唯英没有被激怒,反而笑了出来。

"小孩子。"他低声说,"你太小了,还是一个学生……你根本不知道外面的残酷。如果不是身后有人撑腰,做不出什么名堂的。"

喻冬又耸耸肩,这次什么也没说,转身就走了。喻唯英看着他走远,突然有种强烈的、被嘲弄的感觉。喻唯英满心烦躁,转头看着车后的行李箱,慢慢冷静下来,露出冷笑。

虽然衣服是喻乔山说要买的,但喻唯英根本不知道喻冬的尺寸。他问喻乔山,喻乔山也说不出个所以然。最后还是母亲告诉他,喻冬目测有多高多瘦。她常照顾儿子,因而能说得出来。

你够洒脱。喻唯英心里响起一道不甘心的嘲笑声:可你也够可怜。

又是一个平安夜。虽然宋丰丰的成绩没能达到自己设定的要求,但他完全不见沮丧,甚至比喻冬和张敬还要兴奋。三人前往教堂,打算好好度过高中时代在这儿的最后一个平安夜。

张敬车篮子里放着一只小白狗,爪子趴着筐边,正好奇地看着周围人群。

小白狗是张敬家里新捡来的看门狗,他特地带它出来见见世面。

宋丰丰无情地戳破他的计划:"关初阳小时候养过一只小白狗,后来走丢了,一直都挂念着。要不然他也不会先回家载一只狗,再过来跟我们会合。"

张敬大惊:"你怎么知道她养过小白狗?"

喻冬和宋丰丰异口同声:"你自己讲的!"

张敬:"哦。"

三人和关初阳碰头之后,关初阳全部的注意力都放在了小白狗身上,三个男孩子加在一起的魅力也不及小白狗的一根尾巴毛。

喻冬和宋丰丰两人跑到别处去玩,渐渐发现人越来越多,挤得有点严重。

两人买了一些吃的,然后转到教堂侧边的路上,这里人不多,却都是成双成对的情侣。两人一路走过去,渐渐觉得尴尬,忙加快脚步穿过小路来到教堂后面。

教堂后面有个小池塘,现在是初冬,池塘里都是衰败的荷叶,没什么景致。这儿也没灯,黑漆漆的,只有教堂窗户里露出的光线能给它增添一点儿亮度。

两人坐在池塘边的草地上吃东西,两串烤鱿鱼还没吃完,眼前忽然一暗:停电了。

前头传来一片惊呼,还有此起彼伏维持秩序的声音。

宋丰丰倒是坦然:"看来我们找了一个好位置。"他掏出钥匙串,拧亮了小小的电筒。

在教堂的对面,海滩上的人打开了发电机,挂在烧烤摊上的小灯一盏盏亮起来,烟花也一簇簇燃起来。

教堂后的灯光不够明亮,喻冬抬起头,看到了满天的星辰。他被这刹那间袒露面貌的宇宙震惊。冷风吹动常绿乔木依旧茂盛的树叶,他听见沙沙的声音,此刻仿佛星辰坠落,化作无形的雨滴。

灯突然亮了,教堂里所有的窗户霎时间都射出光来。彩绘玻璃把灯光变幻成各种颜色,全部投射在了教堂后方的地面上。

灯光一下照亮了喻冬的脸。

喻冬仍未回过神,只听见宋丰丰在身边说:"我有没有说过你很帅?"

他说得很温柔,眼睛盯着喻冬,手撑着下巴,一边笑一边问。

喻冬低头想了想:"好像没有。"

"那我现在说。"宋丰丰小声地讲,"喻冬,你是我见过的最帅的人。"

喻冬:"哦。"

宋丰丰等了片刻,发现喻冬只是看着自己笑,再没有多说一句话,忍不住推了推他:"就一个'哦'?"

喻冬:"那我还要说什么?"

宋丰丰:"你觉得我帅不帅?他们说我踢球的时候很帅的。"

喻冬："嗯。"

宋丰丰："嗯什么啊？你怎么想的？"

喻冬笑嘻嘻地看着宋丰丰，摇摇头。

想从喻冬嘴巴里套出什么话来，难度太大了。宋丰丰终于放弃："算了，反正我帅，你知道的。"

他拆开了神父给的一包糖果，发现里面有两个杯状的果冻。他和喻冬一人一个分了果冻，两人碰了碰杯，各自吃下里头软乎乎、甜滋滋的布丁。

"你要考到北京去。"喻冬一边吃果冻一边小声说，"如果你考不到，我可能会气到杀人。"

宋丰丰："哦。"

这回轮到喻冬不满了："就一个'哦'？"

宋丰丰："那还要讲什么？"

两人坐在黑漆漆的池塘边上，打打闹闹消磨了很长时间。等他们和张敬、关初阳碰头时，张敬已经急得快要报警了。

"我打你们的电话也不回，吓死我了。"张敬轻拍怀中小白狗的脑袋，"刚刚不是停电吗，我听说海堤那边摔下去几个人，不知道救起来没有，我以为你们也在那边。"

喻冬和宋丰丰掏出手机，发现张敬确实打了二十多通电话，但离开学校之后，两人都忘了将静音状态更改，因而完全没接到电话。

喻冬发现自己手机上的一个陌生号码，抬头看着关初阳。关初阳点点头："这是我的手机号。"

喻冬顺手保存。

张敬和关初阳之前在龙哥的烧烤摊前吃了点东西，龙哥挺喜欢张敬，认为这个学生仔很有潜力，以后能当烧烤大王，就热情地建议他，万一高考落榜就到自己大排档里干活。

"我们家出去吃烧烤，一般都是我烧东西，我爸妈和我妹妹是不动手的。"张敬跟关初阳解释，"所以我厨艺很好，下厨房这种活儿可以都包在我身上。"

关初阳眉毛一挑,抱着小白狗笑得肩膀一直抖。

"你跟我说这个干什么?"她正色道,"我又不去你家吃饭。"

张敬:"哎呀,万一以后有机会呢?你就没有一点小期待?"

关初阳:"没有。"

龙哥在一旁跟喻冬和宋丰丰说:"你们这个朋友不错,讲义气,又傻,我很满意。"

两人连忙让龙哥打消这个念头:"他成绩超级好,龙哥你死心吧。"

龙哥看着宋丰丰:"那你呢?"

宋丰丰一愣:"我?我……我有点危险。"

"好好学习。"龙哥看着宋丰丰,语带恳切,"只懂踢球又怎么样,也可以出人头地的啊,对不对?"

夜渐渐深了,数人在路口分别,张敬带着小白狗和关初阳朝着市中心的方向去,喻冬和宋丰丰则沿着海边一路前行。

今晚喻冬没有骑车,而是踩着许久不用的滑板。宋丰丰在前面慢慢蹬车,他在后面踩着滑板往前溜。

十二月底,冷空气已经来了一轮,但威力不足。和年初的酷寒相比,年末的寒冷显得太孱弱了。喻冬把校服的领子拉起来,双手放在口袋里,他被海风吹得微微缩起脖子,眯起眼睛。

宋丰丰在路灯下等他,嘴里还嚼着最后一块泡泡糖。他吹出来的泡泡不大,啪地破了,又被他用舌头卷进嘴巴里,继续嚼个不停。

喻冬也吃着一块泡泡糖,他吹出的泡泡堪比包装袋上的广告,很得意地从宋丰丰面前经过。

"幼稚!"宋丰丰大声说,"你十八岁了!你是大人了!"

喻冬放声大笑。

为了让他轻松一点,宋丰丰从他身边经过的时候拿走了他肩上的书包,一口气溜下缓坡,在路边等他。

喻冬却停了下来,抄起滑板夹在腋下,慢慢走向宋丰丰。

夜太深了,路上没有一个人,连海里的游鱼都藏了起来。只有白浪卷出的声音在沙滩上一层层地叠起来,像叹息和呢喃。

宋丰丰莫名其妙地看着他:"滑板坏了?"

喻冬用滑板拍了拍宋丰丰的自行车后座:"我想让你等我。"

成年的喻冬拥有了一个权利,他可以接手母亲的营销公司,也可以对属于母亲的两项专利使用权提出自己的看法。

他即将开始对抗一堵墙。墙如此高,如此厚实,总是令他喘不过气。虽然他不知道要如何翻越墙,但他已经做好了尝试的准备。

宋丰丰把车蹬起来,仍旧莫名其妙:"等你干什么?你想让我载你,直说啊。"

喻冬跨上他的自行车后座,指着前方。

"载我吧。"他说,"载我回家。"

元旦那天,三中举行了一次成人式典礼。

喻冬对所有仪式上刻意的煽情和口号全部敬谢不敏,但校长的讲话他认真听进去了。

校长年纪不大,有着圆乎乎的脸,圆乎乎的肚子,架着一副圆乎乎的眼镜。

这其实也是高考的一次动员会议,参加的人都是高三学生。

"虽然高考很重要,但它绝对不是你们人生中最重要的一次战役。"校长站在主席台上,有风吹动他没打发胶的头发,露出了半秃的头顶,"在未来,你们还将遇到无数关键的时刻,面临许多抉择。我希望无论在任何时刻,你们面对任何人与事,所做出的选择都无愧于自己,无愧于社会。"

会场响起稀稀落落的掌声。

"不欺少年穷,不欺少年弱。"校长收起了讲话稿,"度过无悔青春,愿你们都能成为坚强的人。"

喻冬一动不动地站着,心里有一部分被这几句话微微撬动。

校长的讲话收获了掌声,虽然不够让人激动,但很真诚。接下来是高三年级主任上台,他的讲话稿更富于煽动性,整个操场的人都大喊起来,声音在楼宇之中震动,传来隐隐回声。

喻冬没有喊,也没有举起手。他越过无数高举的手臂,看到了这个城市永远常绿的树冠和一片明净的蓝天。

二〇〇九年来了,这是所有高三学生在求学过程中度过的最短的一个寒假,前后加起来仅仅十天。期末考试之后,大家立刻迎来了新一轮的补课。高三文科班终于开始了第三轮复习,老师却纷纷表示时间不够,恨不得生生把一天二十四小时过成两倍。

倒计时的挂历挂在墙上,每天翻过一页。

这一年的春节来得早,在一月下半旬。补课两天之后,喻冬接到了喻乔山的电话,让他春节回家过。他一想到去年可怕的除夕之夜,就生出窒息之感,连忙用高三任务很重为理由,回绝了喻乔山。

喻乔山犹豫一会儿,同意他不回家过春节,但要求他必须抽一天回去吃一顿饭。喻冬讷讷应了,挂了电话才长舒一口气。

一月中旬的模拟考,喻冬仍旧保持前三名的位置。

理科前三名都是三中的学生,但文科的第一、第二名却是华观中学的学生。

校领导显然有些压力,连带着老师也找喻冬谈了几次话。喻冬对争抢名次没有任何兴趣,只有在老师说到他的成绩完全可以瞄准清华大学和北京大学之后,他的意志才有瞬间松动。

"真的吗?"喻冬又确认一遍。

班主任对这个学生没办法。喻冬很省心,不用提点,他是所有老师都很满意的那一类学生。但他不和人亲近,很难对谁敞开心扉,因为他心里主意多,成年人的建议也没办法让他动摇。

不过实际上,他已经是成年人,该懂的都懂,现在还不理解的,以后也一定能明白。

"是真的。"班主任点点头。

因此喻冬的心情一直很好。

大年初一晚上,喻冬和宋丰丰约好了一起去海滩看烟花。山海公园已经被填平,工地在春节期间停工,稍稍安静。原本的沙滩和海堤都已经消失,两人穿过山海公园的旧址,爬上了乌头山的观景区。

观景区上面已经挤满了人。宋丰丰给张敬打电话,张敬和关初阳也都在,但他们完全看不到对方。

放弃会合后,喻冬和宋丰丰仗着力气大身体好,抢占了一个不错的位置。

八点,烟花准时开始燃放。

燃放地点在岛屿和船上,乌头山作为最佳的观看地点,已经被人全部占满。人们的欢呼声和拍照声此起彼伏,放眼望去,挤挤挨挨,全是黑乎乎的脑袋。

烟花燃放到一半,两人前面的一对情侣突然抱在一起,热情地互啃。

有人欢呼,有人鼓掌,有人起哄。

宋丰丰朝着喻冬转过头,与他靠得很近。喻冬心头一跳:"?"

"生日快乐!"宋丰丰大声喊。

周围许多不认识喻冬的人也起哄般喊了起来:生日快乐!生日快乐!

宋丰丰躲开闹哄哄的人群,找到了张敬和关初阳。三个人给喻冬放了两箱子烟花充当生日礼物。关初阳点评道:"烧钱。"

在烟花绽放的声音里,宋丰丰扭头对喻冬说:"遇到你真是太好了!"

喻冬:"什么?"他听不清楚。

宋丰丰:"今天,你开心吗?"

"开心!"喻冬揽着他的肩膀,在他耳边说,"回去我再给你找两张卷子!"

张敬和关初阳站在一旁,诧异地看着他们俩手舞足蹈地扭打在一起。等张敬和关初阳说完几句话,再抬起头时,喻冬和宋丰丰都没了影子。

假期过得太快,大家都还没来得及好好品咂,就又开始补课了。

喻冬和张敬，甚至是老师都跟宋丰丰反复强调，学好基础内容之后，四百分肯定不在话下，再稍加努力，就能拿到五百分。人人都说得很轻巧，但宋丰丰做起来却完全不是一回事。

三月举行第二次模拟考，宋丰丰勉强考了沾边四百的分数，全靠语文和英语拉分。因有喻冬的笔记，宋丰丰的语文和英语提高很快，加上学会了写议论文的套路，作文拿四十八分不成问题。

宋丰丰对自己的分数不满意，但张敬认为这段时间的恶补是有效果的。

张敬跟宋丰丰仔细说了后，他才稍稍松一口气："原来是因为这次的题目难。"

"除了学得好，理解能力也要提高……"张敬看着宋丰丰的试卷，"黑丰啊，你可以啊，能拿的分数基本拿到了。"

不懂的题目他也写上一两句废话，至少拿到两分。

喻冬给宋丰丰补课，为了鼓励他，常常会夸他一两句。但是张敬不会，在补课这一件事上，张敬渐渐成了比喻冬更严厉的张老师。

"有进步，有进步。"张敬像小鸡啄米般点头。

宋丰丰得到张敬的表扬乐坏了。这一天又是家长会，他在班上学到十一点，只有喻冬还在等他。

他迫不及待地要跟喻冬分享这个消息。

学校里人已经很少了，喻冬在车棚边上一边打呵欠一边等他。他跑到喻冬身边，一把揽住喻冬的肩膀，咧嘴大笑："张老师说我进步了。"

喻冬让他快开锁，车锁有点儿生锈了，他蹲在地上戳了半天都动不了。喻冬拿出铅笔，削了些铅粉灌进锁孔里润滑。两人摆弄半天，总算把锁头弄开。摆弄锁头时，宋丰丰说个不停，一路推车到校门口也没停下来。

他抓起喻冬的手臂，看了一眼手表："还有时间，走，我请你去辉煌街吃夜宵。"

喻冬正要答应，手机却在裤兜里振动起来。

是喻唯英的来电。

喻冬接听电话之后，手机另一头的喻唯英却没有立刻说话，片刻后才开口："喻冬。"

喻冬没好气地应道："怎么？"

"我在操场这里等你，你回来。"

喻冬看看手机，确认给他电话的不是喻乔山而是喻唯英。

"你命令我？"他压低了声音，"你有话就直接说，不用搞这么多……"

"你和那个小流氓是怎么回事？"喻唯英的声音急切，甚至有些凶恶起来，"我提醒过你，不要再和他来往，你是把我的话全部当耳边风吗？"

家长会结束之后，操场上的人很快散去。喻唯英一直留在这里，并不是为了等喻冬或者等老师，而是找地方抽烟，顺便打了几个电话，解决身边的事情。

喻乔山的合作伙伴请他吃过几次饭，席上还有那老总刚刚从国外读书回来的女儿。喻唯英一眼就看穿了父亲的意图：他给自己找了一个合适的对象。

这个对象太好，太合适了。喻唯英犹豫着约了那女孩几次，各自都明白自己婚姻的意义，也因此免去了疏离，有时候还可以开开玩笑，发发长辈的牢骚。

喻乔山让他和已经相处了数年的女友分手，他却又一次犹豫了，他舍不得。

喻唯英在母亲身边长大，因为穷困和周围人的鄙夷，他并没有很多可以自己掌握的东西，而专属于他的更是少之又少。当他回到喻乔山身边时，那房子与他无关，现在喻乔山的事业与财产也与他无关。

唯有他自己争取来的一段爱情，是没有任何附带条件，仍旧属于他的。

他始终说不出分手,一天天地拖着,被自己的烦恼弄得焦头烂额,既不想回家,也不想动弹,烟倒是一天比一天抽得更凶了。

他发现喻冬和宋丰丰并未断绝来往时,正坐在主席台的台阶上抽烟。

这个位置可以看到车棚。春天时开得欢快的羊蹄甲已经落尽了花,长出一树郁郁葱葱的叶子。树下有个男孩骑在车上,似乎在等人。喻唯英看了几眼,很快认出那是喻冬。

他原本无心跟喻冬谈话,来开家长会无非是替喻乔山履行责任,他并不乐意看到喻冬。他走下了台阶,慢慢往操场外走去。为了避免喻冬看到自己,他专门挑阴暗的地方走。

然后他看见了宋丰丰,两人和之前毫无分别,仍旧亲昵地说话、谈笑,气氛融洽快乐。因无人在场,他们的笑声和动作都肆无忌惮。

因为喻冬曾跟他透露过喻乔山专利项目的漏洞,他以为喻冬跟自己是同一类人,他甚至认为喻冬可能比自己更狠、更直接,这些无谓甚至有害的关系,喻冬丢弃的时候也不会可惜,但喻冬并没有。

喻唯英像被重锤击打,钉在地面上一动不能动,脑中一片空白。等他回过神来给喻冬打电话,却发现自己的手在抖,声音也在抖。

"你……你疯了!"喻唯英对着喻冬怒吼都带着恐惧,"你怎么敢!"

他看到那个令人不快的小流氓也跟着来了,但不敢上前,只是远远地看着他。

喻唯英突然笑了出来,一把揪住喻冬的衣领:"喻冬,我之前以为你只是小孩子,所以比较傲,比较不听话,但现在看来,你完全就是一个傻瓜,蠢货,没脑筋!"

他眼神凶狠,像要吃掉喻冬似的。愤怒、恐惧和鄙夷,让他理不出自己真正想要说的话。他眼镜后的那双眼睛睁圆了,带着无法掩饰的紧张。

喻唯英说的话令喻冬满头雾水——"你怎么敢"?

"我为什么不敢?"喻冬简直莫名其妙,"你到底在说什么?"

"你明明……"喻唯英说了三个字,喉咙突然像被哽住了一样,再也发不出一个声音。

喻冬敢离开喻乔山身边,敢和喻乔山争执,敢不给喻乔山和任何人面子,现在还敢做出这种肯定令喻乔山气疯的事情,他怎么能什么都要?他怎么不肯放弃?

——他为什么不怕喻乔山?

喻唯英退了一步,指着远处的宋丰丰,压低了声音:"你们不能再见面,绝对不能!"

喻冬注视他,目光里没有丝毫动摇和畏惧:"你没有权力命令我。"

喻唯英冷笑着:"那我会找一个有权力命令你的人。"

他掏出了手机。因为怕喻冬夺走手机,他紧紧抓住它,但喻冬根本没有动。

"没有谁有权力命令我。"喻冬冷冷地看着他,"包括喻乔山。"

喻唯英突然之间明白了,他"哈"地笑出声,看看宋丰丰又看看喻冬。

"我懂了,原来如此。"喻唯英觉得喻冬太傻了,"你是故意的,你故意跟这种流氓仔混在一起,让爸爸生气,让爸爸关心你,是吗?你让他不好过,你以为他就会让你好过吗?只要他想,你明天就不可能再出现在三中。你有没有搞清楚自己的身份?"

喻冬觉得莫名其妙:"你到底在讲什么?"

"别傻了。这种事情确实可以刺激爸爸,但他不可能改变看法。"喻唯英咬着牙一字一字地说,"你不是最重要的。"

他又一次在喻冬的眼神里看到了近似于怜悯的嘲讽神情。

"你才是傻瓜吧?"喻冬沉着声音说,"喻唯英,我可以肯定地告诉你,我和谁做朋友,我和谁在一起,我以后过什么样的日子,跟你和喻乔山没有一点儿关系。"他坚定得不像一个孩子。

"我身边是什么人,我怎么生活,都是我自己的想法,不是为了影响谁。"喻冬顿了一下,"他不爱我,他爱你,这我知道,所以我永远不会比你更重要,你放心吧。"

喻唯英瞠目结舌,说不出一句话。

他下意识地想反驳喻冬,告诉喻冬,他们的父亲并不爱任何一个孩子,至少不是他们能理解的爱。但他说不出话,喉咙像被一团凝固的苦闷和忧愁堵住了,任何字句都说不出来,他只能站在原地,攥紧了双手。

"你以为我不会告诉他?"喻唯英被喻冬这份不知称为莽撞或是勇敢的强烈感情激怒了,"我肯定会的。我一回家就……不用回家,我现在就可以……"

喻冬一愣,低头咬了咬嘴唇。他和喻唯英争执,差点忘记了自己转头的真正想法。

"哥哥。"喻冬第一次冲喻唯英说出了这个词,"你能体谅我的,是吗?"

喻唯英笑了:"你喊我什么?谁是你哥哥?"

"你告诉他,对你又有什么好处呢?"喻冬盯着喻唯英,"爸爸肯定会让我回家去,你喜欢我回家吗?……阿姨会喜欢我回家吗?我回家肯定也不会好好待着,每天都闹,每天都吵,你喜欢这样的生活?"

喻唯英也看着他:"我已经搬出去住了,你的家和我没关系。"

他抓了抓头发。喻冬提到自己母亲,这让喻唯英稍稍冷静了下来。

"喻冬,你不要跟我谈条件了,我和你之间没有可以谈条件的余地。"喻唯英抬起头,看到原本站在远处的宋丰丰不知何时已经走近了一点,但还不足以听清楚他们的谈话。喻唯英看着自行车边的男孩,紧绷的肩膀慢慢松垮了。

"不可能的。"他对喻冬说,"你死心吧,不可能的。我和你的生活不可能脱离喻乔山的控制,我们所有的一切都是他给的,他有发言权。"

"他没有。"喻冬立刻回答。

喻唯英不觉得他勇敢了,也不觉得他莽撞或是令人钦佩。他只是一个傻孩子。

"你还小,所以不懂。"喻唯英说。

他的手机突然响起,是喻乔山打来的,问喻冬的成绩。

"还行,跟之前差不多。"喻唯英看着喻冬,回答父亲的问题。

他终于发现喻冬眼神里的恐惧,虽然不多,但喻冬没藏住。这恐惧让喻冬又变成了一个十来岁的孩子,年轻懵懂,因此无畏无惧,过分天真。

"喂?"喻乔山在那头稍稍不耐烦起来,"就这样?喻冬那边还有什么别的事情吗?"

喻冬死死盯着喻唯英。

"没有。"喻唯英平静地对喻乔山说,"挺好的,老师说只要他一直保持,就没有问题。"

电话挂断了。

"你不用多谢我,还是尽快处理好吧。"喻唯英收好了手机,"我这不是帮你,只是觉得你可怜。"

现在是四月,距离高考结束还有两个月。日子是一天天数着过去的。

喻唯英离开操场,经过宋丰丰身边,然后走向停车的地方。他抖着手点燃了一支烟,他的烟瘾越来越大了,烦躁的时候必须使用尼古丁来让自己冷静。

男孩们推着车,沉默地离开了操场。

喻唯英看着喻冬和宋丰丰的背影,无声地笑了几下。他太理解他们了,人尚未成熟的时候,总有一段时间会把天真幼稚解读为勇敢。

一支烟抽到一半,喻唯英熄灭了,将它扔进垃圾筐里。

可他不明白,自诩足够成熟的人为什么也会有羡慕这种天真幼稚的时候。

和喻唯英到底争执什么,喻冬并没有告诉宋丰丰。

他确实提心吊胆了半个月,但是喻唯英似乎真的没有告诉喻乔山。他渐渐放松下来，注意力很快被临近高考的巨大压力彻底转移，无暇再关注这些事情。

到了五月份，高三的学生们开始进入一种近似于修行的境界。

"听天由命吧。"

"随便啦，我看了书也记不住。"

"考试看实力，有时候也要看运气。"

高一、高二的学生选了某一天晚自习，在教学楼上给高三的学长学姐们唱歌打气加油。郑随波听得眼泪直流，抓着喻冬哇哇地哭。喻冬对这样的场面无动于衷，不断提醒他赶快离开自己，不然吴疃就要暴走了。

歌声整齐，高三的学生和老师都在听着，也有人高声应和。

学校对高三学生的态度也是无限宽容。学生在校道旁边发呆，在操场上乱走，只要安全，没有人在意。

距离高考还有两周，高三的学生流行折纸飞机，折好了就从楼上扔下去。副校长打着翻翘起来的伞从楼下走过，大家纷纷往他的伞里扔飞机。有时候下雨，飞机就湿乎乎地黏在地上，保安一只只捡起来，放在红色的塑料垃圾铲里。

喻冬总是觉得高考来得太快了。

终于到了高考倒数第二天，学生开始收拾书本回家。

学校严禁撕书，有憋不住的学生趴在栏杆上，学狼人一样嗷嗷大叫："解放啦！"

楼下有人回应他："完蛋啦！"

班主任开了最后一次班会课，跟学生们在教室里闲聊天，说自己的青春年代，说最喜欢的组合是水木年华，末了还给大家唱了一首《一生有你》。因为大家都会唱《一生有你》，所以渐渐变成了合唱。喻冬呆坐在最后一排，不知道为什么，他竟然也开口哼了两句。

"再见啦。"班主任说，"我会在考场外面等大家。你们记得来找我拿准考证，千万千万不要迟到，千万千万不要乱吃东西！这两天你们不要玩，还是要按照平时的节奏生活，适应适应考试的时间……"

"好啦好啦！"学生纷纷起哄，"老师再见！"

再见啦。喻冬在心里说：谢谢你。

开考那天早晨下了一点儿雨，让人舒适凉快。喻冬祈祷接下来的每一天都是这种天气。

两天过得既快又极其漫长，他像被什么推着走，无暇回头，无暇细思。

离开考场后，喻冬很快在人头攒动的路边找到了周兰。他穿过人群走到她身边之后，紧紧地拥抱了自己的外婆。

"考得好吗？"周兰紧张地问，"你自己觉得怎么样？"

"挺好的。"喻冬跟周兰说，"一定没问题。"

吴曈和郑随波招呼他，三人全部挤到了班主任那头。

"喻冬，考得怎么样？"班主任抓住喻冬问。

"还可以吧，"喻冬开始谦虚，"看运气了。"

郑随波揍了他一拳："请客请客请客！"

有花束送到了班主任手上，学生们热热闹闹、高高兴兴地围在她身边和她合影。女孩挽着她的手臂，靠在她的肩头，男孩子则扬起了手上的帽子和外套，嗷嗷地叫。

道路还是被封锁着，交警正在维持秩序。

不断有人从考点中走出，有人哭有人笑，有人沉默不语，有人欢呼雀跃。

喻冬掏出手机开机，一条短信正巧发过来，是宋丰丰发的：我感觉还可以，你呢？

太快了，喻冬眼睛突然一酸。这三年如此漫长，却又过去得如此迅速。

太阳仍旧猛烈无比，烤得他头顶微微发热。同班同学在讨论今天晚上要去哪里吃饭唱歌，好好玩一个通宵。

"啊，朋友再见，啊，朋友再见，啊朋友再见吧再见吧……"

有人在人群里唱起了变调的歌。

他的中学时代和夏天一起结束了。

理科考场在另一所学校，和喻冬所在的地点隔着两条街。

宋丰丰出来得早，宋英雄和蔡阿姨都在等他，他带来了"还可以"的好消息。班主任问他要不要对答案，他连忙拒绝了。

"就算是假象，也让我先自己高兴几天吧。"宋丰丰恳求老师。

老师点点头："你可以过二本线的。"

过了二本线就等于自己能以体育特长生的身份被之前已经报名的学校录取，宋丰丰不由得露出傻笑。

如果老师说的是真的，他就可以和喻冬一起在北京念书了。

张敬出来得比较晚。他和张曼恰巧分在一个考点考试，父母不用两头奔走，但是他没有和张曼一起出来。

"你妹妹呢？"

张敬耸耸肩："不知道。"

他踮起脚四处张望，终于看到了关初阳。

"初阳初阳初阳！"张敬逆着人流而去，挤到关初阳身边。

张敬爸妈吃了一惊，连忙问身边的宋丰丰："那女孩是谁？"

宋丰丰："现在还不知道。"

张敬爸妈："什么？"

宋丰丰："她可能是今年的理科状元，也可能是榜眼或者探花。"

张敬爸妈齐齐"哦"了一声，不再问了，反而笑眯眯地看着自己儿子。

一阵寒暄后，张敬和关初阳各自停止了无谓的问题。

"明天你有空吗？"张敬鼓起勇气问她，"我们要不要一起去看电影？"

这几年他长得很快，虽然仍旧是娃娃脸、圆眼睛，但个头比关初阳要高出一截来，略略垂眼看人的表情很温柔。

关初阳点点头："明天上午十点，我们在影城门口见。"

张敬没想到她比自己还利落："好好好。"

"你什么都不用带，票我已经买了。"关初阳说，"鱿鱼也不要。"

张敬傻笑起来："不带鱿鱼，我有礼物送给你。"

关初阳抬手冲不远处的父母打了个招呼，一边慢慢地随着人群走过去，一边回头好奇地问："什么礼物，张敬？"

张敬已经钻出了人群，他看到了刚刚走出来的妹妹张曼。

"照片！"张敬高声回答她，"你的照片！"

张曼拿着水瓶子在他的腰侧稳准狠地戳了一下："你什么时候也给我拍一张那么好看的照片啊？"

张敬的心情好得不得了，笑着牵起妹妹的手，把她带出拥挤的人群。

第二天下午，张敬给宋丰丰和喻冬群发消息：大家好，我也是有女朋友的人了。

喻冬和宋丰丰正在阳台烧烤，两人飞快地扫了一眼手机屏幕，同时"喔唷"叫出声来。

"什么情况？详细禀报！"宋丰丰把键鼠让给喻冬，抓起手机回复，"你又表白了？牵手了吗？"

张敬言简意赅，回复了两个字：你滚。

"张敬见色忘友。"宋丰丰靠在喻冬背上，"怪不得今天我约他去网吧，他不肯出来，原来是跟关初阳约会去了。"

喻冬结束了一盘游戏，伸了一下懒腰："可以啊，张敬，真是功夫不负有心人。"

"其实我早就看出来关初阳对他有那么一点点意思了。"宋丰丰说，"学习委员的表妹问过关初阳觉不觉得你帅。"

喻冬的动作顿住了，觉得莫名其妙："我？"

"对，她问的就是你。"宋丰丰点点头，"因为学习委员的表妹觉得你特别帅，但关初阳的回答是'不觉得'。"

喻冬挑了挑眉毛，暗夸了自己一把："关初阳眼光这么高？"

"可她说过，张敬最有意思，因为很好笑。"宋丰丰把下巴搭在喻冬的肩膀上，发出笑声，"张敬啊张敬。"

烧烤炉上搭着铁丝网，虾和新鲜的鱿鱼放在上面，随着炭火渐渐变红，渐渐卷曲。喻冬问张敬来不来吃烤鱼烤虾，他等了许久，张敬都没回复。

宋丰丰认真地烤食物，偶尔抬头看一眼喻冬。喻冬也看他，两人对视了一下，笑得默契，却不言不语。

天很热，空气里弥漫着黏腻的海腥味，一切都像涂上了浓重的釉色。喻冬拿着一瓶刚开盖的冰可乐，斜靠在天台边上。将近傍晚，天空红成一片，金色的云像被搅碎了似的，一缕缕黏在天上。从玉河桥方向一直往前看，能看到无数霞光下沉默停靠的渔船。

有人骑着自行车从玉河桥上经过，车铃叮叮地响。对面街的烧鸭摊前满是排队的人，四五只红彤彤的鸭子被吊着脖子，挂在玻璃橱窗中。

"你坐一坐，"宋丰丰说，"一直站着做什么？"

"坐久了腰疼。"喻冬转身瞥他一眼，勾勾手指，示意他把烤虾和鱿鱼片拿给自己，"屁股也疼。当运动员挺好的，至少不腰酸背痛。"

"外卖来了。"宋丰丰说。

有个人正蹬着自行车上玉河桥，车后放着一个奶茶店的外卖箱。

宋丰丰顺手在喻冬的脑袋上揉了一把，转身下楼。走到一半，他发现喻冬跟着自己下来了。

宋丰丰："？"

喻冬站在楼梯上看宋丰丰，没吭声。傍晚的阳光虽然热度不够，但色泽漂亮。喻冬的头发和脖子都被这金色的光笼罩着，他开口对宋丰丰说："我忘记跟你讲了，毕业快乐。"

宋丰丰笑道："你也是，毕业快乐。"

"兴安东街十八号！"送外卖的人在门外大声地喊，"有没有人啊？为什么不接电话？我是大只佬奶茶！"

考完试之后，暑假显得尤其漫长。两人并没有什么特别想去的地方，除了出门聚餐吃饭，和张敬约着逛街买球鞋，还有到龙哥网吧里去玩游戏之外，大部分时间都在家里消磨。

他们喜欢带狗到海滩边散步。宝仔长大了很多，它不仅跟着流浪猫四处乱跑，还学着去抓老鼠，周兰对它已经不抱任何希望。

"明天出成绩了。"宋丰丰问喻冬，"你紧张吗？"

"不紧张。"喻冬坦然回答。

宋丰丰是紧张的。他后来悄悄在网上查过试卷的答案，有一些他记得，大部分他已经忘记了。但是至少语文作文他没有偏题，理综的几道大题也基本能写出一半。

如果没有张敬和喻冬，宋丰丰不知道现在的自己会是什么样。

下班的人从海堤上经过，铃声不断回荡。船只拉响汽笛，声音悠长。暮色下，浪涛仿佛被切碎了，荡来荡去。他们被霞光笼罩，金色的一切像一场幻梦。

喻冬是宋丰丰没有错过的岔路口，是大梦的一部分。

"你又盯着我？"喻冬笑道。

"嗯。"宋丰丰懒洋洋地躺在海滩上，他觉得喻冬的背影像稳固不可动摇的一座小山，就在自己身边。他闭上眼睛，在海浪的声音里听见喻冬低声说了一句话。

第十五章
孤单的孩子

出成绩的那天,喻冬接到了喻乔山的电话。

"还可以。"喻冬说,"排名在全省也靠前。"

喻乔山一方面觉得满意,一方面又略有怨言:"如果你在这里读书……"

喻冬闷不吭声,听他说了十几分钟,注意力全放在电视剧上。

"今天你回来,我带你去见几个人,给你一些填报志愿的参考意见。"

喻冬:"没空。"

喻乔山的语气渐渐严厉了:"你必须回来,我只说一次。"

喻冬压抑着内心的愤怒:"你什么时候能收一收这种命令式的口吻?"

"你是我儿子,我还不能命令你了?"喻乔山怒吼,"下午我就让你哥哥去接你!"

喻冬吃完了午饭,就跟宋丰丰去找张敬,连手机也故意没带。宋丰丰考了四百五十多分,张敬说肯定过二本线。张敬自己倒还没查分,他紧张极了,恳求喻冬和宋丰丰陪陪自己,给自己一点儿勇气。

张曼这一次失利了,成绩有点儿不理想,只比华观老师推测出的一本线高十来分。她和喻冬、宋丰丰都守在客厅里，看张敬打电话。

电话一直打不通，张敬的脸色渐渐苍白："这是一个预兆。"

"是是是。"张曼打了一个呵欠，"准备给你一个大惊喜。"

"关初阳怎么样？你问了吗？"宋丰丰转移了张敬的注意力。喻冬接过座机听筒，继续拨打电话。

张敬没敢问关初阳，关初阳也没联系他。

"这是一个预兆！"他又神神道道，"预示着我和她……可能……"

"电话通了。"喻冬把听筒按在他耳朵上，"快查！"

在三人炯炯的目光里，张敬表情僵硬，放下听筒，艰难地笑了笑。

张曼急了："哥哥？"

张敬清了清嗓子："六百三十三分。"

张曼："……"

喻冬："我去，你是要吓死人吗？"

宋丰丰："喻冬不要讲脏话，让我来打他。"

宋丰丰和张曼齐齐站起来，按着张敬揍他。他大喊："我可能听错了！我再查一遍！我可能错了！"

宋丰丰的手机响了，喻冬拿起来看了一眼，发现是外婆家打的电话。

下午，喻唯英果然抵达了兴安街。

喻冬不在，手机也没带，他郁闷极了，干脆拦在周兰门前，一定要周兰把喻冬交出来。他好不容易等到喻冬回家，立刻催促喻冬上车离开。

宋丰丰和张敬就跟在喻冬后面，喻唯英看到这两个人，又是一阵烦闷。

喻冬不得已答应了回家。车子上了高速，喻唯英先开口说话："你跟那个小流氓绝交没有？"

"我什么时候说过要和他绝交了？"喻冬一脸惊奇道。

143

喻唯英沉默片刻，又问："难道你们还能一起上大学？他是什么东西我一眼就看得出来，就跟你那个龙什么的黑帮老大一样，烂人。"

"龙哥人不错的。"喻冬说，"要是公平点来看，他比你好太多。"

喻唯英知道喻冬在故意找碴儿，只是冷笑："比我好有用吗？小孩就是小孩，幼稚。"

这样的沟通完全没有意义。喻冬不说话了，低头和宋丰丰发信息。

喻冬在车上睡了几个小时后，在喻唯英的提醒下睁开了眼睛。他们已经到家了。

喻唯英走在喻冬身后，随他上了台阶，抬眼却看到他颈后有一处地方脱皮了。

喻乔山不过问喻冬的事情，是因为喻乔山全权委托喻唯英代理。喻唯英一见那痕迹，立刻拉响警铃：最近喻乔山脾气不佳，喻冬身上一点儿伤处都有可能点燃他的怒火，而怒火自然是冲自己来的。

他只觉得从头到脚都凉了，连忙抓住喻冬："你的脖子怎么回事？跟小流氓打架了？"

"他不是流氓，"喻冬平静地回答，"也不会对任何人动手。"

喻唯英冷笑："不对任何人动手？你别忘了，他用自行车砸过我。"

要是放在以往，喻冬会害怕对自己大吼大叫的喻唯英，但他在兴安街过了四年，面对暴怒的喻唯英不仅不惧怕，反而越发冷静。

他心里有足够强大的东西支撑，那从海浪里获得的勇气，比兴安街夏天的太阳还要热烈。

"你这么在意这件事，我跟爸爸说，让他给你出气？"喻冬说。

喻唯英甩开他的领子："你滚进去吧，满口谎言。"

喻冬整理了一下被喻唯英抓皱的衣领，耸耸肩："你听到的都是真话。在你面前,我从来没有这么坦率过。我不骗自己,也不骗你。你认为可以威胁到我的那些事情,我从来没怕过。"

喻唯英的嘴唇控制不住地抖动,瞬间的狼狈让他原本英俊的眉眼笼上了一片阴霾,变得滑稽起来。

大门突然开了。

喻乔山站在门内,扫了他们一眼,满脸不耐烦:"为什么一回来就吵架?你们能不能安分一两天,让我好过点?"

喻冬明白喻唯英为什么害怕——高三一整年都是喻唯英代替喻乔山去开家长会。以喻乔山的性格推断,在他看来,喻唯英正代替自己履行监管喻冬的责任。喻冬变得好,那是应该的;喻冬碰上了坏事,那责任必定也要让喻唯英承担一份。

"不吵了。"喻冬说,"爸爸,我回来了。"

他难得这样乖一次,喻乔山很快消气了。

会面时间约在第二天。喻冬吃了饭洗了澡,回到房间就开始跟宋丰丰发信息。宋丰丰在张敬家里吃饭,拍了一桌饭菜的照片发给喻冬。喻冬呻吟两声,感觉自己又饿了。

方才在饭桌上,他根本没能好好吃什么东西。喻唯英的脸色太差,而喻乔山又不知为了什么事情对喻唯英母亲甩脸色,一桌人沉默不语,气氛压抑得可怕。

宋丰丰吃完饭后回家,在路上给喻冬打电话。喻冬听到了风声和海浪声,知道宋丰丰走的是沿海的那条路。

"郑随波的文化分好高啊,"宋丰丰拿起耳麦说,"比吴瞳的还要高,他肯定能上央美。不知道吴瞳会报哪个学校,但我估计也是北京吧,说不定我们四个人到时候还可以一起去一起回。"

张敬是铁了心要去同济大学,而且绝对不学医。他的父母并不同意,接下来可能还有很长一段时间的争执。张曼爽快地决定复读,她学的是文科,基础也好,复读的优势很大。

"她的男神去了厦门大学,她也想考厦门大学。"宋丰丰的声

145

音混杂着风声,灌进喻冬的耳朵里。

喻冬靠在阳台的栏杆上,笑道:"她又换了一个男神?"

喻冬的眼角余光瞥见楼下花园的水池边上坐着一个人,香烟的光亮闪烁不定。喻唯英正独自坐在池子边上,沉默地抽烟。

喻冬眯起眼睛看了一会儿,突然发现喻唯英正抬头看着自己。喻冬的目光与他的目光一对上,心里突然咯噔一跳。

"幼稚。"他想起喻唯英的话。

喻冬并不认为喻唯英一定会帮自己保守秘密。当时他只希望喻唯英能在他高考之前保持沉默,喻唯英做到了。至于喻唯英现在或之后会不会告诉喻乔山,他心里没有底。

喻唯英确实畏惧喻乔山,但是这件事情是真实存在的,不是臆测。无论喻唯英隐瞒多久,这都是不可能改变的事实。

而瞒得越久,喻乔山就会对喻唯英越愤怒。

喻冬一边听宋丰丰说话,一边紧紧盯住喻唯英。喻唯英抽完一支烟,慢慢起身,走了回来。

即使他跟喻乔山坦白,喻冬心里也不会害怕。喻冬闭了闭眼睛:他没有什么可害怕的。喻乔山即便不给自己经济上的支持,他也一样可以靠着奖学金和这几年积攒的钱来完成学业。上大学之后自食其力,对他来说并不是难事。

或者喻乔山会用这件事情来抹黑我?喻冬心想,他也不怕这个。他对旁人的评价一向是不在意的。

宋丰丰已经到家了,家里住着几个亲戚,两人不方便继续保持通话。

"说再见之前我再问一句,你想家吗?"宋丰丰一边放好车一边问。

"一点点。"喻冬回答。

"口是心非。"宋丰丰轻笑着说,"我还不知道你吗?"

"我想外婆,想宝仔,想张敬……"喻冬一个个地数,把宋丰丰最想听的话留在了最后。

挂断电话后，喻冬躺回床上。

他对兴安街的思念并非一点点。虽然他只在那儿住了四年，但依恋越来越强烈。他真正的家人都在海边，他想和他们生活在一起，以永远为期。

当他迷迷糊糊要睡着的时候，房门被打开了。

迎接他不满眼神的是喻唯英。

"起来。"喻唯英脸上带着巴掌印，神情颓靡，"爸爸要找你。"

喻冬一下从床上坐起来："你说了？"

喻唯英看着他："你怕了？"

"我不怕。"

喻唯英冷冷地看着喻冬。

"你真的很幼稚。"喻唯英喃喃，"你是不怕，那你的小流氓朋友呢？他会不会怕？"

喻冬光着脚站在地面上，终于感觉到一丝刺骨的凉意。

宋丰丰家里的亲戚只在他家留宿一个晚上，打算第二天乘船去海南。亲戚们一直住在山里，从未看过海，个个都很兴奋。宋丰丰陪他们聊天嗑瓜子，亲戚问他高考既然结束了，为什么不和同学朋友约着一起出去玩玩。

宋丰丰有些心动，开始思考怎么把喻冬约出去。

宋丰丰很少有机会出门玩，倒不是没时间或没钱，是没有人陪同，宋英雄一点儿都不放心。但现在他已经十八岁，眼看就要到十九岁的生日，揣一张身份证买火车票，哪儿都能去。

加上有喻冬，宋英雄没什么可担忧的。

表弟一边玩游戏一边和他聊天。他掏出手机，乐滋滋地给喻冬发短信：你想不想出去玩？

手机在裤兜里微微振动，喻冬知道这是收到了短信。而会在这样的深夜里给他发短信的，只可能是宋丰丰。

但他没有掏出手机看,而是一直跟着喻唯英走上三楼。

当即将进入喻乔山书房的时候,喻唯英停下了。

"不要硬碰硬,"他很小声地说,"不要连累我。"

门打开了,喻冬被喻唯英推了进去。书房里尽是刺鼻的香烟气味,喻乔山站在窗边抽烟,听到开关门的声音才转过身。

空调徒劳地发出换气的声音,喻冬皱了皱眉。喻乔山把烟头扔出窗外。书房下方就是花圃,里面种着他和母亲都很喜欢的玛格丽特。

他还未想完,喻乔山已经大步走过来。

他毫不留情,狠狠地扇了喻冬一耳光。

喻冬躲闪不及,喻乔山的动作太快了。他只觉得脸上重重一响,还没觉得疼,耳朵里已经嗡嗡响,一瞬间什么都听不到了。

他的嘴巴里有咸腥的血液涌出来,牙龈隐隐作痛。

喻乔山扇了他一耳光还觉得不满意,揪着他的衣领,把他推到墙上。

喻唯英站在一旁,惊得身体僵硬。喻乔山没有打过他,因为愧疚或者其他,总之无论喻乔山多么暴躁,也从来没有揍过他。他知道喻乔山扇过喻冬耳光,在喻冬小时候和自己打架的时候,但他没有见过喻乔山这样暴怒,也从没有看过喻乔山揍人。

喻冬的肩膀和背部磕在墙上,疼痛令他短暂地呻吟了一声,但他没有倒下来。

"你懂不懂羞耻?"喻乔山又抬起了手,因为激动和愤怒,声音都变调了,"你懂不懂羞耻?你是什么人?我喻家是什么身份?你跟一个流氓混在一起?"

喻冬的眼睛发红,但不是哭,而是疼痛引起的生理性眼泪。眼泪却始终没有掉下来,很快收了回去。他看着喻乔山的眼神里有完全不加掩饰的恨意。

喻乔山的这一巴掌没能落到喻冬的身上或者脸上,喻冬在他挥手的时候一把攥住了他的手腕,把他推开了。

喻乔山没料到喻冬会反抗,脚下不稳,被喻唯英搀了一把才不至于跌倒。

喻冬的手在颤抖。他突然间被某种巨大的情绪牵引,眼泪再一次涌上眼眶——他长大了,能抵抗父亲的暴力了。

"还敢还手!"喻乔山在短暂的震惊之后暴怒起来,"我是你爸爸!"

愤怒让他口不择言,胡乱地说了一堆不堪入耳的话。

喻冬靠在墙上,裤兜里的手机还在时不时地振动。宋丰丰在找他。宋丰丰发来的短信一定都是温柔的询问和玩笑。他擦去了眼泪,握紧拳头站直身体。

脸颊的疼痛渐渐明显了,耳朵能听到声音,喻乔山正在骂人,但那些话没能刺伤他分毫。

"你想怎么样?"他问喻乔山。

喻乔山甩开喻唯英,手指颤抖着指向喻冬:"你什么时候开始不正常的?是不是那个小流氓带坏了你?还是你外婆不会教?还是学校?是什么地方把你弄成这样的?"

"没有人教我,也没有人带坏我。"喻冬的舌头破了,讲话不清楚,但仍斩钉截铁,"宋丰丰不是流氓!"

他很平静,这让他看起来不像孩子,更像一个可以与喻乔山平等对话的人。

这让喻乔山很惶恐。喻冬可以反抗他,也可以忤逆他。他转头看了一眼喻唯英,看着自己唯一的顺从听话的孩子。

"哥哥早就知道了。"喻冬突然说,"他帮我瞒了这么久,也很辛苦。"

"喻冬!"喻唯英失声喊出来。

喻乔山头一回听到喻冬在自己面前称呼喻唯英为哥哥,他诧异了片刻,突然冷冰冰地笑了起来:"你早就知道了?你刚刚说你是今天才发现的。"

喻唯英无法动弹,一瞬间有无数想法从他脑子里奔过,但没有

149

一个办法可以将他从这个书房里救出去。

喻乔山靠在了书桌上，与自己的两个孩子保持距离。

"你立刻跟那些流氓分开，我喻乔山的儿子不可以跟流氓混在一起。那个什么龙还进过少管所，烂泥扶不上墙。你让我的脸往哪儿搁？"他对喻冬低吼，"没有商量的余地！你也不用回去了……什么破地方……那个小流氓叫什么？"

喻唯英说出了宋丰丰的名字。

喻冬脸色大变："等等，这和他没有关系！"

喻乔山拿出了手机："没报志愿，没投档，没录取，我有很多方法可以让这个臭流氓没法上学，甚至身败名裂，你信不信？"

宋丰丰一直没收到喻冬的回复，看了一眼时间。

现在还不算太晚，平时这个时候喻冬总会跟他发一会儿信息，或者艰难地登录手机版本的QQ，和他高高兴兴地聊上一会儿。

表弟已经准备关机睡觉了，宋丰丰把床铺让给他，自己跑到天台上，推开手机继续发信息。

这回他是发给张敬的。

张敬也没睡，还在玩游戏。他已经把自己的成绩告诉关初阳了，关初阳的反应很平静，就是时不时笑一下。他便知道，她和自己一样高兴。

"我准备约喻冬出去玩，你知道有哪里比较适合我们玩吗？不要太贵也不用太远，最好比较有意思。"

张敬以为宋丰丰发错人了：黑丰，我是张敬，这种问题我怎么回答你？我自己都没怎么出去玩过。

宋丰丰：曼曼呢？你问问她。

张敬只好去敲张曼房间的门。

厦门，成都，杭州。他给宋丰丰回短信，张曼去过的地方里她最喜欢这几个。

宋丰丰连忙记下来，打算明天在网上查查车票价格之类的信息，但是喻冬一直没有回复他。

回房间之前，宋丰丰坐在天台边缘，给喻冬打了一个电话。

手机一直在持续振动，桌面因为这种振动发出了嗡嗡的响声，巴掌大小的屏幕上显示着"黑丰"两个字。

喻乔山抓起手机，一把扔出窗外。结实的诺基亚在地面撞了两下，屏幕裂开了，振动也就此停止。

"除了这个，"他问喻冬，"你还有可以跟他联系的东西吗？"

喻冬低声回答："没有了。"

喻乔山稍稍满意。

喻冬跪在书房的木地板上，一声不吭。

他看上去完全不服气，但这没有关系，喻乔山要的也不是他服气，而是顺从。

"你是我的儿子，你必须听我的。"喻乔山已经平静了很多，"谁不会做错事呢？青春期都这样，你哥哥也做过错事，但现在他过得多好。"

喻唯英没有回应，沉默地站在墙边。他也曾这样跪在喻乔山面前，但他已经忘记原因，只记得膝盖很疼，太阳很毒辣，汗水流进他的眼睛里，疼得难受。而他不可冒犯的父亲始终冷漠，欣赏着他的疲倦和辛苦。

"喻冬，你已经成年了，要懂得什么是大事，什么是不要紧的小事。"喻乔山在彰显了自己的权威之后，终于恢复了以往的模样，"人活在这个世界上，能得到什么样的社会地位，取得什么成就，都是有定数的。有我在这里，你们两个可以走更稳妥的路，为什么你们不听话呢？"

喻冬静静地看着喻乔山，喻乔山被喻冬的平静和眼中隐约压抑着的怨恨激怒了。

喻乔山总是无法驯服喻冬，无法让喻冬变得和以往一样听话。喻乔山很清楚，自从妻子过世，喻冬就跟自己越来越生疏，他用尽能想到的手段，都没办法拉近他们父子之间的关系。

虽然他对喻冬有期望，但是喻唯英显然比喻冬更符合他的期待。

他不明白喻冬为什么要反抗自己，为什么要用这样幼稚的、不正常的行为来忤逆自己。感情当然重要，但在感情之外，还有比它紧要千百倍的东西存在，那是他能成为现在的喻乔山所必须依赖的能量。

喻冬太幼稚，他根本不懂。喻乔山看着自己的孩子，怒气渐渐消失，竟怜悯起他了。

"你带他回房间吧。"喻乔山说完后，转头给自己的秘书打电话，"没有我的允许，你不能离开房间。"

喻唯英带着喻冬回去，在打开自己房门之后，喻冬朝他伸出了手："你可以借我手机吗？我想打一个电话。"

喻唯英震惊了，他以为喻冬是真的屈服了。

"他刚刚说的，你没听清楚吗？你不能再和那个男孩子联系。"

喻冬仍固执地朝他伸手。

"我知道你是怎么说的。我跟宋丰丰的事情和龙哥没有任何关系，但你把龙哥也拉下水了。你是要证明，龙哥是你没察觉的异数，喻乔山不能怪你。我理解，你也很为难。"他喊了声"大哥"，"所以我不怪你。就三分钟，你让我打一个电话，好吗？"

这称呼喻唯英听在耳里只觉得别扭。他凶了起来："你别说话了！进去！"

关上房门之前，他又提醒了喻冬一次："你别想乱跑。"

喻冬倒在床上，蜷起身体，没有回答。

房门关上了，房间里漆黑一片，只有从窗户外漏进来的朦胧光线。喻冬的电脑没有带回来，手机被摔了，现在他联系不上任何人。

喻乔山和喻唯英都说他幼稚，说他没有任何底气就敢对抗。他其实有一个武器。

喻乔山占有的那两项技术专利原本是给他母亲的，在他母亲离世之后，应该归还持有者，重新争取授权，但喻乔山没有归还，他一直在非法使用这两项技术专利,并且没有给过专利持有者一分应得的报酬。

如果喻冬用这件事和喻乔山谈判,喻乔山是会让步的,他太重视自己的事业和名声了。

这样宋丰丰的生活不会受到任何威胁,喻冬也不必和宋丰丰断绝联系,不必答应喻乔山的要求,离开这里到国外学习。他可以和宋丰丰还有他的朋友们一起顺利地去读大学,顺利地毕业,然后按照曾经想象的那样,以"永远"为前提,生活在一起。

喻冬在朝着喻乔山跪下去之前,飞快地想了很多很多。他不断地权衡,不断地比较,不断地在心里斟酌着是否应该使用这个武器,现在又是不是最合适的时机。

最终他选择放弃。

喻冬抓着枕头,终于无声哭出来了。

这个武器是最后的撒手锏,他在知悉的时候已经想好了最适合使用它的时机。它会让自己得到真正想要的东西,因此太珍贵了。

喻冬不能将撒手锏用在这里。他最后的一点理智,那一点点微小的声音在提醒他:不行,你会浪费这个武器。

他把脑袋埋在枕头里,身体因为难过和悲愤不停发抖,眼泪渗进布料与柔软的填充物之中。他抽泣着,因为自己的无能,一遍遍在心里跟宋丰丰说对不起。

第二天醒来,宋丰丰还是没收到喻冬的回复。

没有自己叫他起床,他一定还在睡懒觉。宋丰丰一边催促表弟起床,一边洗脸刷牙,去给亲戚们买早餐。

宋丰丰把亲戚送到客运码头后,一路慢悠悠地骑车回兴安街。他给喻冬打电话,听到的不再是没有接听的提示,而是无法接通的嘀嘀声。

手机坏了?宋丰丰很惊奇:这手机不是号称摔不坏、砸不坏吗?

他没把这事放心上，因为喻冬说过两天就会回来。

宋丰丰骑车去学校转了两圈，门卫认得他，问他考得怎么样。他高兴得不得了，乐滋滋地把自己的各科成绩都告诉了门卫。

曾经的高二学生现在正在以准高三学生的身份进行补课，足球队还在操场上训练。宋丰丰跑到球场边上看他们踢球，兴致来了，自己也上场跑了一个多小时。球队里的人都认识他，知道他高考成绩不错之后，纷纷说要凑钱请他吃一顿饭。

宋丰丰不好意思地问："那我多带一个朋友去行不行？"

"什么朋友？女的？女朋友？"师弟们鼓噪起来。

"男的，"宋丰丰嘿嘿笑道，"我最重要的朋友。"

他抓起场边的衣服、帽子和手机，发现有一个陌生的未接来电。手机号码他完全不认得，于是也没放在心上，他一边给自己同届的其他队友打电话，一边和师弟们呼呼喝喝地出发了。

"多谢。"喻冬把手机还给面前的女人。

喻乔山和喻唯英去兴安街帮他收拾东西了。喻冬没有食欲，女人给他端来了一碗糖水和一碟水果。喻冬从来没跟她说过话，但这时候忍不住了，冲她伸手，想借手机打一个电话。

喻乔山说过，任何人都不能给喻冬联系别人的机会。为了保护那个小流氓，喻乔山知道，在确认小流氓顺利上大学之前，喻冬是不会逃跑的，也不会忤逆自己的。他对自己在这个家庭里的绝对权威有着充分的信心。

女人没有把手机带在身上，她让喻冬等一等。

喻冬以为她只是敷衍自己，但片刻后，女人悄悄回来，递来了手机。

遗憾的是，宋丰丰没有接电话。

喻冬对女人客气道谢，继续坐在床上发呆。

两人没有再交谈，女人悄悄离开房间，小心关门。

喻冬不知道宋丰丰在做什么，他只是觉得日子太长太长了，他还未跟宋丰丰说清楚,也没有跟张敬他们道别,甚至还没来得及和外婆说一声。她一定会愤怒的,还会迁怒到喻唯英和喻乔山身上。他没怎么见过她发怒,可她年纪大了,他希望她千万别生气,这会伤身体。

喻冬想了很多很多,捂着眼睛躺倒,喉中有低低的呜咽声。

他又变成了那个孤单的孩子。

傍晚,回到兴安街的宋丰丰吭哧吭哧一口气骑上玉河桥,车篮子里放着一个篮球。

"喻冬!"他冲着兴安西街十八号大喊,"打球!"

没人应他。片刻后,周妈从二楼喻冬房间的阳台里探出半个身子:"黑丰啊。"

"周妈,喻冬呢?"宋丰丰问,"还没回来?"

"喻冬不回来了。"周妈说,"喻家的人过来收拾东西了。"

宋丰丰愣了:"啊?"他以为自己听错了什么。

"喻冬要去国外读书了!"周妈搞不懂喻唯英和喻乔山说的什么话,但是出国读书对她来说是很了不得的事情,"他没跟你说?"

"没有啊。"宋丰丰傻了,"出国?他……他不去北京了?"

"你给他打电话呀。"周兰说,"他的手机通的,我刚刚打过。"

宋丰丰拨出电话的时候,喻唯英已经把喻冬的电话卡从自己手机里抽了出来,掰成了两半。

"你跟外婆道别之后还有什么要我做的吗?"他问喻冬。

喻冬看着他的手机没吭声。

他不吃饭,不喝水,不说话,一直待在房间里没动过。喻乔山骂他是消极反抗,他才勉强吃了一点东西。喻唯英知道他没精神的原因,但自己什么都不能做。

相反,现在喻冬会让喻唯英觉得恐惧,他害怕这个少年不管不顾的勇气,也怕他那颗装满了心事却一点都不肯泄露的脑袋。

"专利授权的事情……你不打算搞了?"喻唯英小声地问他。

喻冬总算有了反应,但也只是摇摇头。

"不搞了。"他的声音干涩嘶哑,"没有好处。"

喻唯英心想:确实没有一点好处。这除了挫伤喻乔山和他的事业之外,对自己和喻冬都没任何益处,喻冬早就应该放弃。

"不联系别人?"

"不联系任何人。"喻冬看着他,"你还要我承诺什么?"

喻唯英看上去有些难堪:"你出去之后,不要跟外面的人乱来往。"

喻冬有些惊讶,很快又理解了他的话。

喻唯英说的都是喻乔山想告诉他的话。喻乔山别的不担心,唯独怕他在异国他乡继续给他丢脸。

"他可以放心。"喻冬说。

"当然,你要是遇到身份和家境都可以的女孩子,也可以试试。"

喻冬的表情仍旧平静:"不会的。"

喻唯英拉过喻冬书桌前的凳子,坐在了喻冬对面。

"喻冬,我跟你说一句实话吧。"喻唯英自己也很诧异,他居然还有这样和喻冬平心静气谈话的时刻,"十几岁的感情都是不可靠的,它们真的很幼稚,很不成熟,也不可能成为现实。人总是要成熟以后,才知道感情其实有很多附加条件。"

喻冬看着他:"你爱你妈妈吗?"

喻唯英眉头一皱。

"她应该很爱你吧。她在没有丈夫的情况下生了你,熬了这么多年,等到没办法才来找喻乔山。"喻冬平静地说,"你呢?你也爱她吗?你是不是小时候完全不喜欢她,等到成熟了,突然就懂得自己应该爱她了?所以她爱你和你爱她,是有附加条件的吗?"

喻唯英起初以为他在嘲讽自己,但很快发现并不是。

"你在说什么?"

喻冬的眼圈一点点红了。

"我幼稚，我不成熟，好，我承认。"他低声说，"因为这样，所以我的感情就被否定了，是吗？"

"你问出这种问题，本身就很幼稚了。"

"幼稚不行吗？不成熟不行吗？"喻冬大吼，"需要什么附加条件啊！我就是想和他做朋友，我愿意做任何事情，只有跟他待在一起，我才觉得我这个人是有意义的，我是应该继续活着的！我喻冬在这个世界上不是没有家人，我也被人牵挂，我也被人爱着！"

母亲在走廊上等喻唯英，看到他出来，紧张地拉着他问："又吵架了吗？"

喻唯英忽然抱了抱母亲。

"没有吵。"喻唯英小声说，"不值得吵……小孩子特别幼稚。"

喻冬很快就要走了。现在喻唯英甚至希望他尽快离开，千万别在自己面前出现了，因为只要看到他，自己心里就会颤颤巍巍地站起一个少年。

那一点不甘愿的情绪会让他烦躁，会让他失去冷静，还会让他想起自己也曾有为某个人号啕大哭，愿意付出一切的岁月。

"你以前也是这样子的。"母亲轻声说，"你还记得吗？你读高二的时候，同桌那个头发很长的女孩子，你们……"

喻唯英笑了一声。

"妈，说什么呢。"他低声回答，"我早忘记了。"

喻冬乘坐的国际航班起飞的那天，是确认高考志愿的最后一天。

宋丰丰填了北京的大学，老师告诉他肯定没问题，他的成绩超出二本线三十多分，完全达到了学校的要求。

张敬和关初阳确认志愿之后下楼来找他，他正在校道边上盯着两旁的果树看。

他们三个觊觎学校里的果树很久了，一直商量着等到高考结束后偷偷去摘几个。木瓜树结了沉甸甸的果子，挂在树干上。芒果一个个从瘦弱枝条上垂下来，扯断的叶子中间流出奶白色的黏液，有果子的香味。

"喻冬的高考志愿没报。"关初阳说，"他一直都没有来。"

"我知道。"宋丰丰无精打采，"他……他不在国内读大学。"

喻冬没有跟任何人联系过，宋丰丰和张敬去问周兰。喻冬原本的手机号码已经停用了，周兰只在二十多年前女儿结婚的时候去过喻乔山的家里，她年纪大，只记得一个大概的地址。

宋丰丰和张敬跑到了喻冬所在的城市找他，两人徘徊在别墅区下面，根本进不去。他们问物业这里是否有一个叫喻冬的人，物业则根本不理睬。

"开心点吧。"张敬拍了拍宋丰丰的肩膀，"下周你有空吗？我们一起出去玩，学习委员和班长一起去的，我承诺，这次绝对不带张曼。"

宋丰丰兴致不高。

张敬又换了一个话题："我帮你一起骂喻冬！"

"别说了。"宋丰丰摇摇头，"我走了，拜拜。"

他一个人踩车，在海岸线上逗留了很久。凤凰木开完了花，开始抖动满树羽毛般的绿叶。他被海面折射的光刺得眼睛疼，捂着双眼在树下坐了很久。

宋丰丰不想回家，他找不到想见的人，自己生活的城市突然间变得让人易于难过，甚至令人畏惧。他和喻冬一起走过太多太多的地方了，他从不知道自己的记忆力原来这么好，所有细节巨细无遗全部从记忆深处翻出来。

海岸线这条路走到尽头就是乌头山。教堂在阳光下沉默不语，神父在门前拿着一把刷子仔细刷墙，掩盖上面的"办证、开发票"字样和电话号码。

宋丰丰在教堂里坐了一会儿，又跑了。他骑车去了寺庙里，找到自己的远房亲戚，说要买一个许愿牌。

不是逢年过节的时间段，许愿牌很便宜。宋丰丰买好了许愿牌，在上面写上了歪歪扭扭的字，然后拿着许愿牌走到大榕树下。他的目光很准，一下就抛了上去。

和尚在院子里扫地，看到他在树下站了许久，眼睛红着，好像哭过。

一块木牌在树枝上挂着，随风打转。

木牌上写着"平平安安"四个字，字迹并不好看。

第十六章 我很想你

宋丰丰的大学生活过得挺精彩的。

报到的时候，他们一家人和郑随波、吴曈两家人在火车站相遇，三个小孩凑在一起聊天，几个大人则很快约好怎么在北京玩。

家长们把孩子送到学校之后，迅速检查宿舍的情况，纷纷表示"虽然环境不太好，但是上学就是要吃苦"，还对澡堂发表了一番南方人的独特见解。随后他们不再插手报到的事情，报了一个旅行团，一块儿逛起了北京城。

虽然宋丰丰和郑随波、吴曈不在同一个学校，但吴曈所在的财经大学离宋丰丰的学校非常近，两人常常相约去郑随波的学校找他玩。

"你读师范学校，以后是要当体育老师吗？"郑随波问过宋丰丰。

宋丰丰说不知道。

他对自己的未来规划并不清晰，宋英雄也没有什么要求。喻冬呢？他有时候会想，喻冬会做什么？喻冬以后会成为什么样的人？

这些问题从来没有一刻从他脑海里消失过。

喻冬是消失了，而且是以诡异且伤人的方式消失的。关于喻冬的所有事情，一直都被宋丰丰放在心上。宋丰丰在网上搜索过喻冬的名字，虽然找到几个同名同姓的人，但没有一个是自己思念的喻冬。

宋丰丰登录外网寻找喻冬也不容易，他不知道喻冬是否会给自己起一个洋气的英文名，越是搜索越是茫然。

张敬说他魔障了。

宋丰丰不吭声，只是笑笑。

他仍旧人缘好，仍旧擅长踢球，仍旧会收到情书，但他总会客客气气将情书退给对方。没人再陪着他折一只温柔小巧的纸船，将它放入水中了。

吴瞳唯恐天下不乱，还隔三岔五给宋丰丰介绍对象，宋丰丰尴尬极了，一概拒绝。

时间过得很快，宋丰丰大三下半学期已经开始考虑就业问题。趁着暑假，他穿上正装，钻进各种校园招聘会里取经。

这天，他观摩完一场招聘会，偷偷把自己的简历一起塞到 HR 手里，便怀着计划得逞的快乐离开了会场。之后，他接到了宋英雄的电话。

宋英雄出海回来不久，听声音火急火燎的。

"周妈中风了，你知道吗？"他的大嗓门震得宋丰丰耳朵疼，"宝仔一直在门口叫，七叔、七婶才发现的。"

宋丰丰吓坏了："现在呢？"

"幸好发现得及时，现在人已经醒了。"宋英雄说，"喻冬也在，守了周妈好几天。"

宋丰丰在会场门口一下站定了。

"什么？"他的声音在发抖，"谁？"

"喻冬。"宋英雄大声说，"你的好朋友喻冬！你忘记了？他偷偷跑了，你不是还哭过？"

宋丰丰无暇顾及宋英雄怎么知道自己哭过了。他很快挂了电话，立刻回到学校，冲进宿舍里一阵乱翻。

"怎么了？"舍友从上铺探出头，"明天你们足球队不是聚餐搞活动吗？"

宋丰丰把必要的证件和钱包装进包里，转头就跨出了宿舍："我

161

现在回家。"

　　绿皮火车慢悠悠地行驶，里面臭烘烘的。宋丰丰坐在两节车厢之间，列车运行时发出的声音很刺耳。宋丰丰靠在椅背上打瞌睡，半梦半醒中恍惚想起，以前他也有过这样的时候。

　　因为他察觉喻冬想跟自己说话，所以选择立刻回家。那时候一趟车不过数小时，他下午出发，晚上就回到了兴安街。但喻冬睡着了，手机也关机，他叫不醒喻冬。

　　宋丰丰一边大口地吃手里的面包片，一边盯着窗外一闪而过的葱郁绿色。

　　喻冬也做过这样的事情。他一个人跑到别的城市看自己比赛，却因为进不了体育场，在大铁门外站了一下午，最后没吃上饭又回去了。

　　宋丰丰总觉得，当时他们多傻啊，什么都没考虑，想见一个人即刻就去见了，哪怕只有一面，见了也是好的。宋丰丰回去继续比赛的时候高兴极了，那时候他还不确定是因为什么高兴，但那种欢喜的感觉却真真实实留在了身体和记忆里。

　　现在也是一样的。

　　宋丰丰想念喻冬，想见喻冬，想和喻冬说话，想问一些问题，甚至想抱抱喻冬。喻冬的头发应该仍然是软的，也仍旧是白皙皮肤。喻冬看自己的眼神里总带着不自知的笑意，一些无聊至极的话也能让他乐上半天。

　　但已经过去三年了，喻冬变了吗？他不知道。

　　因为不知道，所以他心生怯意。

　　列车即将进入省内时，车停了。原来是台风过境，全线列车临时停运，乘客被迫在一个小站下车，等待通知。

　　宋丰丰开手机流量看新闻，发现台风昨天刚刚扫荡过他的家乡，现在正不断北上，强度渐渐减弱了。

　　等待太煎熬了，他坐立不安，干脆给张敬拨了一个电话。

"你回到家没有？"宋丰丰开门见山，"你知道喻冬回来了吗？"

张敬不好回答宋丰丰这个问题，"呃"了半天。

本来这一年的暑假他打算和关初阳一起去北京找宋丰丰玩，行程都规划好了，但快要放假的时候，他突然改变了计划，临时取消这次的北京之行。

"张敬？"宋丰丰在电话那头又问，"信号不好吗？你听到我说话没有？我被困在……"

电话另一端，关初阳看看张敬，然后转头用看好戏的神情盯着坐在两人对面的青年。

青年皮肤白净，眉眼清秀，此时正因为张敬和关初阳的眼神紧紧抿嘴，皱眉露出紧张的神情。他眼下带着淡淡的黑眼圈，因为额发落下的阴影，显得他愈加憔悴和疲惫。

"你说喻冬啊……"张敬把声音拖长，"他就坐在我和初阳对面。"

青年闭了闭眼睛，随即气冲冲地在桌下踢了张敬一脚："张敬！"

张敬躲得很快："你这个习惯怎么不改改？跟黑丰一样，不高兴就踹人。"

宋丰丰攥着手机，一脸茫然地站在火车站台的窗边。

小站面积不大，干净整洁。狭长的玻璃窗上蒙着一层薄薄灰尘，强烈的日光照进来，把宋丰丰的半边身体晒得暖烘烘的。

"谁在你前面？"宋丰丰确认自己没有听错，"你见到他了？"

"喻冬，我说的就是喻冬。"张敬强调，"你牵挂的喻冬。"

喻冬略略低头，威胁似的压低了声音："够了！"

张敬看着喻冬，对手机说："你想跟他说话吗？"

喻冬立刻摇头，宋丰丰在电话的另一侧突然也沉默了。张敬以为信号不好，干脆把手机放在桌上，开了免提，冲着手机"喂喂"两声。

宋丰丰的声音带着犹豫和紧张："真的假的？你没骗我？"

163

喻冬紧紧盯着手机,关初阳忍不住了,推了他一下:"你说一句话啊。"

"不。"喻冬突然伸手将电话挂断,"还不是时候。"

张敬和关初阳齐齐叹了一口气,道:"你啊。"

"黑丰是因为知道你回家,才会突然赶回来的。"张敬告诉喻冬,"从北京到这里有多远,你不知道?他这个暑假本来是不打算回家的,都是因为你。"

张敬按出通讯录,把自己的手机递给喻冬。

"这个傻瓜去北京读书三年,连手机号码都没换过,旧号、新号都用。他的旧号已经没人打了,但他还是每个月都交费,就是怕你找他的时候找不到。"

喻冬看着屏幕上那一串自己始终没忘记过的数字。

"虽然黑丰很傻,"张敬说,"但再傻的人也会伤心,你不能这样。"

喻冬又摇了摇头。

"你不需要担心你爸爸了,现在他没时间去管你和黑丰的事情。"张敬压低了声音,"我们挖的那个坑,他半只脚已经踏进去了,不是吗?"

电话挂断之后,宋丰丰很快给张敬回拨过去,但这一次没有人接听。

他在窗子前走来走去,一直想着张敬说的话。喻冬回来了,喻冬就坐在张敬面前。

也就是说,喻冬和张敬联系过,而且正在见面。但张敬没有跟自己说过,哪怕是一个字。

宋丰丰烦躁不安,不停地挠头发。

张敬去上海读书之后如鱼得水,大二就跟关初阳联合起来编写程序,整合大学城里各个重点高校的学科资源,建立了学科互助平台。平台甫一出现,大受欢迎,不仅给跨校选修的人提供了可靠的参考,学霸们也热衷于在平台上分享自己的学习方法和申请国外学校的经验。

今年开始，关初阳在平台上增加了社交功能。建立在学科互助基础上的社交功能非常受欢迎，但偶尔张敬和关初阳也会跟他抱怨，不少人开始在上面买卖答案，甚至进行一些违规交易。

宋丰丰很喜欢听他们俩跟自己聊这些事情，这对他来说非常新鲜。

关初阳负责的社交功能上线之后，张敬和她更加忙碌，跟宋丰丰聊天闲扯的时间也减少了。这个社交功能的背后似乎联系着无数用户数据，宋丰丰并不太理解，但张敬说过，数据在未来几年里会越来越重要，无论是用户还是资源，都可以化为数据再利用。

"我和初阳在研究智能手机端的平台功能。"张敬曾经提过，他们得到了某些技术授权。

这些事情宋丰丰听过也就算了，他不会记得很清楚，只知道张敬和关初阳现在都投身到有趣的事业里。

关于事业的问题，张敬知道他兴趣不大，也听不明白，所以每次讲的时候只讲些有意思的事情。他从没想过张敬居然会在喻冬回来了这件事情上隐瞒自己。

在宋丰丰身边所有人中，只有张敬最明白他和喻冬的感情。

宋丰丰越想越气，眼看火车还是没有运行的打算，他抓起手机，准备给张敬打一个电话臭骂一顿，再向张敬要喻冬的联系方式。

宋丰丰才刚打开通话记录，屏幕突然闪出陌生号码的来电。

宋丰丰愣了好一会儿，急急忙忙地推开手机："喂？"

电话那头没有任何人声，但他听到了平稳的呼吸和海浪翻滚的声音。

宋丰丰深吸一口气，毫不犹豫道："喻冬？"

喻冬已经很久没听到宋丰丰的声音了。

但很奇怪，当宋丰丰开口的时候，他立刻就确认，宋丰丰的声音是没有变过的。

他之前跟张敬和关初阳见面，就在教堂对面的小餐吧里，能看到海的地方。

再小的城市，在这样的时代里，三年也足够发生翻天覆地的变化。

教堂前面的小广场缩小了，周围建起了不少店铺，形成了一条小小的步行街。海滩变窄了，沙子似乎也没有那么白，有的铺子一年四季都在卖烟花。教堂里的老神父换了一个人，外墙也粉刷过了，新得有几分陌生。

不变的唯有山和海，还有道路旁一年年开花的凤凰木了。

喻冬在海滩上走来走去，最后站定，小心翼翼地给宋丰丰拨电话。

他甚至不敢出声，他太害怕了。即便张敬反复说过无数次，宋丰丰没有任何变化，可他也害怕：他因为多年前的幼稚和思虑不周，对宋丰丰怀着难言的歉意。

宋丰丰又喊了喻冬一声："喻冬。"

这次他不是询问了，而是实实在在地确认。

"我知道是你。"

喻冬生硬地回答："好久不见。"

"你什么时候回来的？"宋丰丰问他，"周妈的情况怎么样？"

喻冬回国的时候并没有立刻返回兴安街，而是先回了喻乔山那头。几天后，喻乔山接到了通知，周兰中风被送进了医院，喻冬当即赶了过来。

喻乔山让喻冬回去，但喻冬没理。他一直在医院里守着周兰，直到她醒来。因为发现和治疗及时，她并未留下特别严重的后遗症。她醒来之后看到他，还能拉着他的手，无声无息地流眼泪。

喻冬絮絮叨叨地说着周兰的事情，宋丰丰安静地倾听。

在他的印象里，喻冬很少会一口气说这么多的话。

喻冬紧张了。宋丰丰知道。

说完了周兰的事情，喻冬顿了一下，很快又跟宋丰丰聊起了张敬。

今年初，张敬注册了一家公司，这个公司里除了张敬、关初阳和他们的一位师兄之外，还有喻冬这个合伙人。喻冬只负责出钱和联系技术方面的权威帮忙解决问题,其余什么都不管。

说到最后,他似乎有些犹豫。

"我……我和张敬在做一件事。"他吞吞吐吐,"这件事情对我来说很重要。"

宋丰丰:"嗯。"

喻冬犹豫了很久,像没办法直接开口:"我也许可以通过这件事把属于我妈妈的东西拿回来。"

宋丰丰轻声问:"很难吗?"

"开始的时候很难,但现在筹备将近一年了,一旦开始,接下来就很简单。"喻冬说起了自己在那边的生活。

出国之后,喻冬一开始很难适应。喻家有亲戚在他国定居,喻冬直接住到了这个叔叔家里。因为有喻乔山的叮嘱,他们一开始以为喻冬极难管束,对他看得很严,但很快他就一头扎进学校和各类学科之中,反倒成了比他们的孩子还要省心的人。

在国外学习并不轻松。当然也有轻松的学法,但喻冬对自己相当严苛。他孤独而沉默,每天除了学习就是学习,有时候因为太过困倦,常常在地铁上坐过站都不知道。

"当然也有很开心的事情。"喻冬笑了一声,"你知道的,他们跟我们过节的习俗不一样,即便是万圣节,也要过得热热闹闹、开开心心。现在我学会做很多菜式了,不过有些材料那边没有,用了替代品之后,味道会变得很奇怪。对了,老干妈,你知道的,它特别受欢迎……"

他说得很快,很急,像用这种急促的交谈来避免某些尴尬时刻,避免听到一些自己不想听到的事情。

"喻冬。"宋丰丰突然打断了他的话。

喻冬立刻停了下来。

宋丰丰几乎没有迟疑:"我很想你。"

海浪声似乎变大了。正是涨潮时分,低飞的海鸥在鸣叫,渔船回港的汽笛声和海军基地的钟声一同响起。

在这些声音里,宋丰丰听到喻冬带着浓厚鼻音的哽咽声。

"我也是……我想你……每一天都在想你……"喻冬结结巴巴地说着,捂着自己的眼睛抽泣。

在分离的三年里,宋丰丰其实设想过很多很多次,如果他和喻冬重逢了,应该说些什么才好。

说不愤怒是不可能的,他生气过,甚至在喝了酒之后愤怒地冲到操场号叫,最后被舍友拖回宿舍。有时候在他的想象里,他过得比喻冬还要好,生活幸福,家财万贯,趾高气扬,而喻冬在他面前目瞪口呆,满脸悔意。

而更多的时候,宋丰丰知道他们的重逢可能并不惊心动魄,就像两个普通朋友在路上相遇,互相打招呼,随后各自道别。喻冬说不定会结婚,宋丰丰心里有过这样的忐忑。于是,他的想象越发具体:喻冬有时候带着自己的妻儿出门,有时候则和别的人手牵手。

所有的外人都是不清晰的,只有喻冬的面庞仍和宋丰丰记忆中的一模一样。

可正因为这样,所有的可能性早已经被他想完了,所有的话也早在心里头来来回回说了无数遍,等到真的重遇时,只有最好、最迫切的那句话停在喉咙。

我很想你。

喻冬一直在小声地哭,说的话又含糊又混乱。

喻冬有太多太多不可对别人说的心里话,只能向宋丰丰一个人说。但他在这漫长的三年里,连跟宋丰丰说一句话的勇气都没有。

在喻冬离家之前,喻乔山为了让喻冬知道自己确实有能力破坏宋丰丰现在的生活,给喻冬拿回来了一些东西,包括宋丰丰的高考成绩单、宋英雄的大副证复印件,还有他那位早已经不联系了的母亲的生活状况表。

喻乔山认定了自己的儿子一直是循规蹈矩的,完全是被宋丰丰这个小流氓带上了歪路,因而严禁喻冬和宋丰丰有任何联系。喻冬不怕他对付自己,但怕他对付宋丰丰。

他不想让宋丰丰失去希望,甚至走上龙哥的路子。

虽然龙哥对他们很好,但他身上永远都有危机存在。宋丰丰的生活中不能出现这种可能性,哪怕只有一点点,喻冬都不愿意。

喻冬和喻乔山的想法恰恰相反,喻冬认为是自己在宋丰丰身边,宋丰丰才会走上"歪路"。

这是他不可对人言的恐惧,是他让宋丰丰的人生出现了岔路。

但睽违三年,宋丰丰仍旧对他说"想念你"。

喻冬不敢哭得太大声,为了降低声音,他把手攥成了拳头,紧紧抵在海堤上。

"别哭了……"宋丰丰小声说,"我才想哭,你就这样一声不吭跑了,所有人都跑来问我,喻冬怎么啦,喻冬去哪里啦,连你都不知道啊……我很丢脸的。"

喻冬又跟他道歉,反反复复都是一句"对不起"。

宋丰丰的额头抵在温暖的玻璃窗上,随着喻冬的每一句道歉而重复:"没关系,没关系……"

他眼眶湿润,声音温柔。他不是没有怨言和愤怒,但这些都不算什么了,他相信,喻冬和他经受着同样的痛苦和煎熬,他们都在摸索和等待重逢的一天。

宋丰丰说:"我很快就到站,你会去接我的,对吗?"

但喻冬当天晚上就要离开,他必须回到学校参加一个重要的会议。

宋丰丰又郁闷了:"那我回去见不到你了?"

对于三年前不告而别的原因,喻冬承诺等到他们见面一定会跟宋丰丰说清楚。这件事情跟他和张敬密谋的某个陷阱有关,在一切尚未就位之前,他非常谨慎。

宋丰丰答应了,问他什么时候可以见面。

"过年。"喻冬很肯定地回答,"过年我会回来,顺利的话,就一直留在国内了。"

宋丰丰回家后先去探望周兰。第二天一早，他就在张敬家守着，摩拳擦掌要揍张敬一顿。

在宋丰丰的拳头底下，张敬不得不说了一部分实话。

喻冬出国一年多后的某一天，关初阳的手机忽然收到了一条短信。几天之后，关初阳带着电脑来到张敬的宿舍，两人正式跟喻冬联系上了。

喻冬没有使用任何常用的社交工具，他的 QQ 已经很久很久没有登录。他从那个摔坏了的诺基亚手机里找到了关初阳的手机号码。万幸，关初阳的手机号仍在使用。

喻冬在跟关初阳确认了张敬和宋丰丰等人现在的状况之后，才放心透露自己的消息，他甚至恳求张敬和关初阳不要告诉宋丰丰关于自己的所有事。

"不让我知道？你们到底在搞什么？"宋丰丰揪着张敬，"不会是走私贩毒之类的东西吧？"

"可能吗？是那个喻冬啊。"张敬甩开他，"这件事情对你我都不重要，但是对喻冬来说是大事。"

宋丰丰半信半疑："那和你有什么关系？"

"对我有益啊。"张敬顿了一下，又补充，"准确点说，是对我们的公司有益。"

宋丰丰坐直了身体。他以前只是不喜欢思考，但是事情跟喻冬有关，他久未使用的脑子很快转了起来。

"喻冬找到办法搞垮他爸了？"宋丰丰忍不住压低了声音，"可靠吗？"

"垮不垮不知道，不过一旦成功，喻冬的爸爸肯定元气大伤。"张敬捂住了嘴巴，"好了啊，我就说到这里，只能说到这里。"

宋丰丰心里很不是滋味："我不爽。"

"喻冬在保护你。"张敬扭扭脖子，"具体什么事情我也不知道，但是你信他，对吗？那就继续信啊。"

"我当然信他。"宋丰丰立刻说。

宋丰丰给喻冬发去的邮件,喻冬有时候回,有时候不回。他似乎很冷淡,但每次只要宋丰丰的邮件抵达,最多一分钟,他肯定会打开。

宋丰丰常常看着邮件回执笑。

他是一个直接的人,喜欢表达,有事情会敞开来说。但喻冬不是。喻冬很闷,很固执,所有情绪都藏在心底深处,不会轻易示人。

宋丰丰欣赏这样的喻冬。他从未觉得时间过得这样慢,秋天来得太迟,冬天也来得太迟,他迫不及待想从喻冬那里听到所有事情的解释,想知道喻冬和张敬到底在谋划什么。

下第一场雪的时候,他拍照发给喻冬。喻冬罕见地很快地给了他回复:我这里也是。他高兴极了,攥着手机在学校里一边跑一边嗷嗷地叫,假装自己跟喻冬在地球的两侧,分享着同一场盛雪。

大四学生已经没有课了,大家不是顾着考试写论文,就是忙着找工作。宋丰丰正式从学校的足球队退役,恰好遇上前辈们回校,于是又逗留了几天,聚聚餐,喝喝酒。

宋丰丰登上回家火车的那天,有个陌生号码给他发来信息:我的新号,存一下。

落款是喻冬。

宋丰丰给他打电话,原来他已经回到了兴安街。

周兰早已出院,现在每天锻炼,拄着拐杖可以在兴安街这边走上好几圈,赶猫、赶狗、赶小孩,完全不是问题。

"你等我啊。"宋丰丰说,"别跑了。"

"我不去接你了,外婆一个人在家里,我陪着她。"

春运期间,车站无比拥挤,火车频频晚点。宋丰丰回到兴安街的时候已经是夜里九点。

宋丰丰一直跟喻冬打电话打到手机没电。当他从出租车上下来,拖着行李箱,快步往周兰家里去的时候,忽然发现玉河桥的灯柱上靠着一个人。

瘦削高个儿的青年背对着他，正眺望着另一个方向的灯火。从这里可以隐隐约约看到乌头山上的妈祖像，灯光照亮了她慈悲的面庞。

正是腊八节，不知谁家的小孩缠着大人放烟花，有亮闪闪的光柱飞到天上，砰地炸开。

青年的头发被灯光照亮了，和这个温暖的冬夜一样，令人生出眷恋。

他又在等自己了。宋丰丰脸上的笑一点儿也压不住，眼底却有了酸涩的眼泪。

"喻冬！"他冲着桥上的人大喊。

喻冬和宋丰丰都比彼此记忆中的人高了一点。

一直等到喻冬照顾周兰歇好，宋丰丰才回家。

宋英雄已经和女朋友结婚了，去年还给宋丰丰添了一个弟弟。一家人搬到市区的套间里住，兴安街这个房子虽然还留着，但也只有宋丰丰寒暑假会回来住。

锁头上落了一点灰，宋丰丰摆弄一会儿，顺利开锁，但灯又不亮了。等他把电闸拉上去，回头就看到喻冬正站在他身后，沉默地看他。

喻冬几乎没什么变化，宋丰丰在玉河桥上就确认了。他除了高一点，瘦一点，还有人似乎更疏离一点，再没别的改变。

两人在桥上寒暄几句之后，喻冬带着宋丰丰回家吃饭。周兰不方便下厨做饭，这顿腊八饭是喻冬动的手。喻冬的手艺确实比之前还要好了，宋丰丰一边吃一边笑，眼神却不太敢往喻冬那边瞟。

此时此刻，两人终于在这里得到了独处的机会。

宋丰丰从椅子上跳下来，一步跨到喻冬面前，伸手将门关上了。

随着门锁合上的咔嗒声响起，喻冬的身体似乎微微一颤，睫毛在灯影下瑟瑟地颤动，眼睛里映出宋丰丰的大脑袋。

"你啊……"宋丰丰低声在他耳边说,"太过分了。"

喻冬的声音含糊不清,像是哭又像是笑。他的身上有股气味,是周兰涂抹的药水味,还有在热烘烘的厨房里烘出来的烟火气息。

宋丰丰深深吸了一口气,他感受到了喻冬的呼吸,还有满是寒意的外套。

喻冬回来了。此刻他才真正确认这不是一场美梦——或噩梦。

第十七章
一场战役

宋丰丰烧水泡茶，给喻冬端过来。

他家里有不少喻冬的用具，比如碗和杯子。杯子是白瓷的马克杯，沉重稳当，杯上有一只长颈鹿。宋丰丰的杯子上是一只熊猫。两人当时在柜台挑了很久，只有这两种动物比较好看，没画得乱七八糟。

一壶茶喝完，宋丰丰继续加水，又满出一壶。茶味略淡，但更好入喉。

"你为什么不说一声就跑了？"他问。说清楚三年前的事情，对他们两人都是最迫切的。

等到一壶茶见底，喻冬终于讲完。

宋丰丰没吭声，而是靠在沙发背上，抓抓头发。

"就因为这个？"他开口了。

喻冬动了动喉结："什么意思？"

"意思就是，我不高兴。"宋丰丰看着喻冬，"你就为了这种事情，连招呼都不打就跑了。"

在国外的三年里，喻冬筹备着自己的计划，同时也因为当时的选择和做法不断感到恐惧。他害怕很多事情，比如宋丰丰会责怪自己。

或许当时有千万种更好的方式解决难题，他遗憾自己没有做出更好的选择。他慌乱而沮丧，被自己的无能为力击垮了。

而更让他不安的是,他持有能让喻乔山让步的把柄,但他没有用。在自己与宋丰丰的衡量中,他选择了自己。

"这有什么关系?"宋丰丰完全不以为意,"好钢要用在刀刃上。"

他拍拍喻冬的头,像上学时常做的那样。喻冬的头发软,耳朵也软。这样的人会有一颗柔软的心,容易被戳伤。

"你不怪我?"喻冬问。

宋丰丰眉毛一挑,盯着喻冬:"怪。"说完,他立刻看到喻冬惶恐不安。

宋丰丰不是怪喻冬的选择,而是怪他没有跟自己沟通过,哪怕一次。宋丰丰需要跟他说清楚一件事。

"无论什么时候你都想着保护我,喻冬,我很高兴,我非常高兴。但是你也要记住,我不软弱,你说的那些事情,我完全不怕。"宋丰丰看着他,"没有人可以一手遮天的。"

宋丰丰按着他的肩膀,注视他的眼睛。宋丰丰知道他正在认真听自己讲话。

"喻冬,不要怕你的爸爸。"宋丰丰一字一句地说,"他不可能分开我们。"

喻冬先是点头,很快又捂住自己的眼睛。他已经长大了,见识过许多事情,心智早跟十八九岁的时候不一样了,他畏惧的所有东西中,喻乔山是最关键的一个。

喻乔山摧毁了喻冬曾经的生活,这种毁灭带来的影响太大,远远超出了喻冬的想象。父亲是他生命中无法逃脱的阴影,死死笼罩着他所有的生活。纵然他曾经短暂地摆脱过喻乔山的影响,然而在喻乔山施加的压力降临时,他一下就被压制了。

喻唯英说得对,喻冬知道自己当时确实幼稚:他有时候过分小看了喻乔山的能力,有时候又将喻乔山的势力想得过分庞大。

宋丰丰的语气虽然带着警告,但也很温柔:"以后不能这样了。你做决定之前要和我商量,或者至少告诉我一声,我不喜欢这样子。我才不怕他呢,街上的人谁见到我不要喊一声'黑丰哥'?"

喻冬连连点头。

宋丰丰心想：喻冬其实是有变化的，至少以前他听到自己吹牛皮，绝不会这么给面子。

他刚想完，喻冬说话了："黑丰，你变了不少。"

宋丰丰连忙放开他，紧张地问："变了哪里？不好看了？"

"你就没好看过。"喻冬说。

宋丰丰"嗯哼"一声，装作凶狠地问："靓仔，你说什么？"

"你成熟了。"喻冬把他的手抓下来，"看来你的大学很锻炼人。"

"你不知道吧，我在大学里也是足球队队长。"

喻冬："我知道。"

宋丰丰："你怎么知道的？"

喻冬："我有时候会去你们学校的网站看看，有足球队的新闻。"

宋丰丰眯起了眼睛，上上下下地打量着喻冬。喻冬说漏了嘴，尴尬地喝茶，端起杯子时才发现里面已经没了水。宋丰丰在他身边大笑，就像中学时代的某一天或每一天。

茶越喝越淡，宋丰丰跟他说起学校的事情。

这对他和喻冬来说都是很新鲜的一天。他们见面了，还这样坦诚地谈起了曾经的事情。暌违的三年让他和喻冬都有所成长，这些成长令他感慨，也令他庆幸。

他们就这样在灯下说着话，一夜无眠。

喻冬和张敬谋划的事情果真有些凶险。

当年喻乔山通过喻冬的母亲从老教授那里获得的所有技术专利，有两项指名委托给喻冬的母亲。喻冬的母亲离世之后，这两项专利授权本该回到老教授手中，但由于老教授和夫人先后病逝，这件事情没人提起，喻乔山便把授权问题当作不存在似的，继续使用着专利。

当母亲缠绵病榻的时候，喻冬听她提起过授权的事情。当时母亲曾叮嘱过喻乔山，让其在自己离开之后处理好授权的问题，喻乔山嘴上答应，但最终没有任何行动。

但这些话被当时同样守在病床边的喻冬听到了。

喻冬想要彻底摆脱喻乔山的想法越来越强烈,他在高中就开始想方设法联系教授的后人。教授夫妻无儿无女,他只是小时候见过两位老人,对于老人的亲戚则一个都不熟悉。

喻冬好不容易联系上老人的侄儿,又花了不少时间获得对方的信任,才找到机会,和这位植物学家见了一面。

两人当时都在国外,谈得很投机。喻冬毫不隐瞒喻乔山试图占有技术专利的恶意,对方却始终很犹豫。老人离世之后,一部分科研成果由学校进行管理,另外一部分则由老人的家属保管。这一部分辗转到了他手里,他却完全不是这方面的行家,因而也只能保管,什么都做不了。

喻冬并不要求他做什么,只是现在这两项专利授权实际上已经归这个植物学家所有,他可以选择给谁授权,或者不给谁授权。

宋丰丰听了很久,终于弄明白了:"只要他不答应授权这两项专利给喻乔山,喻乔山就侵权了,而且是这么多年来一直不断侵权。"

"他不给喻乔山,给我。"喻冬想了想,补充道,"或者说给张敬。"

宋丰丰至此才恍然大悟:"张敬的公司!"

"这两项技术授权跟数据挖掘和建立模型有关,如果张敬能拿到,他们那个平台完全可以走出校园,有更大的作为。"喻冬跟宋丰丰解释,"这是一石二鸟,既能挫败喻乔山,又能帮张敬。"

喻乔山的公司去年底启动了一个新项目,这个项目的技术支撑框架里,有一部分关键内容和这两项专利息息相关。

"没有比这更好的机会了。"喻冬的声音出奇坚定,"我拥有可以和他谈判的资本了。"

海边的风很大,两人带着宝仔出来散步,看着它在无人的沙滩上奔跑。宝仔已经壮硕很多,宋丰丰虽然还能抱起它,但累得喘气。

"我想起你和张敬当时做的那件事。"宋丰丰说,"生物协会那件事,你记得吗?"

喻冬笑了:"当然记得。"

张敬和关初阳都对喻冬当时帮忙大伤生物协会元气的事情印象深刻。但关初阳在跟张敬谈恋爱之后，在思考和张敬有关的事情之前，常常会想多几步。

"你帮喻冬这一次，会不会有危险？"她问。

张敬和她正在咖啡厅里等待宋丰丰和喻冬。

"有什么危险？"张敬好奇道。

"喻乔山那边是大公司，他动动手指头就把你碾死了。"关初阳说，"公司是以你的名义开的，他那边一看，肯定就感觉出你帮喻冬出头啊。"

张敬摇摇头："但喻冬是我们的大股东，信息公开，喻乔山能查到。到时候看上去不是我给喻冬出头，而是喻冬操纵着我来报复喻乔山。"

喻冬十八岁之后，母亲给他留下的遗产可以完全由他自己来处理。他将不少钱投进张敬的公司里，是张敬和关初阳这个平台建立之初最关键的支撑力。

张敬知道关初阳并不是对喻冬有什么不好的揣测，只是他们俩看事情的角度不一样，而且关初阳对喻冬的了解并不如他那么深。

"你还记得以前生物协会那件事吗？"张敬握着关初阳的手拍了拍，"那件事情跟喻冬是没有一点关系的，甚至他跟我提这个建议之后，自己也完全不需要插手，只要在一旁等着结果就行了。但是他没有，他为一件和自己无关的事情站出来，而且我和他去找老师的时候，主要都是他顶着。"

关初阳挑了挑眉。

当时那件事让她非常难过，因此很多细节她根本不愿意去了解，张敬现在说的细节她完全不晓得。

"其实在生物协会看来，我的作用不大，因为老师直接认为是喻冬搞的鬼。"张敬耸耸肩，"你知道的，喻冬名气很大，人又聪明，老师只要稍稍一想歪，他就会变成一个满肚子坏水的学生。"

关初阳："幸好他没有选理科，和生物再也没关系了。"

张敬看着她："初阳，喻冬脑子里的想法确实很多，而且他不怎么跟人沟通，是有点闷，但他的心是很好很好的。"

他跟关初阳说起了初三的事，喻冬帮宋丰丰出头，结果被龙哥马仔砸破头。

"那时候他跟宋丰丰才刚刚认识，也不是现在这样的关系，甚至就是普通的同学。说实在话，就算是我知道宋丰丰被坑钱了，也不一定能立刻为宋丰丰出头，我没这个本事，而且我也没有这个勇气。"张敬说，"他挺勇敢的，而且他的勇敢跟宋丰丰、我的完全不一样。"

关初阳看着他："不，我和你的看法不同。"

两人正聊着，宋丰丰和喻冬一前一后进来了。张敬一下子站起来，张开手臂。

宋丰丰高高兴兴地和张敬拥抱，快要抱上去的时候，张敬给他迎头泼了一盆冷水："谁抱你啊，我抱喻冬。喻冬终于回归我们的小团体了。"

宋丰丰悻悻地坐下。

"我们刚刚在夸你。"张敬跟喻冬说，"我说你勇敢来着。你和宋丰丰都特别有勇气。"

喻冬："我觉得你也挺勇敢的。"

张敬奇道："我吗？为什么？"

喻冬看了一眼关初阳。

关初阳："因为他敢追我？"

宋丰丰和喻冬一起笑。

"他暗恋你很久了，"宋丰丰说，"跟我和喻冬认识的时间差不多。"说完，宋丰丰拍了拍喻冬的手。

温热像缠绕在指尖，无法散去。喻冬的脸微微发热，将手藏在桌子底下。

"我是看在鱿鱼的分上才答应他的，"关初阳说，"这跟他暗

179

恋我多久没有任何关系。"

张敬厚着脸皮道："我不是暗恋，基本上所有人知道我喜欢你。"

关初阳脸都红了："你要不要脸？"

宋丰丰："他一直是我们之中脸皮最厚的那个。"

宋丰丰毕业后回到家乡，成为市三中一个青涩的体育老师，跟着现任的足球队教练一起管理足球队。

张敬和关初阳在上海读研，他们的公司也在正常运作，使用平台的学生不断增加，新的功能也不断往上添。

喻冬回国了，但他没有住回兴安街。周妈的远房姐妹来家里陪她，他在市区租了一个套间住下，每天都回兴安街探望她，陪她做针灸和康复训练。

他租的房子就在三中附近，宋丰丰也拿了一把钥匙。

喻冬还曾在小区附近碰到了郑随波。郑随波的样子和高中时差别不大，喻冬一眼就认了出来。

郑随波正准备去日本深造，他要了喻冬的地址，说改天去找喻冬玩，顺便把自己出版的画册给他捎去几本。

喻冬问吴曈的现状，郑随波抓抓下巴，眼神闪躲。

"他在学日语。"郑随波看起来有些不好意思，"他跟我一起去日本读书。"

喻冬笑了："这是好事啊。"

郑随波眨眨眼睛，突然意识到喻冬可能还不知道吴曈上大学之后做了什么事。

"吴曈老给宋丰丰介绍对象，你知道吗？"郑随波露出一脸坏笑，"吴曈的声音好听，挺多人认识他，也有人想追他。但他没兴趣，所以就都介绍给宋丰丰了。"

喻冬："……"

郑随波继续添油加醋："在我发现之前，他已经介绍好多个了。"

喻冬："郑随波，你也变了，变得跟吴曈一样。"

郑随波："哪里一样了？"

喻冬："变坏了。"

回家的路上，喻冬还是不可避免地反复咀嚼郑随波说过的话。

他很诧异宋丰丰高涨的人气，但慢慢走着又觉得并非不可能。宋丰丰的好是需要慢慢相处才能发现的，中学时人人闹腾，没多少人察觉宋丰丰的优秀，但大学不一样。

喻冬回家后在阳台上伸懒腰。从这房子可以远远看到三中的操场，此刻操场上有学生列队学早操，他不确定是不是宋丰丰带的班级。

喻冬站了一会儿，回到书房，开始翻找自己很久没用过的望远镜。

此刻，在另一个城市里，喻乔山刚刚结束对喻唯英的斥骂。

"他是你弟弟，你怎么不劝劝他？"喻乔山气得在办公室里走来走去，"他又回去做什么？回去找那个流氓吗？"

他恶狠狠地骂了一句脏话。

喻乔山正要命令喻唯英立刻去找喻冬，办公室的门就被敲响了。

公司的法务负责人带着一脸不可思议的表情走进来，递给喻乔山一个文件夹："我们被告了。"

喻乔山无心看这些文件："你跟我说有什么用？我很忙，你先处理。"

"喻总，对方告我们侵权，就是我之前跟你说过的可能会出问题的那两项专利技术。"

喻乔山拿起了文件夹。

"你们还没找到那个老头的侄儿？"

"找到了，但他一直没答应我们的条件。"喻唯英在一旁补充，"这人把专利给了什么人？"

"一家去年才注册成立的新公司，非常小，做学生生意的。"法务言简意赅。

喻乔山看着文件上公司的法人代表名字："张敬？这是谁？"

"我查过这个公司的资料了，这个法人代表不重要。"法务说，

"公司其中一位股东是喻总您的小儿子,喻冬。"

喻乔山打来的几个电话喻冬都没接。他看了一眼就迅速挂断了,响了几次之后,他干脆关了手机。

宋丰丰趁他不注意,把最后一块烤鸡抢到手里。

喻冬专心地喝汤:"什么时候去吃饭?"

"今晚。"宋丰丰把鸡肉放进嘴巴里,长叹一声。他特别喜欢喻冬做的水果烤鸡,但喻冬嫌麻烦,不会轻易动手。

喻冬睁大了眼睛,瞪着宋丰丰。

宋英雄说要请喻冬吃饭,答谢他对自己儿子的帮助。张敬早就吃过了,还三不五时趁着假期跟着宋丰丰回家一起蹭饭。

"你紧张什么?"宋丰丰说,"这顿饭我老爸惦记四年了。"

宋英雄和兴安街的邻居常常照看周兰,喻冬登门拜访的时候手上提了一大堆礼品,敲门时更是有些紧张。

宋英雄的妻子第一次见到传说中的喻冬。她开门之后惊讶极了,上上下下打量喻冬,笑着请他进来之后,扭头小声问宋英雄:"这个就是黑丰的好朋友?"

宋丰丰抱着弟弟从阳台走回来:"是他了,原装的。"

宋丰丰的继母年纪并不大,四十多岁,一直看着喻冬笑。当喻冬在客厅坐下的时候,听见她在厨房跟宋英雄讲话:"他这么帅,真的是黑丰的朋友吗?黑丰居然有这么好看的朋友……"

宋丰丰憋着笑,把手里的小孩子塞到喻冬怀里。

喻冬的脸皮仍旧很薄,早就红了一片,连忙低头看怀里的孩子。宋丰丰的弟弟刚满一岁,睁着圆眼睛,一边吃手指一边看喻冬。

喻冬小心翼翼地抱着孩子。小孩软乎乎的,他伸出手指,那孩子抓住了。

"他的手指好软。"喻冬说。

宋丰丰靠在沙发上,电视里正播放着武侠电影。点播台已经消失了,他甚至想不起来它什么时候消失的,似乎是有线电视系统更新之后就搜不到了。

"他的眼睛和你的有点像。"喻冬又说,"他不黑。"

"我小时候也不黑好不好?"宋丰丰不满了,"你不是看过我小时候的照片吗?特别白,特别帅。我是后来才晒黑的,恢复不过来了。"

喻冬嗤笑了一声:"你骗人吧,你小时候就已经很黑了。"

"那是照片氧化变色。"宋丰丰很坚持。

喻冬的注意力完全被小孩吸引了过去。孩子的眼睛和鼻子跟宋丰丰有点像,以后应该也是一个浓眉大眼的男孩子,会有一腔勇气。

他看着小孩笑,小孩也看着他笑。

宋丰丰吃了一惊:"你把他逗笑了!"

喻冬:"他中意我。"

宋丰丰:"嗯,他中意你。"

他坐近了一点,挠了挠小孩的脚趾。

"其实我想要一个妹妹的。"宋丰丰说,"你不觉得妹妹比较好吗?可爱多了。小屁孩长大之后肯定会惹是生非。"

喻冬把手指从小孩掌中抽离。孩子的骨头很柔软,手指很温暖,喻冬连动作都放轻了,说话也不敢大声。他觉得很奇妙,不仅是因为怀里的小生命,还因为这是宋丰丰的弟弟。

他用尽所有想象力,从这个孩子身上寻找宋丰丰幼时的痕迹。

一顿饭吃下来,喻冬发现最喜欢自己的可能不是宋丰丰,而是他的继母蔡姨。

"你这张脸就特别讨师奶喜欢啊。"宋丰丰在他脸上捏了一下,给他找了一个理由,"阿姨平时看电视也很喜欢白白净净的年轻人。"

"因为和你有反差。"喻冬说。

宋丰丰:"什么反差,她也很喜欢我的。"

两人吃得太饱,决定步行回家,反正城市小,走路也不过四五十分钟。

即便夜幕降临,浓夏的酷热也不见散去。地面热烘烘的,树也热烘烘的，一条街都是浓郁的绿色。已经七点了，红彤彤的晚霞占据了大半片天空，明天可能会下雨。

蹬着自行车和骑着电动车的学生从路上经过，男孩女孩叽叽喳喳地说话，又打又闹。

宋丰丰带喻冬从三中教师宿舍区的门口钻进去，很快就到了操场。学校里很安静，教学楼亮着灯，上晚自习的学生三三两两地进了学校。足球队的训练已经结束，穿着球服的学生正在收拾东西准备离开。

有男孩跟宋丰丰打招呼，宋丰丰一个个地给喻冬介绍，哪个是守门员，哪个是后卫，哪个是前锋，哪个踢他曾经的位置。

喻冬跟他一起在塑胶跑道上慢慢绕圈走着。年轻的男孩们经过宋老师和他的朋友身边，都要好奇地打量一下喻冬。

"这是你们的师兄，当年的文科状元。"宋丰丰这样介绍喻冬。

男孩子们露出了惊奇的眼神，喻冬倒有些不好意思起来。他仍旧不习惯别人过分热切的关注。

他们给宋丰丰留下了一个球。操场上亮起几盏灯，教师宿舍区里传出音乐声，喻冬分辨出是手风琴的声音。

"这是孙老师在演奏吗？"

宋丰丰没听清楚他的问题，抬脚射门之后才回头："什么？"

琴声停了，喻冬不再问，他在球场边上坐下看宋丰丰踢球。

宋丰丰炫技似的玩了好一阵，喻冬很给面子，一直给他鼓掌喝彩。他抱着球坐在喻冬身边。小虫子飞来飞去，晚读的铃声响起，教学楼里传出了诵读英语或者语文课文的声音。

喻冬听得很认真。

"课本改过了？"他问，"这是读的什么？我听不出来。"

他看向教学楼的方向，操场上的灯光映亮他的脸。宋丰丰一扭头，就看到他眉骨上的一道浅浅疤痕。

宋丰丰抬手摸他的眉毛，手慢慢地从那道疤痕上抚过。

"我帮喻师兄擦擦脸。"宋丰丰笑着说，"真是了不起的勋章。"

车棚边上的羊蹄甲仍旧茁壮，高树上缀满了绿叶，到秋天它还会稀稀落落地再开一次花。宋丰丰不由自主地想起喻冬在树下等待自己的样子。

少年时的喻冬，少年时的他。

春风是新鲜的，花也是，一切都是。

他们离开学校，各吃着一根冰棒，抱着足球往家里走。

第十八章
十年

清早阳光明媚,窗帘遮不住的光蒙蒙地透进来。房间虽然不大,但家具干净整齐,就是床铺有些乱,衣服胡乱地扔在一旁的靠椅上。

宋丰丰把喻冬叫醒。两人还要赶火车去省城买东西,匆匆整理好着装出门。

喻冬和宋丰丰先回兴安街看望周兰,接着在铁道边上的鸡丝粉店里各吃一碗粉当作早餐。老板娘的胳膊仍旧结实有力,脾气却越发不好了。她看到喻冬之后,立刻认出这个小靓仔,免费给喻冬加了一个荷包蛋。

两人去省城是为了买喻冬想要的一套音响。两人试了几个小时音响之后,付款结账。

店主会把音响邮寄到喻冬那边,两人双手空空地来,又双手空空地回去,很逍遥自在。他们俩信步到卖电视的地方转了两圈,发现面前有一个非常眼熟的人。

龙哥正拿着两张宣传单认认真真地看。

别说喻冬,连宋丰丰也很久没见过龙哥。

大概是宋丰丰上大一的时候,龙哥就跑到了省城。他把自己的大排档转给别人,网吧和电脑配件的生意仍在继续。

龙哥见到黑仔和靓仔非常高兴,招呼他们俩跟他一起走。他们离开的时候，卖电视的几个年轻人甚至送到了门口，态度十分殷勤。

"龙哥慢走。"

"龙哥，看中哪一台电视我们送货上门，货到了再付款就行。"

"再来啊，龙哥。"

宋丰丰不由得佩服龙哥："龙哥真是走到哪里都吃得开。"

龙哥厚着脸皮接受了这个赞美："我在这里也是继续做配件生意，大家都认识的。"

他请宋丰丰和喻冬吃了一顿饭，原本还打算把梁设计师叫来的，但梁设计师工作太忙，只在电话里跟两人打了个招呼。

现在龙哥住在梁设计师家里，连带品位也变了，没了之前的痞气。他跟宋丰丰聊自己的厨艺，跟喻冬谈生意。两人这才知道他如今是省城里数一数二的电脑配件商，频频出差谈生意，公司规模也越做越大，在业内小有名气。

龙哥不住地拍喻冬的肩膀："我看着靓仔长大，看你第一眼就知道你以后一定大有作为！"

喻冬被他捧得太高，一口饭吃得不自在。

回程路上，喻冬接到了喻乔山的来电。他这次没有挂断电话，而是直接接听。

手机另一端的喻乔山并没有十分激动，喻冬的冷处理让他已经度过了最愤怒的那段时间。

早上喻冬出发之前看了新闻。喻乔山的公司由于专利侵权被告上法庭的新闻前两天就出来了，股价一直在跌。

"你到底在做什么？"喻乔山压抑着怒气，尽力冷静，"整自己的公司，好玩吗？"

"公司和我无关。"喻冬说。

"公司最后还是你的，什么叫作与你无关？"喻乔山顿了一下，"是你和你哥哥的。"

"都给他吧,我不要。"喻冬沉吟片刻,"我具体要什么,我们可以当面谈谈。"

喻冬挂了电话之后,心跳仍旧急促。这是他在和喻乔山的对峙中第一次掌握主导权。

回到位置上之后,他跟宋丰丰说了回家的日期。宋丰丰要求跟他一起去,他连忙拒绝。

"你暂时别出现比较好。"

"现在你怎么这么怕事?"宋丰丰不以为意,"我不进你家门可以吗?我就在山底下坐坐。对面不是有一家餐厅吗,那里的意面不错的。"

喻冬睁大了眼睛:"你怎么知道的?"

"我和张敬去那里找过你。"宋丰丰言简意赅。

喻冬完全愣住了。他既惊讶又愧疚,半天说不出一句话。宋丰丰趁热打铁:"我认识你这么久,总得给你打打气。我身为你最重要的朋友,跟你一起回去。"

回家的日子定在周日,喻冬并不打算在家里过夜,他跟喻乔山谈完就走。

虽然喻冬还称呼那个地方为"家",但在他心里,现在租住的地方才叫家。宋丰丰常常在喻冬家里留宿,学校分给他的那间小宿舍他几乎没住过。周末,他则回自己家里看看弟弟,但只要有空,总会立刻回到喻冬身边。

他喜欢和宋丰丰在这个空间里度过每一分每一秒。他们会聊天,听歌,做饭,一起玩游戏,在沙发上靠着肩膀,分享一部爆米花电影。宋丰丰很擅长去菜市场买新鲜的食物,他则更喜欢去超市选择已经处理好了的食材,两个人不遗余力地在这种地方吹捧对方,然后赢得对方的大力回馈。

对喻冬来说,这样的"家"正是他想要的。

虽然基础不稳定,但他仍觉得足够安心:他一点儿也不希望宋英雄知道他和喻冬的关系。

周六晚上，宋丰丰一般都不找喻冬，但这一天深夜，宋丰丰罕见地给他发来了信息。

宋丰丰：我一会儿去找你，想吃什么夜宵？

喻冬一头雾水。

我找你说说话。宋丰丰回复他，炒河粉要不要？

喻冬：加肉和蛋。

他放下手机之后，继续和远在上海的张敬沟通官司的事情。他并不想真的打官司，他耗不起这个时间和精力。他想要的是以此为压力，从喻乔山手里换得一些别的东西。

"你爸那边的人想找我，但我跟律师都说好了，他全权代理，我不出面。"

"对。"喻冬的手指在键盘上敲得飞快，"我明天去见他，顺利的话，明天就能解决了。"

张敬："黑丰和你一起去吗？"

喻冬："嗯。"

张敬："注意安全，我等你好消息。"

喻冬："张敬，谢谢你和初阳。"

张敬给他发了一个戴着墨镜抽烟的表情。

房门打开，宋丰丰拎着一份炒河粉走进来。喻冬一下就闻到了河粉的香气，跟张敬道别后起身。

宋丰丰钻进了厕所里："我洗把脸，你先吃，我不饿。"

喻冬找出碟子，把装在一次性塑料盒里的炒河粉倒了进去。他一闻这味道就知道是辉煌街上那家夜宵店炒的，他和宋丰丰以前常常跟张敬一起去吃的。

他洗干净手，回头发现宋丰丰已经洗好了脸，靠在厨房门边上冲他笑。

喻冬："你笑什么？你吃不吃？"

"你以前是不是说过，如果我无处可去，你会分我半张床？"

喻冬先是一愣，过了片刻才想起，这是宋丰丰十八岁生日时自

189

己给的承诺。当时宋丰丰正因宋英雄和蔡姨的关系患得患失,总是担心自己会成为家里的外人。喻冬又无语又想笑:"我还以为你那时候睡着了。"

"你一说话我就醒了。"宋丰丰说,"怎么样,算不算数?"

喻冬:"你现在有家啊。"

宋丰丰:"没了,我跟我爸吵了一架。"

原来是宋丰丰把自己要跟喻冬一块儿去找喻乔山的事情告诉了宋英雄。宋英雄不阻止两人来往,但他不止一次劝过宋丰丰不要涉入喻冬的家务事。他很清楚地知道,喻冬的家庭情况非常复杂,牵扯到商业之类的事情,不是他们这样的寻常人家可以置喙的。

宋丰丰与宋英雄争执到最后,宋英雄勃然大怒。宋英雄不明白宋丰丰为什么这么执着地帮喻冬,或许是出于对危险的预感,或许是父亲的直觉,他固执得厉害,坚决不允许宋丰丰和喻冬一起去找喻乔山。

"所以我就出来了。"宋丰丰耸耸肩,"我没带行李,一会儿还得跟你去买点东西。"他笑着想了想,又说,"不过你家里一直都有我的牙刷、毛巾和鞋子,没问题。"

喻冬无言以对。他坐到宋丰丰面前,态度异常严肃:"你不去也没有关系的。"

"不行。"

"你何必跟宋叔斗气?"喻冬劝他,"这说到底只是我自己的事情,和你没有关系。"

宋丰丰看他:"和我没有关系?你再说一次。"

喻冬服输了,换了一个说法:"你为了我跟你爸吵架,划不来。"

宋丰丰吃着河粉,摆摆筷子:"不是这样算的。"

喻冬:"那你是怎么想的?"

宋丰丰:"你和你爸谈判,这对你来说是大事。我早跟自己说了,我不能错过你人生里任何一件大事。从咱们再见那一天开始,高兴的、不高兴的,你都跟我说。我确实能力有限,可能没法帮你太多,但只要你需要,只要你喊我,我永远都在你看得到的地方。"

喻冬一句话也说不出来。他对明日的会面并非没有负面揣测,但和恐惧相比,另一种更强烈的东西,像涨潮的海浪,像扑上堤岸的狂潮,把他卷在其中,摇摇晃晃。

"谁都拦不住我,我爸也不行。"宋丰丰说,"我宋丰丰一辈子只认识一个喻冬,我认准他了,我愿意为他……"

喻冬从未有这样一刻对宋丰丰的莽撞和勇气怀着如此强烈的感激。他也不知道自己答了什么,回过神时只看到宋丰丰盯着自己笑。

"我知道。"宋丰丰用筷子一头挠挠下巴上没刮干净的胡楂,黝黑的脸上罕见地显出几分羞涩,"我……我知道我很好。"

宋丰丰并非天不怕地不怕,他有很多不敢惹的人,其中最让他害怕的是宋英雄。

因为父母离异得早,宋英雄又经常出海没法照顾他,父子两人的沟通方式有时候简单粗暴:吵架。

后来,宋丰丰长大了,上初中了,个头猛地蹿高,宋英雄渐渐不跟宋丰丰吵架了。可能是他发现儿子没有自己照顾一样活得很好,很独立,也可能是发现自己老了,而宋丰丰正在不断成长。

宋英雄像兴安街上的大多数家长一样,和宋丰丰的交流并不多。宋丰丰初二的一次期中考,宋英雄发现他的语文试卷上有一道阅读题得分为零。宋英雄一边在心里暗骂,一边检查起他的试卷。

阅读题是一篇很短的散文,讲的是一个父亲,或者某一类父亲:他们在外工作,疲倦且忙碌;回家后发现家庭虽然甜美和快乐,但这种甜美和快乐是他无法参与和理解的。

最后一道题目是:读完这篇文章后,你有什么感受?

宋丰丰写了一句话:爸爸很可怜。

宋英雄当时看到这个答案,一下就笑了。

他知道这个答案肯定不能拿分,但是……他心里又想:为什么老师不给分呢?明明没有错。他的孩子写出的感受,他相信这是真的。

宋丰丰除了语文之外,没有一科及格。那天晚上他在家里看漫画,听到宋英雄回家,紧张地跑到天台上偷看。宋英雄没有骂他,也不准备打他,反而给他带回了辉煌街的炒河粉。

"我考试不及格。"十四岁的宋丰丰一边吃粉一边提醒宋英雄,"你没有什么想说的?"

宋英雄:"你知道自己不及格,下次就考好一点。"

宋丰丰:"?"

他至今不知道宋英雄的态度为什么和他预想的不一样。宋英雄仍旧忙碌,仍旧把大量时间花在渔船和大海上。兴安街里不少男人喜欢赌钱,但宋英雄不好这一口。宋英雄吃够了没文化的亏,有空就盯着他看书读书,鼓励他跟成绩好的同学交朋友。

宋丰丰以前认识的是张敬,后来认识了喻冬。

这两个孩子宋英雄都认识,也都喜欢,但他没有想到事情会变成这样。

宋英雄知道喻家的雄厚财力与势力之后,曾为儿子冒犯过喻唯英感到后怕。宋英雄不奢望宋丰丰出人头地,只要宋丰丰平安顺畅生活就好。宋丰丰可以和喻冬做朋友,但牵扯进喻冬那些剪不断理还乱的家务事中,这就不太对劲了。因此,在宋丰丰说出自己的打算后,宋英雄在震惊之余甚至没有愤怒,只是茫然。

怎么是喻冬呢?他想不明白。这个世界上唯一不会将他儿子带坏的人,明明就应该是喻冬。

周日上午,喻冬和宋丰丰启程前往火车站。在路上,宋丰丰又给宋英雄打电话,但宋英雄没接。他转而给继母打电话,继母接了,她小声告诉他,宋英雄还在生气,连饭都不肯好好吃。

"你现在别回来,一见到你,他肯定就爆了。"继母劝他,"你先让他冷静冷静啊,我会跟他讲的。"

她问宋丰丰和喻冬一路上怎么安排,又叮嘱他看好喻冬,两人都要注意安全。

"我高中也有很好的朋友,现在一直都有联系。"继母大大咧咧地说,"年轻人,我懂的,两肋插刀嘛。等你爸消气了,我再好好跟他聊。对了,喻冬他啊……"

一通电话打了二十多分钟,说的尽是她对喻冬的担忧。进站过安检的时候,宋丰丰挂断电话,表情惊诧,带着一点点好奇和欢喜:"蔡姨果然很喜欢你。"

"她的态度怎么这么好?"

"因为她确实不是我妈妈啊。"宋丰丰坦然地讲,"她跟我爸结婚的时候我都这么大了,她也不可能管得了我。现在家里什么都挺好,我弟弟还这么小,一家人平平安安比较重要。要是我跟我老爸总是吵,为了这个问题闹来闹去,对她和弟弟也不好。"

喻冬很惊奇地打量着宋丰丰。

他没想到宋丰丰会说出这样的话。

"我对蔡姨没有一点意见。"宋丰丰连忙解释,"她对我爸爸和我都很好,这个就是事实。我觉得这种状态很好,我和她根本不算了解,一家人生活在一起,总不可能什么都用爱来解决,是吧?我们会有权衡,有一些计较和私心,但总是一条心的。"

喻冬半天没出声,他并不懂得这些道理。当他还未有机会去体会和明白家庭的含义时,他已经失去了后盾。

"以后我慢慢告诉你。"宋丰丰说。

喻冬笑了:"多谢宋老师。"

三年前,宋丰丰和张敬来过喻冬家所在的别墅区,但三年之后,这里已经变了样,他念念不忘的餐厅关了,变成了一家连锁花店。

幸好花店旁边还有两个咖啡厅,没有意面,但有咖啡和蛋糕。

宋丰丰点了单,坐在咖啡厅外,给喻冬发信息:一小时后,你不给我发短信或者打电话,我就冲上去救你。

他这回问清楚了喻冬家的位置,总有进去的办法。

喻冬回他一句话:你以为拍戏吗?

家中院子的陈设变了,花木也换了几种。母亲生前种下的玛格丽特和几棵果树已经全部被清理了,这儿再找不到一丝喻冬熟悉的痕迹。喻冬看了几眼,神情没有变化。

来迎接他的是喻唯英。

喻唯英两年前结了婚,但不久前协议离婚了,现在他一个人在外面住。喻冬和他偶尔会使用邮件来往。

喻乔山公司新项目的事情,就是喻唯英透露给喻冬的。

喻冬不太明白喻唯英在想什么,但至少在现阶段,喻唯英和他都有一个共同的目标:给喻乔山一点儿教训。

但两人想要的结果不一样。喻冬知道,喻唯英能给自己的帮助也到此为止,不会再有了。他想夺回原属于自己的东西,而喻唯英想从喻乔山那里得到肯定,收获更多利益。他们是各取所需。

几年不见,喻唯英和之前相比有了明显的变化。他仍旧瘦削,但人越发冷漠了,鼻梁上架的眼镜换了一个样式,瞧着比之前还要让人不舒服。

喻冬知道这种不舒服代表什么——喻唯英成了更年轻的喻乔山。

喻乔山在书房里等待喻冬。走到一半,喻唯英突然转身看他:"你想要的除了那家广告营销公司,还有没有别的?"

喻冬很平静:"没有。"

喻唯英不得不再一次提醒他:"实际上那家公司也不是你妈妈的,它由喻乔山出资,挂在你妈妈名下而已。"

喻冬笑了:"所有法律上的手续和证明都齐全,它确实属于我妈妈。"

"道理不是这样讲的。"喻唯英看着他。

喻冬很清楚喻唯英为什么会突然紧张起这个小公司。它盈利能力不够,只是因为属于企业宣传线的一部分,所以一直在运行,没有被合并。

更重要的是,现在它是由喻唯英来管理的。

"说句实话,如果我们真的一条条讲道理,那么今天我就不会站在这里。"喻冬说得很慢,很沉稳,"如果你和喻乔山也是讲道理的人,你和你妈妈根本不可能出现在我的家里。"

喻唯英的眼神一下就冷了。

"谁都喜欢讲道理。"喻冬走过他的身边,"我们各有各的道理,没什么可聊的,浪费时间。"

他推开了喻乔山书房的门。

喻乔山喜欢抽烟,书房里随时都萦绕着烟味。喻冬恰恰讨厌这一点。他和母亲一样,闻不了烟味,容易咳嗽。喻乔山看到他进来,摁灭了手里的香烟,把窗户打开,空调调成换气模式。

父子两人许久没见了,见了却也没什么话可讲。喻唯英站在门边,保持着一贯的沉默。

喻冬一直没坐下,喻乔山则靠在自己的办公椅上,眉头深深皱起。

人一旦上了年纪,衰老之态怎么都掩盖不住。喻乔山有了白发,脸上的皱纹一条叠着一条,消除不了。

"你到底想做什么?"他的声音低沉,"说实话吧,你到底有什么不满意?"

喻冬本来是想跟他好好聊聊的,但这个问题一问出来,他突然失去了和喻乔山深入交谈的所有兴致。

这完全是浪费时间,他的父亲至今未明白根本原因,只是一遍遍重复,他所做的一切都是因为"不满意"。

"你想要和解也可以,但是我有一个先决条件。"喻冬言简意赅,"把妈妈的公司给我。"

喻乔山吃了一惊:"那家公司?就那家小广告公司?"

喻冬点点头。

喻乔山没有立刻相信喻冬,这个条件在他看来实在是太小、太小了。

"如果你想要公司,我随时可以给你。"喻乔山又气恼又无奈,"你何必要这样搞……你知不知道,现在的项目已经完全停滞?这是关系到公司未来五年发展的重要项目,不能出错!你这样一搞……你……唉!"

195

他重复了一遍:"你想要公司,不就是一份文件的事情,何必呢,喻冬?"

喻乔山完全忘记了这个公司现在是由喻唯英代为管理的。或许他记得,但他不在意。喻唯英的沉默没有一丝变化,只是嘴角抿得更紧了。

"我就这个要求。你们什么时候拟好文件,我们就什么时候答应庭外和解。"喻冬说,"还有什么不清楚的吗?没有的话我先走了。"

喻乔山一下就站了起来:"等等!那官司呢?这个侵权案子呢?事情造成这么大的影响,你打算怎么解决?"

喻冬惊讶极了:"这和我有什么关系?"

喻乔山终于怒了,狠狠地拍了拍办公桌:"什么叫和你没关系?这不是你搞出来的?这不是喻家的公司?你是不是被那个流氓带坏了?白读了这么多年的书!"

"我搞出来的?"喻冬不由得笑了,"侵权是客观存在的,现在都推到我身上?就算我没有发现,总有一天也会被人知道。你应该庆幸今天捅出这件事情的人不是你的竞争对手,而是我。"

喻乔山气得直发抖。

"还有问题吗?"喻冬又问。

"不要跟我们争这两个专利。"喻乔山恶狠狠地瞪着喻冬,"你让你的朋友退出竞争。"

喻冬摇摇头。

喻乔山已经怒到说不出话。

"我只是投资,所有公司运营的决策我都不参与的。"喻冬笑了笑,"我完全信任张敬,尊重他的一切决定。不好意思,这个忙我确实帮不了。"

他完全堵死了喻乔山争夺专利的可能性。由于长期侵占使用专利,喻乔山在老教授侄儿面前的信用值已经降至零。而张敬又是喻冬牵的线,他们会考虑谁,一目了然。

喻乔山也有过别的念头。张敬的公司很小，他完全可以用他们不可能给得起的钱来购买专利的使用权，但他没想到对方却一口拒绝，丝毫不留余地。

钱没用，人情也没有用，他们直接在台面上进行竞争，喻乔山的公司信用不佳，绝对是落于下风的。

他对这一切的不满和困惑，最终全部转为了需要立刻发泄到喻冬身上的怒气。

砚台被喻乔山抓起来了，喻乔山将它朝着喻冬扔过去，破口大骂："白眼狼！滚！"

喻冬躲开了。砚台在地上碎成几片，彻底没了形状。

喻唯英吓了一大跳，连忙跑过去，拦在喻乔山和喻冬之间："爸！"

"一周吧，给喻总一周时间。"喻冬用脚把砚台的碎片拨到一旁，"一周之后，如果我的条件没办法得到满足，那我们只好法庭见。"

他没有再逗留，将喻唯英和喻乔山留在书房里，自己走了出去。

"爸，别生气。"喻唯英找出药丸子放在桌上，以备不时之需。

喻冬走了，喻乔山的怒火渐渐平息，满目凄然。

喻冬没有叫他一声"爸爸"，喊的是"喻总"。

这太可笑了。喻乔山抓住喻唯英的手臂，还未开口，却茫然起来。他不知道事情在哪里出了错，但现在他只有喻唯英一个孩子可以依赖了。

"我以前是做错了，但我不是已经补偿了吗？"喻乔山问喻唯英，"唯英，他到底还有什么不满意？他为什么恨我？"

喻唯英愣了一下，嘴巴张了张，最终没有说一句话，只是摇了摇头，满脸关切。

"爸爸，你先别生气，我来处理这件事吧。他的要求我们可以都答应，先把影响降到最低。"他说，"你放心，我可以处理的。"

他诚恳、可靠，和激怒喻乔山的喻冬相比，实在是一个不能更完美的儿子。喻乔山含着眼泪，长叹一声，沉重地拍拍他的手背。

喻冬下楼的时候，看到保姆和喻唯英的母亲都站在楼下，一脸担忧地看着他。

"怎么又吵架了？"女人小声地问，"你爸爸身体不好，别……"

"阿姨。"喻冬打断了他的话，"谢谢你上次借我手机。"

女人已经忘了这件事，她看着喻冬，脸色茫然。

"我会回来搬家，把我和我妈妈的东西都带走。"喻冬说，"如果没意外，以后你不会再见到我。"

他走出大门，快步下了楼。花园里的柳树摇摇摆摆，茶树也摇摇摆摆。

喻冬知道喻乔山会答应的。这是实打实的丑闻，直接威胁到企业信用，喻乔山是一个有脑子的商人，他懂得权衡利弊。

经过这样一次，喻乔山应该明白不可能再指望自己什么。他会越发信任喻唯英，依赖喻唯英，甚至把所有事业都交给喻唯英去打理。

喻冬心想：这样正好，他们至此才是真正的各取所需。

他觉得异常轻松愉快。下山的路上，熟悉的、不熟悉的一切都变得可亲可爱起来。

旧伤和不愿想起的记忆都被他抛在身后了，前路有他真正牵挂的人，他们会一起消化所有的事情，处理它，再平静地讲述它。

喻冬穿过别墅区的物业值班处，加快脚步，就看到宋丰丰了。

宋丰丰正看着手机，现在距离他和喻冬约定的一个小时还差十几分钟。他正要让服务员给他的咖啡续杯，抬头却看到喻冬站在自己面前，有点儿喘不过气。

"这么快？"宋丰丰一下就站了起来，"顺利吗？"

喻冬脸颊泛红，眼神明亮，看到他站起来，自己倒先笑了。

还没到一周，喻冬就接到了喻唯英的电话。

手续正在办理，流程正在进行，喻冬的要求得到了满足。喻唯英觉得喻冬想要的太少太少，他反复确认："你确定就要这个？

真的？"

喻冬感觉自己的脑子和喻唯英的不在同一个频道上，根本没办法聊。

"恭喜你。"喻冬对喻唯英说，"现在你是他唯一的儿子了。"

为表诚恳，喻冬给了喻唯英一个建议："我妈妈以前还在的时候，他立过一个遗嘱，你可以找机会偷偷看一看。你一定会对他有新的看法。"

喻唯英在那头没有出声。

宋丰丰在厨房里煲汤，听到喻冬的话，从门边探出一个脑袋来："你们不打算争家产？"

"不争。"喻冬打开电脑，"烦。"

"不争家产就不像电视剧了。"宋丰丰嘀咕。

喻冬看他一眼："你又看了什么？《溏心风暴》不是已经看完了吗？"

"我在看第二部。"宋丰丰说。

喻冬一声不吭，转头就把电脑里宋丰丰下载的豪门争产电视剧删了个干净。

年底，张敬从上海带回了好消息。公司和喻乔山那边的庭外和解已经完成，喻乔山赔了一笔钱，张敬把这笔钱全部转给了老教授的后人。

但那位文质彬彬的植物学家不肯要钱，说是给他们公司的投资。张敬推了几次推不掉，只好把钱留下。

"你心里很高兴吧？"宋丰丰一语道破，"几百万来着？"

"几呗。"张敬不肯讲，嘿嘿地笑。

他们借着这笔资金和老教授那边的授权专利，把已经比较成熟的共享平台拓展了，不仅增加了新的功能，手机端APP也在年底正式登上系统商店，目前一切顺利，他们正准备开发新的项目。

张敬对喻冬实在是充满了感激。喻冬得到了自己想要的东西，并且狠狠挫了喻乔山一顿，同时也给老教授那边讨回了公道。但对张敬来说，最重要的还是这笔资金。

"恩人啊。"他紧紧地握着喻冬的手，甚至作势要吻他手背。

宋丰丰立刻阻拦，用别的话题岔开张敬的注意力。

张敬知道宋丰丰跟宋英雄大吵一架后，惊得上下打量他："不会吧？你没被揍？"

"我爸也不总是那样的。"宋丰丰小声说，"现在他肯接我电话了，就是不乐意跟我聊天。"

张敬又吃了一惊："你爸变温柔了？"

"蔡姨说弟弟喜欢我抱，所以我才能进家门的。"提起这件事，宋丰丰心有余悸，"那天吓死我了，我老爸一直站在客厅看我，也不说话。"

三人东拉西扯，张敬很不专心，一会儿戳戳手机，一会儿回一条信息。

"关初阳怎么不一起回来？"

张敬嘿地笑了，脸还有点红。他神神秘秘，压低了声音："我打算跟初阳求婚。"

张敬和关初阳在一起已经有四年了。

他跟关初阳在同一个城市，虽然分属不同的学校，但读的是同一个专业，又一起经营事业，早就已经是不可分割的共同体。

张敬求婚的想法也不是现在才冒出来的，早在半年前他已经在准备了。

但他们的公司当时正面临着来自喻乔山那边的巨大压力，所有人都绷紧了神经，不敢放松，不敢轻敌。好不容易等到事情解决，张敬才敢重新把这件事提上日程。

关初阳比他冷静，比他清醒。如果当时他提出求婚的请求，他知道她不但不会感动，甚至可能会斥责自己分不清轻重缓急。

"求婚这么麻烦的吗？"宋丰丰吃着面前的冰激凌，"还要考虑这么多？"

"初阳这个人就是这样的。"张敬嘀嘀咕咕,看着桌上的菜单,"她才是我的大佬。"

这家餐厅名为大佬茶点,是大只佬奶茶店老板的另一个铺子。它地处市中心,是学生和年轻人都很喜欢来的地方。趁着喻冬去洗手间,宋丰丰把自己不爱吃的蓝莓全部舀到喻冬那一杯冰激凌上。

"你需要我们帮你做什么吗?"他问。

"不麻烦你们了。"张敬似乎有了全盘计划,"也不需要你们做事,我就跟你们俩讲一声。我连戒指都买好了,就等今晚。她跟张曼一起去香港玩,今晚回来,这是最好的时机。"

喻冬回到了位置上,正要对张敬说什么,但张敬已经将酒红色的小盒子掏了出来,小心翼翼地打开:"这个只是求婚的戒指,钻石不太大,婚戒我得跟她一起去选。她总说我的审美观不行,这个我看着还可以,你们觉得呢?"

戒指款式简单,戒面上有一枚小钻闪动光芒。

"可以。"有人在一旁说。

张敬一愣,立刻以最快的速度把盒子揣进怀里。

关初阳拿着一杯奶茶,一边喝一边冲他伸出手:"不是求婚戒指吗?给我吧。"

张敬:"……"

他看向喻冬,喻冬立刻辩解:"我刚刚看到她走进来,还没来得及跟你说。"

关初阳:"难道戒指不是给我的?"

张敬:"不给你还给谁?你就不能装作不知道吗?"

关初阳:"是谁说我们要彼此坦诚的?"

张敬垂头丧气,很快又想起一件事:"你们不是今晚才回来吗?提前了怎么不跟我讲一声?"

"我想给你一个惊喜。"关初阳笑了一下,勾着他的手指晃了晃,"今晚酒吧有一场表演,张曼等了很久,于是我们俩改签了机票,直接回来了。"

计划完全被打乱的张敬郁闷极了。他把装着戒指的小盒子递给关初阳，关初阳打开看了一会儿。

"这次我的审美还可以吧？"张敬说，"什么花里胡哨的都没有，最简洁了。"

关初阳点点头，没说话，只是抬眼冲他笑。

"你啊，傻乎乎的。"她说着，自己把戒指戴到了手指上。

张曼还在外头等她，两人现在就要赶去酒吧了。关初阳跟宋丰丰和喻冬道别，扭头在张敬的脸上亲了一口，就高高兴兴地走了。

喻冬和宋丰丰对视一眼，用眼神交换了一句话：看关初阳的性格和作风，她才是一直没变的那个人。

张敬："不甘心。"

宋丰丰安慰他："婚礼上你还可以再表白一次嘛。"

张敬捋了捋头发，忽然站起来，大步走了出去。

关初阳刚跟张曼碰头，正亮出手上的戒指给张曼看。张敬冲出了大佬茶点的门口，站在了路边。

快要过年了，街灯亮起，景观树上挂着红色的旗子与灯笼，冬天的大太阳照得城市暖烘烘的。他不需要再等待时机了，今天就是最好的一天。

张曼看到了他，连忙戳戳关初阳的肩膀："哥哥在后面。"

张敬在怀里掏了几下，又掏出一个小盒子来。

他买的订婚戒指是一对情侣款戒指。为了方便求婚，他特意让店员将戒指分开装在了两个小盒子里。现在他掏出来的是属于自己的那枚。

一直坐在原地没动的宋丰丰和喻冬几乎趴到了窗户玻璃上。

"初阳！"张敬冲着关初阳大喊，"我们结婚吧！"

来来往往的人都被吓了一跳，齐齐转身看着这个激动的男人。他仍旧是一张娃娃脸，但已经褪去了青涩与稚气。

张曼率先笑了出来："好傻啊。"

她推了推关初阳:"我哥叫你呢,嫂子。"

关初阳红着脸,大步跑向张敬。张敬大笑一声,顺势抱住了她。

"嫁给我吧。"他认认真真地说,"我想和你结婚,想跟你一起生活,这件事我从高中就在考虑了。"

"你傻死了!"关初阳捏着他的脖子,"我不是答应了吗?"

她已经戴上了张敬选的戒指。

张敬把自己手里的那枚戒指递给她:"你帮我戴。"

关初阳:"我帮你戴?不对吧?"

张敬:"那这样,你先把戒指拿下来,我给你戴上,你再帮我戴。"

"这么麻烦?"关初阳小声说,"哪有人这样求婚的。"

说是这样说,她还是夺过张敬手里的戒指,二话不说就帮他戴上了。

张敬在她脸上吧唧亲了一口:"订下了,没得反悔。"

关初阳笑得脸红,伸出两只手捏他的耳朵,小声说:"不可能反悔好吗!"

有小孩从一旁经过,挥舞着手里的波板糖拍手,被爹妈迅速拉走了。宋丰丰和喻冬倒是旁若无人地在餐厅里击掌鼓掌。

张敬是一个勇敢的人。喻冬至今还记得,张敬在决定跟关初阳表白之前说的那句话——十六岁只有一次。他感激张敬,他希望张敬能够永远平安幸福地生活下去。这是他能给出的最好的祝福。

不是每个朋友在听到自己的计划之后都愿意以豁出一切为前提来帮这个忙,如果喻冬的计划没成功,张敬的那间公司可能就此消失。喻冬不知道张敬是怎么跟关初阳和师兄沟通的,但他在心急如焚地等待了一周之后,收到的是张敬询问"现在应该怎么做"的邮件。

他们就像当时商量如何给生物协会重重一击一样,谨慎地设想了许多可能,不断地咨询,不断地讨论。

"结婚啊……"宋丰丰小声说,"听上去感觉不错。"

喻冬回过神来，看着他："你想结婚？"

宋丰丰："想。"

喻冬："跟谁？"

宋丰丰："你猜。"

临近过年，喻唯英专程给喻冬送来那家广告营销公司的管理资料。等交接工作完成，喻冬就会正式成为这个公司的管理者，公司也会彻底与喻乔山及喻唯英断开所有关系。

喻唯英拿过来的文件都带着浓浓的烟草味道，喻冬接过来的时候不由得皱了皱眉。

"你在这里过年？"喻唯英问。

他得到肯定的回答之后，犹豫片刻，又问："你还跟宋丰丰来往？"

他没再称呼宋丰丰为"流氓"了。

"是啊，"喻冬点点头，"你去我家里坐坐？"

喻唯英："你这样做有什么好处？"

喻冬心想：这个人果然已经学得跟喻乔山一模一样了。有什么"好处"，喻冬不是说不出来，他只是不愿意去回答这个问题，这个问题本身就过分怪异。

喻唯英见他不语，找到了新的理据："你说不出来就是没有。我知道你向来不听我的话，我也没把你真的当作自己的弟弟。但是爸的身体真的不好，你没必要这样气他，你把他气成这样，对你又有什么好处？"

他看似诚恳，但喻冬立刻明白了他的潜台词。

喻冬也很诚恳："喻唯英，你完全可以放心，真的，我对你和喻乔山的企业没有一点点的兴趣。我事业心不强，也不想用自己的生活和自由去换取什么利益。我想要的东西可以自己去得到，不需要跟任何人祈求。"

"他是你爸爸，这怎么算求？"

"他也是你爸爸。"喻冬看着喻唯英,"你敢说你从他那里拿股份,拿管理的权限,真的从没有求过?"

喻唯英不吭声了,他脸上的亲昵和诚恳消失得一干二净,仿佛站在喻冬面前的只是一个冷冰冰的陌生人。

沉默片刻后,喻冬还是忍不住问他:"你妈妈这辈子认识了喻乔山,又有什么好处?"

摘下了面具的喻唯英没有立刻回答,他咬着一根烟点燃,靠在车门上,朝着蓝天喷出一口烟。

冬季的蓝天在这个城市里并不罕见,只是蓝得不浓烈,浅淡的颜色让人看着心里不舒服,有一丝丝冷。

"其实我还羡慕过你。"喻唯英突然说,"有一瞬间,我有一点点羡慕你。"

喻冬不吭声,抬手在鼻子前扇了扇,阻挡烟味。

"你特别像我以前做过的梦里面的人,"喻唯英扭头看着喻冬,露出了笑容,"很聪慧,很自由,有人爱,也爱着别人。我也是做过这种好梦的,谁不喜欢呢?这样的生活……钱不用很多,认识的人也不用很多,烦恼和快乐都有一点,但熬着熬着,说着笑着,也就过去了。"

他看着自己的左手,无名指上的婚戒已经摘下,没有留下一丝一毫的痕迹。

"我不懂你现在的好,你也没办法理解我想要的东西。"他指着自己,"我小时候过的那种日子……喻冬,你从没有接触过,也不会想接触的。"

喻冬冷淡地笑了笑。

如果喻唯英没有提起从前,他们或许还可以状似熟悉地谈几句。但他不会忘记,是喻唯英展示的信件令自己在愤怒和激动中失去了说话的能力。

他是故意的,喻冬知道。他太懂得怎么刺伤喻冬了,正因为他和母亲尝过背叛、伤害甚至欺侮的痛苦,所以他才能准确地使用手中的武器，轻易击伤当时什么都不懂的喻冬。

其中的恶意，喻冬每每想起都觉得惊悸。如果不是这几年在兴安街度过的日子令他逐渐恢复，他根本不相信自己能够站在喻唯英面前，这样和喻唯英交谈。

喻唯英还在说话。

"你一直享受着我没有的东西。当然，这不是你的错，错的是别人。"提到"别人"，他的眼睛微微眯起，那并不是一个善意的表情，"但我有什么办法呢？我才刚回到他身边，我必须把自己装扮成一个很乖、很听话的人，这样才能够以最快的速度获得他的信任。"

他必须要把喻冬赶走，必须要让喻冬成为忤逆的那一个孩子。

"你说的自由我不理解，也没必要理解。"喻唯英把烟扔到地上，踩灭了，"喻冬，你比我幸福，你可以做梦，我不行的。我什么都要从别人手里求，从他手里求，我怎么敢做梦？"

喻冬虽然保持沉默，但眉头已经微微皱起。

"我羡慕过你，但也只是羡慕。"喻唯英转过身，打开了车门，"各有各的活法吧，你不用可怜我，我也没想过可怜你。我希望你记住今天说的话，别争，别抢。"

喻唯英开车离开了，喻冬站在路边跳了跳，暖和双脚。话不投机，他没兴趣探索喻唯英的内心世界，转身走了。

来得及的话，他或许还可以买到宋丰丰最喜欢的老陈记脆皮烧鸭。

过去的生活，过去的一切关系，他已经用自己所能想到的最好的办法切断了。余下的所有精力和时间，他只想耗在此后的每一天。

喻唯英回到家已是深夜。他坐在车里没动，抬眼看眼前亮着灯光的别墅。喻冬的东西已经都搬走了，包括他母亲留下来的家具和物件，没有遗漏任何一件。

他真干脆。喻唯英心想，他怎么能这么干脆？喻唯英实在想不通。

他在车里待了一会儿，掏出手机，拨了一个没有存在通讯录里的号码。

这已经是一个空号了。

喻唯英呆愣了片刻，连忙重拨。然而无论他重拨多少次，机械的提示音没有丝毫改变。

他沉沉地叹了一口气，肩膀松懈，靠在座椅上。

我不羡慕。他对自己说：这就是选择，人面对选择，总是有失有得。

别墅的门打开了，他看到母亲走了出来，正望着自己车子的方向。

喻唯英揉了揉脸，打开车门钻出去。他脚步轻快，似乎没有任何心结。他高高兴兴地牵起母亲的手，告诉她："都解决了。"

"这我可解决不了。"喻冬拿着电话大声抗议，"你说的那个人我根本就不认识。那是婚纱设计师，我怎么可能认识婚纱设计师啊！张敬，你清醒一点！"

张敬："你不认识，郑随波可能认识啊。郑随波不是在日本吗？这个设计师是他那所学校的客座讲师。你帮我问问行吗？等他回来，我给他送新鲜的钓起来的大鱿鱼。"

喻冬眉毛一挑："哦？"

他快速洗干净手，把张敬说的婚纱设计师的名字记下，打算一会儿联系郑随波。张敬和关初阳的婚礼开始筹备，关初阳说一切随意，但张敬憋足了劲，想满足她任何要求，给她一个最大的惊喜。

今天宋丰丰回家看弟弟，但是宋英雄夫妻俩要去吃酒席，他说好了会回来跟喻冬吃晚饭。

喻冬给郑随波发了邮件，又处理了一些工作上的事情，已是八点半。但和他约好见面的宋丰丰还未出现。

他给宋丰丰打电话，宋丰丰在那头鬼鬼祟祟地应他："快了快了，就到。"

喻冬只好随手打开一部电影看。文艺片令人打瞌睡,爆米花影片又没什么惊喜。他百无聊赖地看歌唱节目,门锁突然响了,宋丰丰探头探脑走进来。

喻冬坐在客厅里,只开了一盏落地灯,电视上的光影晃动,照亮他的脸。

"你没吃饭?"宋丰丰看着桌上盖着的饭菜,"一直等我吗?"

他身上挟带未消退的寒冽气息,头发上有一层水珠。

"下雨了?"喻冬给他拿了一条毛巾。

"有一点。"宋丰丰和他挤在沙发上,没话找话说,"外面好冷啊。"

喻冬觉得他今晚挺古怪的。

"你拎回来什么?"他看着宋丰丰手里的袋子。

"蔡姨让我拿回来的。"宋丰丰把一袋猕猴桃放在桌上,"她说你喜欢吃这个。"

喻冬吃惊了:"她怎么知道的?"

宋丰丰回忆了片刻:"因为我说过吧。"他想了一会儿,脸色微微变了,"我以前好像跟我爸说过。"

喻冬:"今天他跟你说话了吗?"

"说了一句。"宋丰丰学着宋英雄讲话的腔调,"又惹哭你老弟!"

喻冬心想:一句也好啊,今天一句,下次还会有第二第三句。所有的事情都是这样,一点点一点点好起来的。

喻冬打算把饭菜加热再吃,顺便将猕猴桃洗洗。他才刚把袋子里的水果倒出来,里头顺势滚出一个用胶带贴好的小纸袋。

喻冬拿起纸袋,发现它出自一家非常有名的珠宝行。他暗暗地捏,纸袋里头是一个小盒子,长方体,摸不出具体的东西。

这时,他的身后突然伸过来一只手,以极快的速度抓走了纸袋。

喻冬:"……"

宋丰丰把手背在身后,呆呆地站在厨房里看他。

喻冬："我的生日礼物？"

宋丰丰："你先忘掉先忘掉。"

喻冬又无奈又好笑："好，我已经忘了。"

等喻冬转过身打开水龙头，身后又传来宋丰丰的说话声："喻冬。"

宋丰丰从纸袋里拿出了盒子。盒子打开后，里面是两枚银色的领带扣，它们卧在深蓝色的绒布上，图案是两朵翻腾的小浪花。

"我提前送你了。"宋丰丰说，"这是世上绝无仅有的领带扣，我拜托郑随波帮忙设计的。你我各一个。"

喻冬连忙擦干了手。领带扣制作轻巧，他翻过背面，看见漂亮的花体刻字，一个Y，一个S。

"你怎么突然这么隆重？"喻冬笑着问。

"张敬给我的灵感。"宋丰丰挠挠耳朵，"我们认识快十年了。"

十年里，宋丰丰给了喻冬太多太多的东西。所有的鼓励，所有的温柔，所有他送给自己的礼物，还有共度的时光，全部是他赠予自己的。

"是啊，快十年了。"喻冬轻声说。

他们相识将近十年了，日子过得既慢又快，像一辆不太好看但十分稳妥的自行车，载着他们俩一路往前去，只留下哐当哐当的声音，隐约在耳边回响。

喻冬来到玉河桥的那一天，茫然而紧张。行李箱掉了一个轮子，他一路拖着，其实很难走。没有人送他过来，无论是他的父亲还是名义上的哥哥。他一个人走出火车站，穿过大半个被台风洗礼的城市，站在被日头照得发白的玉河桥上。

那天的阳光太毒辣了，天空蔚蓝，树被照得发白。他抬头向一个皮肤黝黑的少年问路，当时他并不觉得自己会得到回答。

他还记得宋丰丰手里拿着冰激凌，整个人斜靠在二楼的天台边缘，伸出了脑袋，竭力要听清楚他说的什么。

209

"谢谢。"喻冬说。

那天他也向宋丰丰道谢了,可是宋丰丰没听清楚。今天,他反反复复地说着"谢谢",把这两个字咀嚼来咀嚼去,只恨没办法将心头的所有感情都说得清楚明白。

宋丰丰轻拍他的背,笑着说了句"傻仔":"以后我们还有很多个十年。"

第十九章
长夏

郑随波给喻冬回了邮件,他恰好认识张敬想找的婚纱设计师,于是爽快地答应帮张敬问一问设计师的档期和酬劳。

吴瞳来敲他的房门,等了一会儿没有回应,便掏出自己的备用钥匙打开房门。他示意吴瞳随便坐,目光仍停留在电脑屏幕上。

室内光线昏暗,吴瞳稍稍拉开了窗帘。窗外飘着细雪,蒙蒙地在天地间罩了一层。他轻轻哼起了歌。炉火烧沸了锅子里的水,他把切成块的青菜丢进去。

"你的论文写完了?"郑随波不知何时也进了厨房,从橱柜里找出一包薯片,拆开了吃。

"还差一点数据。"吴瞳打了一个呵欠,"昨晚我熬夜写的,今天一早就来找你了。"

郑随波一愣:"找我干啥?"

吴瞳:"我们不是约好今天出门吗?你喜欢的组合发新专辑了。"

"我想起来了。"郑随波一拍额头,"但我今儿出不去,要帮喻冬办点事情。"

吴瞳失望极了:"我特地熬夜,就是为了空出今天和你一起去现场。"

郑随波递给他薯片:"对不起,我请你吃无敌大薯片。"

两人随便吃了点东西，吴曈躺在他床上看书，看得连连打呵欠。他把被子盖到吴曈身上，吴曈很快睡着了。

郑随波放下了电脑，转头盯着吴曈。他知道吴曈其实很累。这人本来就不是喜欢读书的类型，做事全凭兴趣，高考之后听从家人的意愿选了财经大学，但读得并不高兴。有机会出国之后，吴曈一边继续读金融，一边开始研究自己喜欢的美术史资料，每天都要在这两个学科上消耗大量的时间。

郑随波问过他为什么要来日本。他亮出手里的书："我想研究日本美术史。"

郑随波靠在床边，揉了揉眼睛。为了不辜负自己，不辜负吴曈的伯乐心意，他每天神经都绷得很紧。他的痛苦与快乐并存，不过有吴曈在，异国他乡也不算特别难熬。

另一头，关初阳凑到喻冬身边，仔细研究郑随波发来的图片。她转头看张敬："蜜月旅行可以去日本吗？"

张敬从无数楼盘宣传页中抬起头："可以啊，你想去哪里就去哪里。"

关初阳："这样？那算了,不去日本,选一个消费贵一点的地方。"

张敬："大佬讲什么就是什么。"

关初阳："好的，大佬很满意。"

几个人都在喻冬家里商量着婚礼的事情，这是一个阳光灿烂的大年三十。

不久后，宋丰丰和张曼也过来了。他们俩去辉煌街的年货一条街上买了对联之类的年货。几个人吃了一顿饭之后，兄妹俩和关初阳都走了，家里就剩下宋丰丰跟喻冬。

喻冬知道张敬他们是怕自己这边冷清。

今年周兰不在家过节，跟老姐妹们一起跨海去了海南。宋丰丰又要回家吃年夜饭，喻冬没地方可去，张敬和关初阳就过来陪陪他。

宋丰丰买的对联还是那位老先生写的，笔力遒劲，龙飞凤舞。

喻冬往窗上贴好了福字，忽然看见外头的天空上有几只风筝飘着。

"天气不错，是一个好年，我吃完年夜饭就回来陪你。"

"不用。"喻冬连忙摆手，"我习惯了，以前在外面也是一个人过年的，没事。今晚你表现好一点，争取可以在家里过夜。"

手机响了，宋丰丰一看来电显示，立刻振奋精神：这是宋英雄的电话。

"老爸？"他小心翼翼地接听了电话。

宋英雄言简意赅，没说什么别的话：一是嘱咐他回家的时候记得买椰汁，别的碳酸饮料全部不要；二是让他把喻冬带过去，一起吃顿饭。

"你听清楚了吗？"宋英雄见宋丰丰没回应，凶巴巴地问，"聋啦？"

宋丰丰："知道了知道了！老爸，我爱你！"

宋英雄："神经病。"

喻冬许久没来宋丰丰家，宋丰丰的弟弟已经不认得他了。

喻冬坐在客厅里，非常局促紧张。宋英雄在厨房里干活，没有跟他们俩打招呼。蔡姨倒是热情，一个劲地撺掇小孩叫喻冬"哥哥"。

小孩学说话没多久，但叠字都能说得很清楚，看着喻冬怯生生地说了一句："哥哥。"

宋丰丰捂着胸口倒在沙发上："我要气死了。"

喻冬："？"

宋丰丰就着躺倒的姿势冲小孩勾勾手指："你叫我什么？"

小孩："黑丰。"

宋丰丰把孩子抱起，作势要打他的屁股。小孩在宋丰丰怀里又笑又挣扎，手指还挠着喻冬的手臂。

能让宋英雄消气，这小孩子发挥了一定的作用。

年夜饭开席了，桌上摆满了海鲜与山货，电视里放着春晚开始之前的采访节目。宋丰丰把弟弟抱在怀里，硬是要喂他吃一根青菜。

"今年人最整齐了。"蔡姨落座之后，环顾一桌人，笑嘻嘻地说。

这顿饭喻冬吃得提心吊胆，宋英雄全程没跟自己说一句话，只是沉默地喝下了自己给他倒的酒。

年夜饭之后，宋丰丰和喻冬负责洗碗和打扫厨房。喻冬悄悄问他接下来应该怎么办，他回答："不知道。"

喻冬："那没事，慢慢来。"

春节晚会已经开始了，茶几上摆了各种零食和水果。宋丰丰的弟弟在沙发上滚来滚去，抓着一只恐龙和它亲嘴。

喻冬不敢逗留太久，眼看到了十点，他便起身告辞。他怕自己赖在这儿时间长了，会让宋英雄不满。

宋丰丰要送他。临出门的时候，宋英雄给他递来一个红包。

"给我的？"宋丰丰拿着红包就要拆。

"这不是给你的！"宋英雄呵斥了一声，动了动下巴，朝着宋丰丰身后正在往脖子上绕围巾的喻冬示意。

宋丰丰眨眨眼睛，把红包递回去给宋英雄："人就在这里，你自己给他。"

宋英雄"哼"了一声，转头走向客厅。宋丰丰没办法了，只好转身把红包放进喻冬的大衣口袋里。

喻冬："？"

宋丰丰叮嘱："这是我老爸给你的压岁钱，你回家放在枕头底下，过了元宵节才能拿出来，不然长不高。"

喻冬吃了一惊，拿着红包犹豫片刻，小声问："真的是叔叔给的？不是你……"

"当然不是我。"宋丰丰耸耸肩，"他害羞，不敢直接把红包给你。"

喻冬推了他一把，从门前闪出来，朝宋英雄道谢。宋英雄没搭理喻冬，蔡姨抱着小孩冲他挥手说再见。

"你不用送了。"喻冬珍而重之地将红包放好，"明天……明天见？"

宋丰丰想了想，点点头："明天见。"

大年三十的城市，热闹的地方和寂静的地方分割得一清二楚。人们都在寒冷的冬夜里奔赴最温暖的地方。

喻冬在街边等了很久才打到一辆出租车。他原本不习惯和陌生人说话，但这一晚上却跟司机东拉西扯，讲了许多话。

司机也是本地人，有个孩子在三中读书，正是高一，成绩不上不下。

喻冬心想：孙舞阳也是教高一，便顺口问他认不认识。

小城市里的人交际圈太小了：孙舞阳恰好是这个司机女儿的物理老师。

"那你的孩子成绩肯定不差。"喻冬说，"孙老师只带尖子班。"

那司机嘿嘿地笑了，一边说"成绩不算差，也不算好吧"，一边脸上却露出压不住的笑意来。

车窗都关上了，喻冬看到街边有三五成群的孩子拿着烟花玩儿。随着响声传来，烟花蹿上高空，又嘭地炸开，黑夜被灼灼映亮。

"你这么晚还在外面，家里人不担心吗？"司机问他。

喻冬的手放在大衣口袋里，那里有一个来自宋英雄的红包。

"我这就回家了。"他说。

他住的小区不允许燃放烟花爆竹。他穿过冷飕飕的庭院，直奔自己所住的单元楼而去。

他在国外读书的时候，每一年的大年初一都下雪。他回来过了两次年，没见过雪了。

喻冬并不十分喜欢雪。和冬天相比，他更喜欢夏天，有风有雨，日头毒辣。

家门外贴着对联和表情严肃的一对门神，他忽然想起了兴安街旧房子外头的门神贴画，它们在太阳的照射下渐渐褪色。

家里的落地灯没有关，喻冬坐在沙发上，晃荡手里的酒杯，沉默地看着阳台外的城市。

有烟花在城市的角落里不断蹿起，一束又一束。

我回到家了。他给宋丰丰发了短信。

十二点将至,宋丰丰拎着十万响的大鞭炮下了楼。宋英雄原本要去点鞭炮,但宋丰丰自告奋勇接受了这个任务。

"老爸,你好好坐在家里,我来点一次炮。"宋丰丰说,"你们在楼上欣赏就行了。"

宋英雄非常诧异:"你今年怎么回事,这么乖?"

宋丰丰想了想:"我变乖了?"

他后来细细回想,发现自己确实是变了。和喻冬在一起,无论他说什么,喻冬都会给予回应;无论他怎样表达感情,喻冬也都会给他完全相应的,甚至更多的热情。

他小时候未能从宋英雄和母亲身上学会的东西,喻冬全数教给了他。

宋丰丰心想:我确实是变了。换作以前,无论怎么样他都不可能对宋英雄说出"老爸我爱你"的。

有些话不说大家也能明白,可是只有说了出来,才知道它的神奇和美妙。

小区里专门划分出一个燃放烟花爆竹的区域,宋丰丰一直看着手机上的时间。十二点刚到,他就点燃了鞭炮。

一时间,炮声震耳欲聋。负责点炮的男人们纷纷跑到一边,躲避强光。宋丰丰溜得最快,他一边往小区里安静的地方跑,一边掏出手机,给喻冬拨电话。

喻冬正在家里看电影,听到手机振动便知道是宋丰丰打来了电话。

"生日快乐!"宋丰丰大声说,"新年快乐!"

喻冬笑了:"你打算每年都这样吗?压着点祝福我?"

"当然,每年都这样。"宋丰丰认真说,"以后年年都会这样。"

他并没有说很多话,喻冬知道他还要回去,也没有多讲,很快就互道再见了。

宋丰丰在小亭子里跺了跺脚,看着远处还在噼噼啪啪燃放的鞭炮。喻冬一个人在家里,自己不能让他独自度过一年一度的特殊日子。

宋丰丰回到家里之后,发现被鞭炮声吵醒的弟弟刚刚哭完一场,弟弟看到他立刻伸出双手,要他抱一抱。他把弟弟抱起来,在弟弟肉嘟嘟的脸上左右各亲了一口,然后把小孩交给了继母,从沙发上拿起自己的外套。

"你去哪里?"宋英雄一愣。

宋丰丰穿上了外套:"我去喻冬那边,他家里只有他一个人。"

宋英雄没有说话。

"今天是过年。"宋丰丰说,"大年初一是他生日,你忘了吗?"

"哎呀!"宋英雄顿时愣了,"我确实忘了!"

他懊恼片刻,连忙掏出钱包:"我的红包给少了,你再多拿五百块钱回去。"

"不用,不用。"宋丰丰觉得太好笑了,"你这么喜欢他,刚刚又不跟他多讲一句话?"宋丰丰认真地批评起自己的父亲,"他来吃一顿饭,怕都怕死了,你还黑着脸。"

宋英雄:"你没大没小!"

宋丰丰把外套帽子罩在脑袋上,笑嘻嘻地出门了。

这个点肯定没有出租车,他顺手把继母的电动车钥匙拿在手里,一路骑着电动车,慢吞吞地往喻冬家赶去。

喻冬看完了一部电影,给宋丰丰发信息道晚安,但没有收到宋丰丰的回复。

宋丰丰直接打来了电话:"开门,我在外面。"

喻冬从床上跳下来,只穿了一只拖鞋就跑到门前,把反锁的门打开了。宋丰丰在门外冻得直哆嗦。大冬天的晚上,骑电动车实在太冷了。

"你回来干什么?"喻冬呆呆地问他。

宋丰丰笑道:"我陪你过生日,祝你快点长大。"

自从他踏进门,喻冬就一直在笑。

"恭喜发财。"他回应宋丰丰。

"俗。"宋丰丰一噘嘴,"我想听别的。"

217

喻冬："什么别的？"

宋丰丰："好听一点的。"

喻冬凑近宋丰丰的耳朵，悄悄说了几句话。

窗外的城市仍旧热闹。大海涌动波涛，低沉叹诵。

大年三十这顿饭上宋英雄的态度发生了转变，之后喻冬也时不时跟着宋丰丰一起回家吃饭，逗逗小孩玩。

宋丰丰不知道父亲决定原谅自己和把自己拖下水的喻冬，要经过怎样的思虑过程，也不知道继母和弟弟在其中发挥了怎样的作用。对于宋英雄的这份理解和爱，宋丰丰非常感激，并且决定以后都不会违抗父亲的任何要求。

宋英雄："你给弟弟做个表率，吃一口。"

宋丰丰："不吃。"

他把裹了面粉和蛋液的炸茄子推到喻冬面前："你吃吧。"

宋丰丰心想：我再忤逆一次，下次就不忤逆了。

他不喜欢吃炸过了的茄子，但是能接受烧烤的茄子，口味很古怪。因为他不吃炸茄子，弟弟也跟着他学，噘嘴摇头，不肯接受碗里已经切成小块的茄子。

"不跟哥哥学。"继母哄着他，"你看喻冬哥哥，喻冬哥哥什么都吃。"

宋丰丰："喻冬不吃芹菜。"

继母看了一眼小孩碗里的芹菜，厉声说："好了，谁都别想学，快吃！"

吃完饭得去散步，有时候喻冬和宋丰丰抱着小孩在小区里溜达，会碰上认识宋丰丰的邻居，他们会好奇地看着喻冬问一句："这个是？"

"家里人。"宋丰丰言简意赅。

"喻冬哥哥。"小孩也学着回应大人的问话，一只手还抓着喻冬的头发，扯得他脸色都变了。

年假过去,宋丰丰要回学校盯着足球队队员的训练,喻冬则开始着手处理公司的事情。公司的地址并不在这个城市,喻冬收拾行李,在外地待了一段时间。

虽然喻唯英管理公司时变更了一些规章制度,但公司的业务范围却没有大的拓展。公司主要还是依靠喻乔山的企业链,并没有很多独立的业务。如今公司完全脱离了喻乔山那边的支持,一切仿佛从零开始。

喻冬没有再见过喻乔山或者喻唯英,这两个人应该也不大愿意看到他。他在公司附近又租了一间房子住下。

三中的足球队要参加联赛,宋丰丰作为指导老师之一,是必须要陪同前往的。好在比赛的地点距离喻冬所在的城市不太远,宋丰丰有空的时候就会买一张票去看看喻冬。

他基本没什么机会看到喻冬工作的样子。

在宋丰丰的想象里,喻冬工作的时候应该跟喻老师的形象是差不多的,又认真又严肃,拒绝所有打扰,连喝水都没时间。

对宋丰丰的来访,喻冬没表示出特别热烈的欢迎。他白天在公司不停地开会做事,晚上回了家还得继续处理工作,疲倦的时候会抬起头喊一声宋丰丰。

宋丰丰会立刻给他端来茶水和吃的,凑到他身边,一起看文件和电脑,问他一些可有可无的小问题:麻不麻烦啊?表格怎么这么多?这个大佬我知道,他是不是有两个私生子?

无论他问什么,喻冬都会回答。等两人吃完了夜宵,他回到自己的位置上,戴着耳机看电视,喻冬继续工作。

喻冬有时候觉得奇怪,宋丰丰戴着耳机,怎么能听到自己的声音?

他问宋丰丰,宋丰丰也说不出个所以然:"我不知道,反正就是能听到。"

他们还会一起商量买房子和买车的事情。宋丰丰说起车来头头是道,表示喻冬现在是喻老板了,不能买太随便的车,不能让客户小看。喻冬听得头大，干脆把这些事情全部交给他去处理。

宋丰丰一边忙于应付学校的事情，一边忙于思考这样那样关于未来的问题，突然发觉日子这样过着有滋有味。

周兰和一帮老姐妹去海南玩，在那头住了一个月才回家。她回来时正好寒潮彻底过去，南部沿海地区已经满是春意。

喻冬放下了手头的事情，特地回来接她，顺便跟她炫耀一下自己的新车。

周兰只知道这车子好看，坐起来舒服，至于什么牌子什么型号，喻冬说了她也记不住。

他们回到了兴安街，被七叔一家人养了一个多月的宝仔在门口东奔西跑，汪汪地叫，看着周兰就依偎过去，在她的裤腿上嗅了又嗅。

当年还被宋丰丰和喻冬小心抱在怀里的宝仔，现在已经成了一条肥宝。

七叔的孙子上了小学，平时遛狗喂狗的工作主要是他负责，七叔和七婶也觉得省心省力。宝仔在兴安街是出了名的忠犬，凡是跟别人提起，街上的人都要对它竖起大拇指："一条好狗啊！能救人！"

然后大家把它当日在门口狂吠，最后救了周兰一命的事情又说了一遍。

肥宝不太认得喻冬了，但喻冬靠近它，它嗅了几遍之后也会犹犹豫豫凑上来。

周兰回家坐了一会儿，又想出门转转。她的身体恢复得很好，喻冬总是劝她多出门玩，跟亲戚啊、街坊啊，或者自己的老姐妹，想去哪里就去哪里。喻冬有钱，他只遗憾自己不能陪着外婆走遍她想去的所有地方。

喻冬和周兰在兴安街上走一遭，看到龙哥的大排档现在已经换了名号，大排档前面的两棵苦楝树也被砍了，全部铺成了可以停放车辆的水泥地面。

兴安街上家家户户门口都习惯种树，不是木瓜就是荔枝、龙眼、杨桃，春天到了，它们全部热热闹闹地发芽开花。龙眼和荔枝的花不起眼，一簇簇的，远看仿佛一大团棉花。周兰家门前种的是苦楝树，春天只开花。花瓣是白色的，花蕊是紫色的，树上没长叶，全是一团又一团的花簇。

吃完晚饭，喻冬钻进厨房里洗碗，周兰坐在门口逗肥宝玩。肥宝趴在她脚下，暖着她只穿了布鞋的两只脚。

南风天，空气里永远含着水分。尘埃多了，水分重了，便有细细的雨像粉末一样飘下来，被路灯照得一清二楚，只是轨迹看不分明。

路灯柱就在苦楝树边上，一树的花湿漉漉的、沉甸甸的，它吃饱了水分，在春夜的轻风细雨里颤动摇摆。

干完活的喻冬拿过一张小板凳，坐在周兰身边。

这张板凳还是郑随波的作品，是木工协会的成果之一。宋丰丰家里不怎么住人了，他干脆把这几张板凳都给了周兰。

"这个是我同学做的，他现在日本读书。"喻冬把空着的小板凳翻过来，指着郑随波的名字跟周兰聊天。

周兰年纪大了，喻冬记得自己以前说过郑随波的，但她已经忘记了。人丧失记忆的顺序，总是从最近处开始，然后越是久远的那些回忆越为清晰。

两个人陪着一条肥胖的忠犬，在门口有一搭没一搭地聊天。宋丰丰给喻冬打来电话，周兰也跟他说了几句。他不知道在那边讲了什么，周兰被逗得一直笑。

喻冬回去给她端水，在相框前又站了一会儿。十年前，相框里放的都是旧照片，包括自己小时候的，母亲小时候的。现在相框多了两个，许多都是新的相片。

有他和宋丰丰、张敬在教堂前的合影，还有他和周兰过年时出门玩拍下的合照。而另外几张，是他远离家乡的时候，宋丰丰和周兰一起在门口拍的照片。

他知道拍照的人是张敬，胶片机的质感很特别。在他知道宋丰丰和张敬居然还做过这种事情之后，不知道怎么形容自己的感受。

"黑丰和张敬都是乖仔。"周兰忽然说。

喻冬笑着转头："是啊。"

张敬和关初阳的婚礼终于定在了这一年的国庆，郑随波那边也给他们带来了好消息。

喻冬很感激郑随波。郑随波在视频里看起来总是不太精神，据他说，是因为太累了。

"而且东西不好吃，"郑随波嘀咕，"不合我跟吴曈的口味，我们俩都是自己做饭吃。"

吴曈正巧就在他家的厨房里忙着，听到他提起自己，连忙擦干净手跑出来，跟喻冬打招呼。

喻冬冲他摆摆手："你好像瘦了。"

吴曈摸摸自己的脸，抬手去摆弄郑随波的视频摄像头。

"不是我瘦了，是他胖了。"吴曈瞥了郑随波一眼，"他用的这个摄像头有美化功能，把人脸变瘦。"

郑随波抓起桌上的书，在他的肩膀上打了一下。喻冬一直在笑，正要继续往下讨论，忽然听到叮的一声提示音。

声音来自自己的手机，是一个台风预警。

喻冬记得去年这里也遭遇过台风。那时候周兰刚刚进医院，他抵达这里的当天晚上，台风刚横扫过城市。

他来到兴安街的那天，也是这样的台风天。最糟糕的气候已经过去了，城市正在被修复，而天空澄净明亮。

宋丰丰已经放了暑假，每天除了花半天时间跟足球队一起训练之外，基本没有别的事情。喻冬把手头的事情安排好，回了一趟家，把周兰和肥宝从兴安街接出来，送到自己和宋丰丰租住的地方避风。

虽然他住的楼层不低，但这次台风只是擦着城市边缘过去，并没有正面袭击。

两人安顿好周兰和肥宝，立刻开车去超市囤货。超市里挤满了人，大家都对去年那场大台风心有余悸，生怕存货不足，连水都喝不上。

"今年应该不会停水停电了。"宋丰丰一边往喻冬推的小车里放方便面一边说,"但台风过后青菜会很贵,我们还是买一些吧。"

和宋丰丰有同样想法的显然还有数量庞大的阿姨师奶。宋丰丰在时蔬区抢了老半天,拾掇出两捆模样勉强过得去的空心菜,把它扔给喻冬,悄悄擦了一把汗。

喻冬:"我们一会儿再去菜市场买菜吧。"

宋丰丰:"行行行。"

两人离开超市后,顺路去了菜市场,又是一番争抢。宋丰丰砍价厉害,可是这种供不应求的时候,他的技能毫无用处,只能看着卖家把青菜的价格使劲儿地往上抬。

以前喻冬和宋丰丰就带着钓上来的鱿鱼去市场卖过,他知道宋丰丰那一张嘴讲道理不行,但是跟人砍价特别了得。回去的路上,他一直在笑:"你还记得以前卖鱿鱼的事情吗?有一次你跟人谈价格,讲了半个小时都讲不通。"

"那是因为龙哥把市场搞坏了,大部分鱿鱼都在他那里,完全垄断了。"宋丰丰不甘心,"今年我们还去钓鱿鱼吗?"

"去啊。"喻冬打方向盘拐弯,前方天空已经开始露出阴沉沉的脸色,风也起了,"鱿鱼实在吃不完的话,你就送回家或者给同事。"

"今年我要找一条好一点、大一点的船。"宋丰丰跃跃欲试,"除了钓鱿鱼,还可以钓虾。你钓过龙虾没有?钓上来直接煮,哇,那种新鲜口感,都不知道怎么讲。"

"别说了!"喻冬饿坏了,"待会儿你做饭。"

下午三四点,台风在邻市登陆,受外围风团影响,城市刮起狂风暴雨。

阳台上所有的东西都已经收拾回屋子里,周兰、喻冬和肥宝无事可做,也没有电视可看,就搬了沙发坐在屋子里看雨。

宋丰丰做好了晚饭,三个人一起吃了。喻冬让周兰先休息。周兰躺下之后,他又仔细检查了房间的窗户,确认不会有水渗漏进来。

周兰没有躺下,她问喻冬:"黑丰怎么也过来了?他不回家?"

"他说担心我一个人搞不定,所以陪陪我。"喻冬转头说。

周兰又问:"你们合租吗?"

喻冬下意识地否定了:"没有。这房子就我一个人。"

周兰没再说话了。喻冬给她留了一盏小灯,在确认肥宝也好好在屋里趴着之后,便小心翼翼退出门外。

他和宋丰丰还没有睡意,便蜷在沙发上,戴着耳机看电脑里储存的影片。

雨水密密麻麻从天降落,打在玻璃窗上啪啪地响。远处的天边有电光闪动,不知落到了何处的地面上。

喻冬先困了,闭上眼睛。宋丰丰关了电脑,信手拿过放在一旁的漫画开始慢慢翻看。风声雨声虽然扰人,但也催生倦意,宋丰丰没支撑很久,就打起了瞌睡。

漫画书落到地上的声音惊醒了两人。

不知何时,室内一片昏暗,所有的灯光都消失了。

"又停电。"喻冬挠挠头,从沙发上跳下来,蹑手蹑脚地走到周兰休息的房间察看。

老人睡得很安稳,肥宝听到他打开门,一下抬起了头。他示意它继续睡,又把门小心地关上了。距离天亮还有几个小时,他和宋丰丰撑不住了,干脆回房间睡觉。

"不会有事的。"宋丰丰安慰他,"你记得吗?以前在兴安街住的时候,我们也经历过台风。"

"就是窗户玻璃破的那一次?"

喻冬当然是记得的。那时两人连床板都拆了,就是为了遮挡从破窗户灌进来的雨水。

"你还救了我一次。"喻冬说,"是吧?"

"对。"宋丰丰笑起来,"你还记得啊?"

"我当然会记得。"喻冬说,"你那么英勇,是吧?"

宋丰丰:"是。"

喻冬:"你就是想听我夸你。"

宋丰丰："是！"

两人都没了睡意，便聊起以前的事情来。

台风过去，喻冬和宋丰丰一起把周兰跟肥宝送回家。宋丰丰家里没有人住，他跑回去上上下下检查了一通，发现除了二楼多了一些不知从何处飞来的垃圾之外，并没有任何问题。

最可怜的反倒是周兰家门口的两棵苦楝树，叶子几乎被薅光了，几串青绿色的果子挂在枝头瑟瑟发抖。

干完活的喻冬跑过玉河桥，帮着宋丰丰清理家门前的积水。两人清理干净积水后，又拿着扫帚回到周兰那边，和七叔、七婶一起清扫门前堆积的垃圾。扫到一半，一辆电动车"噗噗噗"地从兴安街上经过，车上坐着两个男人。

"靓仔？"

喻冬和宋丰丰一起抬头，赫然发现电动车上坐的正是龙哥和梁设计师。

龙哥捏着刹车，艰难将车停下，抬手跟两人打招呼："又见面了哈。"

梁设计师露出一个笑，冲他们俩扬扬手。

因为最近网吧装修，准备升级成档次略高的网咖，方便把网费和各类小吃的价格翻上几倍，龙哥和梁设计师这一个月来都待在网吧里。

"现在你们打算去哪里？"宋丰丰很好奇，这个方向的路是通往码头的。

"我的鱿鱼船翻了。"龙哥一边说一边骂脏话，"还有这样的事情。明明所有船都用铁索连在一起了，独独没连我的那艘。"

"好了好了，你不要骂人了。"梁设计师开口，"谁让你不跟人打好关系。"

龙哥提高了声音："码头上的人都是势利眼！"

七叔的儿子就在码头工作，管理船只，他听到龙哥的话，重重"哼"了一声，朝着外头扔了一铲子垃圾。

龙哥连忙用双腿挪动电动车躲开。

现在去码头的路上满是树枝和垃圾,四个轮子的小车根本开不进去,他只好向马仔借了一辆电量不太足、刹车不好用的电动车。龙哥骂了一通,告诉两人,他已经决定搞一艘更大更新的鱿鱼船。喻冬和宋丰丰飞快对视一眼,心想:完了,今年的鱿鱼更难钓了。

临走前,龙哥又一次捏着刹车,艰难停下:"对了,你们知道吗?乌头山佛寺里那棵大榕树被雷劈了。"

"什么?"宋丰丰被吓了一跳,"怎么可能!它那么大呢!"

"多大也没见它装避雷针啊。"龙哥噘了噘嘴,"妈祖像都装避雷针了,就寺里一直不肯装。佛祖也保佑不了这种天灾,所以这次它被劈了。"

梁设计师打断他的话,言简意赅地说了重点:"那棵是许愿树,上面挂的许愿牌掉了很多,听说今天一早就有人去捡,你们挂过吗?可以去看看。"

宋丰丰:"当然挂过。"

梁设计师:"我不信那种东西的。"

龙哥:"啊?你不信?那你上次去国外那个什么桥,为什么要买一个锁头锁桥上,钥匙也不肯给我,直接扔了?"

梁设计师拧龙哥的腰,龙哥嗷地叫了一声,皱眉后咬牙闭嘴,捏着加油手柄继续噗噗噗往前开。

喻冬看着宋丰丰:"我们去看看吗?不过今天已经很晚了,寺庙关门了。"

宋丰丰显得有些焦灼:"明天就去。"

吃晚饭的时候,周兰问两人刚刚在外面跟谁说话。老人听到是龙哥之后,忍不住笑了起来。

"他不是躲债跑到国外去了?"她问,"怎么又回来了?"

喻冬和宋丰丰连忙澄清这个谣言。

龙哥在兴安街里是一个名声不太好的混混。虽然他不住在这里,但兴安街上的人基本知道他的名字，尤其是龙记大排档在兴安街街头开起来之后，他的名声就更响亮了。

"癫仔。"周兰言简意赅，"一天天不知道在做什么。"

"现在龙哥的生意做得挺好的。"宋丰丰回忆着龙哥跟他们俩见面时的聊天内容，"他开始在网络上卖电脑配件了，而且做品牌代理，挣很多钱。"

周兰听不懂过分专业的名词，但是对"挣很多钱"这句话很敏感："比我们喻冬挣得还多？"

喻冬："多。"

现在他的公司很多事情都是重新起步，基本没挣什么钱。龙哥的电脑配件生意却是越做越大了，听说上个月还在省城新开的商城里盘了一个店面，做品牌手机的代理经销商，喊一句"莫老板"也毫不过分。

周兰又惊讶又难以置信："怎么可能？喻冬是出国读过书的大学生。"

喻冬都要脸红了："也没什么了不起的。"

宋丰丰："了不起！特别了不起！周妈，你讲得对，以后喻冬肯定能挣大钱，我们要买一栋大别墅，你住一层，我……我去找喻冬玩的时候可以住客房。"

周兰的注意力被引开了："大别墅贵不贵？"

兴安街上的人都知道龙哥的事情，好像知道了也就知道了，虽然有流言蜚语，但那些流言蜚语讲到最后，总是以一句"但是人家会挣钱"来结束。

个个都是普通老百姓，为吃喝忙，为生计忙。别人的事情就是别人的事情，茶余饭后提一句就罢了，管不了，也没资格管。

他们说起龙哥，都说他是"癫仔"。他没有子嗣，没有后代，在年纪稍大点儿的人看来，这是很不得了的事情，但说完就完了，拍拍屁股拎着板凳回家，又是平安无事的一天。

喻冬照顾好周兰睡下，把一盏小灯插在插座上，房间里亮起了昏暗的灯光。

这里弥漫着药膏的气味,有点浓烈。喻冬挥动电蚊拍灭蚊子,坐在床边问周兰:"外婆,我家里不好吗?有电梯,你出入方便,小区里也有老人打牌打麻将的地方,比这里方便。"

周兰不愿意在他家里住,台风刚过就要回兴安街。

老人皱起眉头,握着喻冬的手。

她已经六十多岁了,由于年轻时的劳累和营养不良,她总是瘦巴巴的,吃多少都不见胖。又因为最近的一场大病,她整个人突然苍老许多。

喻冬握住了她的手:"外婆,你一个人在兴安街,我不放心。"

"七叔、七婶都在旁边,你三姨婆就在下街……"周兰说了好几个街坊邻居和亲戚,"你又给我装了一个报警铃,我有事情会通知你的。"

喻冬看着瘦削的老人,突然心酸起来。

"我没照顾好你。"他小声说。

周兰拍了拍他的手:"傻仔,人老了就是这样啊,会有这样那样的病,躲不开的。"

喻冬擦了擦眼睛。

"现在我不想以前的事情了,连以后的事情也不去想,高高兴兴比较重要。"周兰看着喻冬,"冬仔,你……你以后要好好过。"

喻冬点点头。

她的女儿这辈子没过好,但给她留了一个喻冬。

"你自己过得好就行了,不要管别人说什么。"周兰沉默片刻后缓缓开口,"黑丰是我看着长大的,我没见过比他心更好的小孩。"

喻冬一愣,下意识地抬头看周兰。

"一个人如果心好,这一世不会很糟糕。"老人慢吞吞地说,"心好的人世上最难找,做朋友好,能做成家里人更好。"

喻冬的心怦怦直跳,周兰比他通透。

或许是在昨晚,或许是更早之前,宋丰丰每一年都要过来和她拍照的时候，又或者是更早更早，他们俩都待在喻冬房间里埋头做试卷时，老人就已经看到了他们的未来。

他一下就哭了出来，哽咽说着什么，但一句话都听不清楚。

他已经没有父亲了，只有一位血脉相连的亲人。而现在，这个人正温柔地告诉他，自己什么都知道，并且理解他，祝福他，鼓励他。

"癫仔啊。"周兰慢慢地抚摸喻冬的手，就像小时候哄他睡觉一样，"两个癫仔。"她的眼睛渐渐湿润了。

"你要乖乖的，好好的。"她小声说，然后把俯身的喻冬轻轻抱着。

她也不是没有遗憾和失落，但人在生死前晃过一遭，许多想法都会变样。她这一世余下的时间不多了，或许看不到喻冬的大别墅，也看不到他将来功成名就。

而对周兰来说，这些确实都不重要。她只希望自己的外孙能够平安、顺遂、快乐地度过一生，不要重蹈他母亲的覆辙，不要伤心。

她活了大半辈子，唯有满腔勇气与无畏世事流言的坦荡可以与他分享。

第二天早上，宋丰丰起得很早。他在旧房子里住了一夜，很奇妙地，凌晨五点多他就醒了。

现在还是暑假，他不需要上班，也不需要回校清理校区。

宋丰丰在床上躺了一会儿，突然明白自己为什么这么早就醒了。当他和喻冬还是中学生的时候，他也是常常这个点醒来，然后出门跑步，再给喻冬拎回来一袋早餐。

宋丰丰的房间已经全部空了，只留下旧书桌和书架。一本被撕去了封皮的《七龙珠》扔在架子上，不知道被谁用彩色画笔涂得花里胡哨。他的旧自行车就放在角落里，已经落了一层灰。

喻冬在二楼睡了一晚。昨夜他和周兰一边哭一边讲，聊到了半夜，醒来的时候眼睛还有点肿。

有人在外头喊他的名字。

喻冬一脸茫然地坐起身。风扇是那台旧风扇，吱吱地边转边响。

清晨的阳光照亮了兴安街,也照亮了他的阳台。

"喻冬!"宋丰丰就在外头,"你醒了吗?去学校了!"

喻冬走出阳台,看到宋丰丰骑着他早就被淘汰了的自行车停在门前,车头挂着一袋早餐,正仰头冲自己笑:"迟到要登记名字,还要扣流动红旗的分,你不怕?"

喻冬笑了一阵,抹抹脸:"你等我!"

他迅速洗漱,穿好了衣服,下楼去看周兰。周兰已经起来了,她也听到了外头宋丰丰的声音。

"黑丰这个癫仔。"周兰说,"今天你们是要去佛寺吗?"

"嗯。"喻冬点点头。他出门把宋丰丰给自己买的包子、豆浆、糯米鸡都拿回来,放在桌上,叮嘱周兰趁热吃。

宋丰丰满头雾水,在门口探头探脑:"你不吃啊?"

"我们去吃鸡丝粉。"喻冬从门口推出自己的那辆自行车。

他很久没骑这辆车了,好在周兰常常擦洗上油,还能用。肥宝在门口汪汪地吠,他跨上自行车,冲宋丰丰扬扬下巴:"走啊。"

七婶在门口扫地,看到他们俩风风火火地离开,觉得莫名其妙:"喻冬、黑丰,你们去哪里?"

"去上学!"宋丰丰笑着回头,"读书!"

铁道口已经废弃了,再没有运煤运木条的列车从这里经过。那盏红色的小灯再不会亮起,但值班室里偶尔还会坐着一个老头,他在里头沉默地抽烟,偶尔冲出值班室,指着在铁轨上摔倒的小孩骂上几句。

铁轨周围长满了杂草,一簇簇又高又壮。草结了籽,被风吹得四散,会在各处扎下根来。

两人在鸡丝粉店里解决了早餐问题,婉言谢绝老板娘要把自己侄女介绍给喻冬的好意,骑上自行车又出发了。

街道上的各种垃圾清理得差不多了,还在放暑假的孩子们早早就起来了,在路边捡果子捡树枝,互相笑着闹着跑来跑去。

从兴安街去乌头山路程稍远,两人绕了一段路,跑到十六中门前晃了一下。

十六中的门卫换了新的人,他们互相不认识,大眼瞪小眼地看着。喻冬跟门卫聊了几句,一脸吃惊地转过身告诉宋丰丰:"佟老师当教务处主任了。"

宋丰丰倒抽一口凉气:"不是吧?她这么年轻。"

喻冬不得不提醒他:"十年了,黑丰。"

十六中门口的妈仔牛杂还没开门,老头老太太坐在小门那里喝粥吃油条,一句两句地讲着闲话。老太太对喻冬印象太深了,瞅了他几眼,忽然就认了出来。

喻冬跟老太太打招呼,老太太这回不惦记自己孙女了,反倒说起店里来了一个年轻的收银小妹,问喻冬有没有女朋友。

"我结婚了,结婚了。"喻冬大笑。

老太很遗憾,转而看向宋丰丰:"那妹仔真的好靓。"

宋丰丰:"我也结婚了。"

两人耽搁了这么一会儿,日头渐渐高了,地上落下了清晰的树影。两人又继续往前去。

龙行网吧只开了一扇小门,里头倒还是挺热闹的,一半在装修,一半还在营业。就算是升级换代,龙哥也不放弃每天挣钱的可能性。

站在门口的马仔也换了几个新的,没人再留杀马特式的爆炸头,反倒个个留起了韩式锅盖刘海。

宋丰丰很看不惯:"平头多好看。"

两人已经抵达辉煌街前头的十字路口。辉煌街拆了一半,重建了一半,现在它是一条正儿八经的步行街。原本辉煌街的另一头还有一个人民剧场,宋丰丰记得小学时常常去剧场里看儿童戏、木偶剧、交通肇事宣传片和廉洁奉公电影。

"对了,我上次看娱乐八卦,发现我们这里出了一个明星。"宋丰丰遥遥指着人民剧场的方向,"他以前就在人民剧场里表演话剧。"

人民剧场已经拆了，成了一个新楼盘。

喻冬表示没听过，他对这些八卦兴趣不大："你看过话剧吗？"

"我没看过。"绿灯亮了，宋丰丰和他又往前去，"好看吗？"

两人绕过张敬家的诊所，发现诊所还没开门。诊所现在的门面比之前好看多了。喻冬记得辉煌街的小巷子里一直有流莺流连，一到夜间，穿红戴绿的小姐姐们便齐齐出动，在亮着暧昧灯光的小发廊和按摩店里，用支棱着苍蝇腿式睫毛的黑眼睛和大长腿招揽客人。

当时喻冬和宋丰丰穿着校服从张敬家里出来，就不止一次被斜对面的小姐姐挥手招呼："靓仔，来剪头啊！"

现在巷子里倒是一片清净，所有的小店铺都没有了。

宋丰丰戳戳他的脸："你看什么看什么，你对这种店有什么眷恋吗？"

"眷恋个鬼啊。"喻冬踢他的车轮子一脚。

宋丰丰猛蹬几下躲开了："好了好了，不要玩了。九点了，佛寺开门了。"

从辉煌街到乌头山，骑自行车是二十多分钟的路程。

观景路上的凤凰木很顽强，有的被台风扫去了半个树冠，有的却还完好，齐齐在这一天的烈日下抖动轻而薄的绿叶。

两人穿过海岸线和新建的大桥，没有在教堂前停留，一直蹬车到了佛寺门前。

喻冬放好车，踮脚望了一眼，顿时放心："还在。"

那棵年老的叶榕未被击垮，半个大树冠仍在佛寺墙上探头探脑，几只小雀飞起又落下，啄食树上的稚嫩果实。

虽然它没被击垮，但是确实有三分之一的树冠落了下来。

据和尚说，那天晚上，大树恰好被雷击中，先是哗啦一响，随后烧起火来。好在雨势够大，大火没烧几秒钟，又立刻被浇灭了。

不少人已经拥进寺里，纷纷在地上寻找自己曾经扔上去的许愿牌。

宋丰丰进了后院后，就汇入找牌的人群之中。喻冬在一旁走来走去，听见穿着制服的人正在训斥一个和尚。

"避雷针是必须要装的！你们寺在山上！"穿制服的青年大声说，"这次就是一个教训！"

和尚双手合十，低低应声："你说得对。"

穿制服的青年："那我明天就让人来装避雷针，你们住持不要再阻拦啦！"

和尚："我们不装避雷针。"

青年气急："那你还说我讲得对？"

和尚目光炯炯："这次确实是一个教训，也是佛谕啊。是这棵树帮我们寺挡了一场雷，善哉善哉。万物有灵，我佛慈悲。"

青年气到摘下帽子要打和尚，嘴上急匆匆地喊了一个名字。

和尚躲开了，大声说："我有法号的，俗名已经不用了。"

青年："我要见你们老板。"

和尚："是住持。"

青年戴好帽子，推着和尚的背往前走："废话少说！你们老板怎么这么抠门呢？避雷针能花多少钱？你们一块木牌，过年时敢卖两百块钱……"

喻冬乐呵呵地听到这里，突然想起了自己似乎也买过一块两百元钱的许愿牌。那是宋丰丰第一次带他到佛寺里来的时候。

"黑丰，你记得我们两个以前那块许愿牌吗？"喻冬找到了宋丰丰，走到他身边问。

宋丰丰正在地上翻找，见他过来了，随手扔给他一块许愿牌："我就是在找这个。你拿着，这是我前几年买的。"

喻冬接了许愿牌过来，发现上面写着自己的名字，另外还有一句写得歪歪扭扭的"平平安安"。

他把这块牌子小心地揣在手中，蹲下来跟宋丰丰一起翻起别的许愿牌。

233

他们被围绕在无数的祝福之中。头顶叶榕完整的那三分之二的树冠上还挂着无数许愿牌，在风里撞击出轻响。

阖家平安、顺顺利利、一定高中、白头到老……各种各样的祝福一一被他们翻检，又小心地放在一旁。

喻冬想起来了。当时在这里卖许愿牌的是宋丰丰的远房亲戚，说可以帮他们俩写上足足四句祝语。

当时宋丰丰说了四句话：学业有成，天天开心，叱咤风云，大仇得报。

但最后两句被那和尚否决了，说戾气太重。

"哈！"宋丰丰突然大笑一声，"我找到许愿牌了！"

他冲喻冬晃动手里的一块许愿牌："写的什么你还记得吧？"

"记得。"喻冬接了过来。

许愿牌正面写着喻冬的名字，背面则是密密麻麻四行黑字。那笔宣称防水不脱色，这么多年过去了，字迹居然还是清晰的。

"学业有成，天天开心"，这是宋丰丰说的。

余下两句是那和尚后来添上去的——"有挚爱良朋，此生无碍"。

和尚说许愿牌再挂上去也是可以的，只要每块牌子再交五十元钱，捐足香火与诚意，叶榕很快就能长好。

喻冬和宋丰丰揣着许愿牌跑了。

山下的教堂有些冷清，录音机里播着圣歌，两三个老人坐在教堂里打瞌睡。神父倚靠在一旁，手里拿着一本厚厚的书在看，神情专注而紧张。

喻冬和宋丰丰坐在教堂的最后一排，眯起眼睛打量神父手里的书，不是《圣经》，是《天龙八部》。

"今年圣诞节还来吗？"宋丰丰问他，"来领饼干糖果或者笔记本。"

喻冬很怀疑他们两个挤在一群学生里讨礼物会不会很怪异。

"你这么喜欢饼干、糖果、笔记本，我每天都可以给你准备。"喻冬从他手里把许愿牌接了过来。

那块只写着"平平安安"的许愿牌是宋丰丰后来挂上去的,喻冬没见过。

"这是你的字。"喻冬说,"这么丑,我一眼就认出来了。"

宋丰丰脸皮厚,早就不把这个当一回事了:"字丑是丑,但有特点啊。"

两人在安静的教堂里坐到中午,小声地聊天说话,直到神父收好《天龙八部》,朝他们俩走过来。

"吃午饭吗?"慈眉善目的神父问,"六十块钱一份圣餐。"

两人又跑了。

教堂前面的沙滩已经被填平,建起了可以观景的小屋子,各种甜品、水果、特产琳琅满目,泳衣和游泳圈挂在最显眼的地方。

喻冬和宋丰丰各买一个椰子,在沙滩上边走边喝。

台风过后,大海的颜色有些沉郁,沙面上的小螺、小蟹和平时一样忙碌。住在螺壳里的寄居蟹尤为忙碌,喻冬在沙上站了一会儿,它毫不畏惧地从他脚背上急匆匆爬过,小小的蟹爪轻轻地戳在他的皮肤上,有点痒。

宋丰丰提醒他别走太远,注意鞋子,否则被浪冲走,就找不回来了。

一条小狗在沙上跑,粉色小舌头耷拉在外头,呲哧喘气。

"它像不像宝仔?"喻冬指着它问。

宋丰丰:"像你。"

他喝完了椰汁,椰子不舍得丢,打算拿回家里处理一下,炖一锅椰子鸡汤。

"你连这个都会做?"喻冬好奇了,"我怎么没喝过?"

宋丰丰得意一笑:"我会做的东西多了,保证你天天吃都吃不腻。"

沙滩上不知是谁摆了一个秋千,已经被台风吹垮了,连带秋千旁边写着"浪漫秋千,合影10元"的牌子也掉了下来。两人坐在秋千旁边,喻冬把椰子递给宋丰丰,宋丰丰咬过吸管继续喝起来。

　　谁也没有说话。喻冬裤兜里揣着的两块木牌似有温度，令他心里头又暖又柔软。

　　海浪一波波涌上来，小蟹刚刚挖出的小洞立刻被海水填平，又是平坦无皱褶的一片沙滩。大海仿佛能将所有东西吞没。

　　"黑丰。"喻冬说，"十年了。"

　　宋丰丰咬着吸管，伸出手指头数日子："刚好十年吗？"

　　"刚好。"喻冬给他看自己的手表，"我第一次见你，大概也是这个时间。"

　　宋丰丰笑了："骗人，你还记得？"

　　"当然。"喻冬收好手表，"我记忆力特别好。"

　　宋丰丰看着远处一色的大海和天空，慢吞吞地说："你当时特别白。我在想，这个人也太白了吧，又白又好看。"

　　喻冬把手臂放在膝盖上，脑袋枕上去，扭头看宋丰丰："我知道了，你当时就觉得我很帅。"

　　宋丰丰："没有没有。"

　　喻冬："有的吧？你还专门跑我外婆家里来偷看我。"

　　宋丰丰笑了："那是偷看吗？当时你对我特别冷淡，是不是？有没有？"

　　喻冬："没有没有。"

　　两人都笑了。

　　跑来跑去的小狗被一个小姑娘拎走了，一直小声地哼哼叫。两人拍拍屁股上的沙粒，在小姑娘的店里吃了一份快餐，骑上车，又沿着原路返回兴安街。

　　海风吹起了喻冬的头发和衣角，他不由得微微皱起眼皮。

　　"喻冬。"身旁蹬车的宋丰丰突然喊了他一声。

　　"嗯？"喻冬回头看他。

　　宋丰丰车篮子里的两个椰子沉甸甸的，随着车子的晃动撞在一起。

"没什么,我就喊你一声。"宋丰丰咧嘴笑了,"你怎么都不变呢。"

他们穿过了郁郁葱葱的凤凰木,穿过有清风和树影的街道,就像学生时代度过的每一天。

那是永远永远也不会过去的漫长夏季。

(正文·完)

番外一 ♥
往岁

莫晓龙家里有小学毕业照，有初中毕业照，但没有高中毕业照。

他高中没毕业就被开除了，只保留了一张高一军训时和教官的合影。教官也是年轻人，军训结束就要分离了，被他虐出感情来的学生围拢过来，要和他拍照。莫晓龙个子高，跑过去站在他身边，很快被他赶到了最后一排。

他站在一个戴眼镜的男孩子身旁。

那男孩打了一个呵欠，一副无聊的表情。

"好舍不得啊。"莫晓龙说。

男孩扭头看他："舍不得什么？"

"教官。"

"为什么？"男孩问莫晓龙，"他不是常常针对你，让你跑圈和晒太阳吗？你是受虐狂？"

莫晓龙张口结舌："啊？"

摄影师就在这瞬间按下了快门。莫晓龙没看着镜头，他的目光投向身边人的脸上。

莫晓龙拿到照片之后，才发现自己身边的男孩子那时候是笑着的，嘴角挑起一点点，让他冷漠的脸上多了些许温柔。

莫晓龙和梁哲木其实是初中同学，但两人不同班。

身为校足球队的队长，莫晓龙觉得自己在学校里勉强算是一个名人。

"我看在龙哥的面子上，这次先放你一马。"五大三粗的男孩说着恶狠狠的话，转过脸对着莫晓龙的时候又是另一副面孔，"龙哥认识他？"

初三，莫晓龙才刚刚蹿到一米七，踮起脚，把目光投向被堵在操场角落里的男孩子。

虽然他没有跟梁哲木说过话，但他知道楼下那个班里有这样一个人，他常常在期末的表彰大会上听到这个名字。能考到全年级前二十名的学生女孩居多，梁哲木又高又瘦，二十个学生一排站好，梁哲木总是最醒目的那一个。

莫晓龙知道梁哲木有时候会被人欺负，但也只是听人提起过。

别人为什么欺负他？因为他一个人住，家里似乎又有点儿小钱；因为看他不顺眼；因为他不肯服软，常惹得对方愈加气恼，连踹带踢。

理由总是有很多的，莫晓龙对梁哲木的印象就变成了"学习成绩很好，但是不懂看眼色的人"。

"我认识他。"莫晓龙看到了靠在墙边的梁哲木，心想，你都这样了，还不肯掏钱，何必呢，"以后别欺负他。"

围着梁哲木的几个男孩子点头走了。

莫晓龙知道自己这句话有点分量，梁哲木以后肯定不会被人揍了。他心中涌起了几分情绪，从书包里掏出一块毛巾扔给梁哲木："擦擦鼻血。"

毛巾搭在梁哲木的脑袋上，他愣了片刻，扯下毛巾，闻了一下，转头就吐了。

莫晓龙："……"

他不由得回头嗅自己的书包。那毛巾是他训练完之后用来擦汗的，确实有点汗味，但也不至于让人吐出来。

他放下了书包:"他们打你肚子了?"

梁哲木在地上呸呸吐了几口口水,擦干净脸上的鼻血。

"你跟老师讲啊。"莫晓龙劝他,"平时都不至于打脸的,今天你又惹到他们了?"

"我没有!"梁哲木突然大吼了一声,"死流氓!滚!"

莫晓龙心想:你还是有精力的嘛。

"以后他们不会欺负你了。"今天他心情奇好,不知道为什么,被这么当面骂了一句,居然情绪稳定,语气平和,"以后我罩你。"

梁哲木从地上抓起自己的书包和被打开的钱包:"一丘之貉。"

"什么?"莫晓龙没听懂,"一什么?你在骂我吗?"

梁哲木捏着鼻子,绕过他往外走。天色暗了,操场上还剩三三两两的学生,初三年级的教室里亮起了灯。此时正是深冬十二月,距离中考还有半年。

"你这么有文化啊?"莫晓龙紧紧跟着梁哲木,"还懂得用成语来骂人。"

梁哲木一时间根本分不清楚这个人说的是不是反话。

莫晓龙跟在他后面,发现他半个背脊都湿了,校服上都是水渍。莫晓龙又从书包里抽出一条皱巴巴的毛线围巾,扔到他肩上:"这个借给你,我是四班的莫晓……"

梁哲木把围巾扯下来扔到地上,狠狠踩了几脚,转身跑了。

虽然莫晓龙朋友很多,但他认为没有谁能比梁哲木更聪明。

他感觉自己帮了梁哲木这一次,两人至少能当个普通朋友。但楼上楼下,上学放学,他跟梁哲木打招呼,梁哲木一次都没理过他。有那么几次,老师在走廊上看见他冲梁哲木扬起手臂,惊得立刻百米冲刺,大吼一声:"莫晓龙,你干什么?"

梁哲木没帮他辩白过,他跟老师解释完两人认识,扭头一看,梁哲木的影子都看不见了。

"神经病!"梁哲木难得几次有回应,都这样气哼哼地冲他吼。

莫晓龙在学校里有几个马仔，他们纷纷为他打抱不平。在他们看来，他太低声下气，而梁哲木太目中无人。

"高才生都是这样，有点脾气才跟别人不同。而且，你们不觉得他对我很特别？"莫晓龙跟他们说。

马仔："龙哥，初三是不是压力特别大？你怎么变了？"

体育考试那天，莫晓龙惊觉梁哲木的体育成绩居然跟自己一样是满分。他一直以为梁哲木是文弱的学生，但穿上夏季校服之后，他发现梁哲木的手臂很漂亮，是蕴含着力量的那种漂亮。

"你为什么不揍他们？"莫晓龙问梁哲木，"你完全可以还手。做男人，勇敢一点！"

体育试结束的那天傍晚，操场上初三学生一个都见不着，正如老师所预言的，考完试就没人再去跑步了。莫晓龙带了足球来踢着玩，踢了一会儿发现有个人站在升旗台上，倚着旗杆正在看天。

一群鸽子在空中掉头，扑腾翅膀。

莫晓龙运着球来到升旗台下，抬头看梁哲木，问了这个问题。梁哲木脸上的伤已经好了，他戴着镜片很薄的眼镜，一双眼睛里尽是平静和淡漠。

原来他也长青春痘。莫晓龙看着他，摸了摸自己的脸。

"我要考试的。"梁哲木一字一句清晰地说，"我出手的话，事情会闹大，事情闹大之后，我的档案就不干净了。"

莫晓龙："……"

莫晓龙从梁哲木的话里听出了藏得很深的自负：他有本事把招惹自己的人弄得很惨。

"你很会打架吗？"莫晓龙又问。

梁哲木已经跳了下来。他比莫晓龙高半个头，眼皮略略垂下，看人的时候目光里含着一点儿温柔。

"之前，谢谢。"他说。

莫晓龙连忙把足球颠起来，一把抱在怀里。难得梁哲木理他，而且不骂他，他高兴极了，追在梁哲木身后傻呵呵地笑。

"我不坏吧?"他笑着跟梁哲木说,"我真的不是坏人啊。"

但梁哲木没有再跟莫晓龙多说一个字,他骑上自行车,回头看了莫晓龙一眼就溜了。

中考对莫晓龙来说,难度堪比一场开局就被对手连入十球的比赛,但语文卷上有一道选择题他确定自己一定能选对。

成语选择题里,只有"一丘之貉"才是正确选项。

当时他回家仔细查过字典,记住了一丘之貉的意思。

考完出来,学生们都在校道上等待校门开启。莫晓龙远远看到了高出人群一个头的梁哲木,他推着车凑到梁哲木身边,用车子前轮撞了撞梁哲木的后轮。

"一丘之貉。"他笑嘻嘻地说,"我肯定选对了。"

梁哲木皱着眉,侧了侧头,很快想了起来。

然后,莫晓龙第一次看到梁哲木笑了。

当年三中没有分尖子班和普通班的传统,因为招收的学生比较少,学生的学习水平平均。

报到那天,莫晓龙去得很早,顺利占据了教室最后一排的一个座位。

班主任才刚在黑板上写下"孙舞阳"三个大字,准备做自我介绍,门外又走进来一个学生,瘦削、白净,戴着眼镜,头发有些乱,像是刚刚睡醒。

他抬手对班主任致歉,报上了名字。全班的学生立刻转头盯着他,毕竟这个名字在入学名单里牢牢占据前排,大家一进校门就能看到。孙舞阳随便一指,让他找一个位置坐下。

但座位基本坐满了,只剩下凶神恶煞的莫晓龙身边有一个空位。

当梁哲木穿过课桌与课桌间狭窄的过道,走到莫晓龙身边的时候,他居高临下地看了莫晓龙一眼。

莫晓龙确信,当时自己笑了,梁哲木也是。

"现在没有人欺负你了吧？"莫晓龙问梁哲木，"我龙哥的名号在这里也是有威慑力的。"

前排的姑娘毫不客气地笑出声。莫晓龙踢她凳子，立刻遭到了对方用极厚的英汉词典发起的还击。

梁哲木闷不吭声，看两人打来打去。

放学回家的路上，他突然问："你喜欢钟莹？"

莫晓龙："没有。"

"那你常常逗她？"

"没有吧？"莫晓龙很惊奇，"我是跟她打架，不是逗。"

那时候莫晓龙忙于训练，忙于和学校里的各种人称兄道弟，还没有分出心思来跟小姑娘牵手谈恋爱。

他很快发现，三中的世界他其实很难融入。江湖义气在这里没有用，也没人认他"龙哥"的名头。

能进入三中的学生大都成绩优秀，成绩优秀的人绝大部分不会是普通家庭出身。少年的背后有各种错综复杂的背景和关系，他莫晓龙什么都没有，即便在学校外面认识了这个大佬那个大佬，他也是别人瞧不上眼的东西。

班上有两个莫晓龙没办法亲近的人物，他不乐意跟他们说话，因为他不喜欢这些男孩子看人的眼神。

"他们看我像看一堆垃圾。"他跟梁哲木形容。

梁哲木："哦。"

莫晓龙倒是想起那两个男孩子有时候会过来跟梁哲木聊天，或者向他借作业去抄。他成绩太好，性格虽不讨喜，但很受欢迎。当莫晓龙还困惑怎么打开自己的交友圈时，他已经成为班上举足轻重的人物。

莫晓龙看着梁哲木做题，一时间不知道怎么开口说话。有人走过来和梁哲木打招呼，梁哲木抬头回应。莫晓龙抬头扫了那些人一眼，又迎上那些人如同看脏东西一般的眼神。

他转身离开了。

三中足球队第一次获得省级比赛的决赛资格,莫晓龙是功臣之一。

他可以去省城参加比赛了,第一时间乐呵呵地要和梁哲木分享。

那年最后一场台风刚刚过去,学校里一棵樟树被刮倒了,顺带砸坏了车棚。

当莫晓龙和梁哲木放学去取车的时候,发现樟树已经被挖走了,树坑里多了一棵新的树,有点虚弱,叶子的形状像一颗心。

"这是羊蹄甲,"梁哲木说,"也叫紫荆,春天开花,夏天会结果荚。"

莫晓龙有些佩服他:"你懂得这么多?"

"街上到处都是,你自己没发现。"梁哲木把自己的车推出来,顺口又说了一句,"明天出发是吗?"

"你去看我比赛吗?"莫晓龙问,"你和钟莹都可以去。"

"不去,没钱。"梁哲木干脆利落地拒绝了。

莫晓龙只知道他一个人住这里,父母因为工作,常常在省城和这里来回跑。

"你去看你爸爸妈妈啊。"他追上梁哲木,"去吧去吧。"

梁哲木似乎笑了一下,很快收敛了表情:"不去,麻烦。"

莫晓龙还想说什么,校道边上突然有人站出来,冲着他们招手:"梁哲木。"

是常常借梁哲木作业的那两个人。莫晓龙眯眼一看,还有几个他见过但不认识的人。五个男孩似乎有备而来,就在道路旁等着梁哲木。

梁哲木犹豫了一下,并未立刻回应。莫晓龙忽然敏锐起来,揽着他的肩膀大声道:"走走走。"

那边的男孩笑了笑:"上次我们跟你说的那件事,再聊聊吧。"

莫晓龙:"什么事?"

没有人回答莫晓龙的问题,梁哲木抓了抓车把,扭头看了他一眼。
"再见。"他对莫晓龙说完,又笑了一下,"比赛加油。"

莫晓龙结束比赛回到学校的那天,中午放学之后没回家,直接蹬车去找梁哲木。

梁哲木的家在乌头山脚下,是一个单位宿舍。莫晓龙不知道梁哲木具体住哪一栋哪一间,他跟门卫说自己是梁哲木的同学,来给梁哲木送作业的。梁哲木着实出名,外加他的三中校服和校徽太有说服力,他顺利获得了准确的地址。

莫晓龙走上楼的时候紧张极了,他不知道钟莹跟自己说的那些情况是真是假,是讲得重了还是轻了。

给他开门的人手臂打着夹板,一只眼睛带着瘀青,嘴角破了,说一句话都困难。

莫晓龙在门口呆站了一会儿,一句话没说转身就走。

梁哲木准确地抓住了他的手:"你干什么?"

莫晓龙咬牙切齿:"剁了他们。"

他胸中有一种很陌生、很恐怖的愤怒,几乎让他失去了控制自己的能力。梁哲木受了这样重的伤,所有人都讳莫如深,只有钟莹悄悄告诉了他实情,而且就连她也不清楚梁哲木到底伤成了什么样子。

两个人在门口僵持片刻,最后是梁哲木的妈妈出来,把莫晓龙请进了家里。

父母在书房里小声争执,商量怎么妥善处理,梁哲木和莫晓龙呆坐在客厅里,一声不吭。

许久之后,梁哲木先开口了,他指着桌上的一包饼干问:"你吃不吃?苏打饼,我爸单位发的,还不错。"

莫晓龙要被他气死了:"不吃。"

"芝麻味的。"梁哲木强调,"这边没有卖。"

他伸出没受伤的那只手,将苏打饼拿过来,塞到莫晓龙手里。

莫晓龙却看着他被重重绷带包扎起来的右手。

他连手指都受伤了,缠满了绷带。白色的绷带上显现出了黄色的药液痕迹,还有一点点红色。

莫晓龙攥着那包饼干,顺便攥住了梁哲木的手。

片刻后,他听到梁哲木说话了,声音很低,很温柔,与他印象中的完全不一样:"你有什么好哭的?"

莫晓龙擦了眼泪,觉得自己十分丢脸。

虽然他不知道梁哲木和自己算不算朋友,但他觉得梁哲木其实对他挺好。初中时他形象糟糕,是学校里出了名的混世魔王,就因为他跟梁哲木关系不错,连老师也脾气缓和了下来,见到他就叨叨,让他跟梁哲木多学学,稳重点儿。

梁哲木和莫晓龙接触过的学霸全部很不一样。莫晓龙猜不透梁哲木想的什么,他的心比海还要深,但就是因为深,所以总让人产生无穷兴趣,莫晓龙想和他做朋友,想和他聊聊天,想知道他以后会成为什么样的人。

"我说过要罩你的。"他小声说,"我要弄死他们,我一定会弄死他们的。"

他不敢再看梁哲木受伤的手,也不敢看梁哲木脸上的伤,连眼睛也不敢对上。天知道他为什么要哭,伤不在他身上,这些痛也永远不会降临到他身上,但他的心难受得发疼,像被那些人恶狠狠地抓了一把。

而在它疼之前,莫晓龙从不知道自己会因为这样的事情难受。他从没想过自己会因为梁哲木难受成这样。

"和平解决就可以了,我不想闹事。"梁哲木说,"他们要我和他们一起作弊。从这个学期的期中考开始,他们会给我钱。我不愿意,所以就这样了。也不是太大的事情,对不对?"

莫晓龙摇了摇头。

书房里争执的声音隐隐传来,莫晓龙察觉到梁哲木的手动了动,手指勾住了自己的大拇指。梁哲木还想讲什么,莫晓龙忽然说:"不行，我不行。"

不知道为什么，他在那一瞬间突然决定，自己不会让这件事情就这么解决的。

莫晓龙站在家门口抽烟，母亲出门工作了，这是他从少管所回来的第三天。

他被学校开除的时候，他的父亲还在远洋打鱼，暂时没得到消息。他的母亲先是气得大哭了一场，但很快又释然了，盘算着他以后的出路，甚至有些高兴："现在你大伯在做运输生意，你跟你大伯去跑车，能挣钱。"

她看不到儿子漫长求学路的终点，但近在眼前的钱是摸得到的，仅有的遗憾也不是因为莫晓龙没了这个读书的机会，而是没面子。

但更让她没面子的事情发生了：被莫晓龙揍得惨不忍睹的人并未打算放过他，有领导说他这种行为性质恶劣，一定要严惩，要作为典型来处理。

莫晓龙在少管所待了两年，出来的时候是秋季，和他进去时的季节一样。

父亲仍旧在海上打鱼，打鱼回来之后就去赌钱。母亲打零工，见到他就不停唠叨，说他这一世都毁了。

莫晓龙在少管所里学会了抽烟，还学会了修车。他想买一辆摩托车，但是手上没有钱。

当他在少管所待着的时候，父亲从没有去看过他，倒是母亲偶尔还会去一趟，见了面也是说自己被谁笑了、被谁说了之类的闲话。

有意思的是，反倒是他以前的那些混混朋友、那些马仔，会很笨拙地给他写信。有的信写得过火了，会被退回去，几次之后大家都学会了在信里说些平常的事情。至于"鱼佬走私被抓了，货也没找到""张发财最近发达了，找我们和他一起干"这样的话，他再也没机会看了。

他其实挺喜欢看的。

少管所里还有一个图书室,他在里面看了《水浒传》和《三国演义》,还有一堆金庸、古龙的小说。

　　这也是学习啊。莫晓龙心想,学习不辍嘛。

　　他跟那些真正顽劣的人不是一路人。他在心里说,他们不是一丘之貉。

　　在莫晓龙收到的信件里,偶尔会夹着一封薄薄的信,信封上的字很整齐、漂亮。信的内容总是很短,上面写着一些微不足道的小事,还有莫晓龙家里的一些情况。

　　莫晓龙很喜欢梁哲木写的"莫晓龙"三个字。他在少管所里也练字,主要练这三个字,现在已经能签出很漂亮的个人签名了。

　　最近莫晓龙收到的一封信是梁哲木七八月寄的。梁哲木说高三开始复习了,以他的成绩考同济没问题。

　　莫晓龙一支烟抽到一半,突然觉得索然无味。

　　他在街上溜达,小孩看到他都会远远躲开。他一边笑一边威胁四散的小屁孩,发现马路对面有个穿着三中校服的高个男孩正看着自己。

　　莫晓龙和那人对上眼神之后,手里的烟就掉了。

　　梁哲木满脸震惊,居然直接推着自行车穿过了马路。

　　"你注意看车!"莫晓龙吓得简直要跳起来。

　　"你什么时候出来的?"梁哲木的眼神很可怕,他似乎在忍着抓住莫晓龙的冲动,"为什么不告诉我?"

　　莫晓龙却被别的事情吸引了注意力。

　　一别两年,他终于和梁哲木一样高了。

　　莫晓龙觉得自己虽然不聪明,但也绝对不是一个蠢人。

　　梁哲木大部分时间是一个人在这边生活,他的父母不在身边,很多时候没办法给他任何支持。因爱生怯,书里是这样说的,因为得不到,所以反而越发恐惧失去。他一直都在想办法不给父母增添任何麻烦,以免在珍贵的会面中收获的不是问候而是斥责。

但莫晓龙说过要罩他,这句话并不是随口说出来的,莫晓龙很认真。

"谁要你认真了,"梁哲木咬着牙,一字一句艰难地说,"害了你自己。"

"反正我不是读书的料。"莫晓龙耸耸肩,"我觉得出来很好啊,见了世面,也交到了一些好朋友。"

"少管所里的好朋友?"梁哲木一针见血。

莫晓龙转过头,看他。

"你嫌弃了?那我是不是你好朋友?"他说,"我也是少管所里出来的。"

梁哲木没说话,转头看向海面。

两人都坐在海堤上,看着缓缓沉入海面的夕阳。

"里面有人欺负你吗?"

"他们还欺负你吗?"

两人同时开口,问的都是大同小异的问题。

各自愣了片刻之后,梁哲木突然摘下了眼镜。他压着自己的眼睛,半晌说不出一句话。

莫晓龙突然就紧张了,他不懂应该如何应付。

"我没事的,真的。我可以跟我大伯去搞运输,现在运输很赚钱。"他绞尽脑汁要安慰梁哲木,"或者我开店修车也可以。我学到这个技能了,而且我十八岁了,可以考驾照,那当个出租车司机也可以的嘛。"

他絮絮叨叨说了许多,自己反倒被说服了。

"好像出路确实很多。"莫晓龙摸着下巴,"而且我在里面认识的一些大哥也很照顾我的。"

梁哲木突然转过头:"大哥?"他没戴眼镜,看人的时候下意识微微眯起眼睛。

莫晓龙瞅着他,突然笑了。他说自己过分认真,而眼前这个高才生又何尝不是过分认真。

"你笑什么？"

"原来我们真是朋友啊。"莫晓龙说。

梁哲木瞪着他："不是朋友谁月月给你写信？"

莫晓龙："我马仔周周写得比你多。"

梁哲木："我要是不好好学习，你出来不会觉得为我打那一架、拼那一次不值得？"

莫晓龙登时愣住了。高才生的想法深，他好茫然。海浪声里隐隐约约藏着答案，但他抓不住。夕阳太红了，刺得他眼睛疼。他捂住眼睛，哑然一笑，骂了一句脏话。

"你在里面认识了大哥，我这样的朋友不重要了。"梁哲木说。

"大家都互相这样叫的啦。"莫晓龙转头看向海面，不敢再瞧梁哲木，"他们教我很多事情。"

"包括抽烟？"梁哲木问。

莫晓龙手上拿着一支烟，在指头上灵活地转来转去。

"我也学。"梁哲木突然说，"你教我。"

莫晓龙觉得他特别好笑，于是直接把手上的烟递给他："好啊，你试试。"

梁哲木没有拿烟，他直接低头去衔。

莫晓龙重新咬了一支烟："看好了。"他竭力想要在梁哲木面前表现自己的男子气概，啪嚓一声摁亮了塑料外壳的打火机。

火苗蹿起来，照亮了两个人的脸。

莫晓龙的烟先点燃了，他吸了一口，烟气从唇间和鼻子里冒出来。

他正要给梁哲木点烟，梁哲木却凑了过来，干燥的香烟末端靠近了莫晓龙燃着亮光的烟。

打火机的火苗还在兀自亮着。梁哲木微微皱眉，他有一张过分严肃的面庞，皱眉时越发显出与年纪不相符的沉重。

"点不着。"梁哲木放弃了，把自己的烟拿在手里，朝着莫晓龙伸出手，"我要试你这支。"

他取走莫晓龙的烟，长长地吸了一口。他确实是不会抽烟，瞬间被呛得咳嗽不停,眼泪鼻涕全部流出来了。莫晓龙很想笑,但怕他不高兴,死死憋着。

"什么东西!"梁哲木把烟扔进海里。

莫晓龙也觉得那不是什么好东西,只是习惯了,总要在手上拈一根,若是没有这玩意儿,他就没有派头,没有尊严。他是这座城市里微不足道的一个人,没前途,没朋友,烟雾缭绕可以给他片刻的安全感,让他觉得自己和别人不一样。他可以冷冷地看着掩面而去的人,在心底嘲讽他们幼稚。

烟是他的盾牌,也是他的枪戟。

"以后别抽了。"梁哲木手快,又抢走了他那包烟,扔进了海里。

莫晓龙从海堤上跳下来,在水里捡起那包烟,抬头时却看见梁哲木站在海堤上,眼神很可怕。

"我是想说,不能往海里乱丢垃圾。"莫晓龙接二连三被他丢东西,心里没觉得有丝毫不快。莫晓龙爬上海堤,笑嘻嘻地把烟扔进垃圾箱里。

他和梁哲木并肩走在海堤上。因为有了这个朋友,他的腰杆挺得比平时直,心里松快轻盈的东西驱动他的四肢,他揽着梁哲木的肩膀,大声对他说:"好好考啊!连我的份一起,你要做人上人!"

已经是大学生的梁哲木去做了近视眼手术,把眼镜摘掉了。但是莫晓龙反倒觉得遗憾,他喜欢梁哲木戴眼镜的样子,也喜欢梁哲木没戴眼镜时眯起眼睛看自己的神态。

他那神情会让莫晓龙觉得自己是一个挺厉害的人物,值得他细细审视。

"戴眼镜还挺帅哈。"莫晓龙一边系鞋带一边说,"我去买一副平光镜玩玩。"

他刚结束一场球赛,换好鞋子,两人准备一块儿去吃饭。

梁哲木上了大学之后,两人的联系就渐渐变少了,莫晓龙起先以为梁哲木的世界开阔,或许不再乐意跟自己联络。但梁哲木放假回来的第一件事，就是来看莫晓龙踢球。

"你对我怎么这么好？"莫晓龙戴着梁哲木给他买的帽子，在水洼旁照来照去，"我提什么要求你都会答应吗？"

梁哲木打了一个呵欠："能答应的就尽量答应吧。行了，你够帅了，走吧。"

两人在街边吃了一顿烧烤，梁哲木只吃牛羊肉串，莫晓龙端来一碟子烤生蚝。梁哲木微微一怔，身体下意识缩了缩。

"我最喜欢海鲜烧烤，你不尝尝？"莫晓龙说，"我还叫了一碟椒盐弹虾，你有别的想吃的吗？"

梁哲木："我不吃的。"

饱餐一顿后，两人各回各家。公交车久久不来，莫晓龙在街边自顾自地走。

他看到路边的小店摆着"公用电话"的牌子，便从兜里摸出五毛钱，给梁哲木打了一个电话。

"是我。"他言简意赅，"你到家啦？"

梁哲木的声音充满疲惫："我不到家能接到你的电话？"

莫晓龙嘿嘿地笑："明天去哪儿玩？"

梁哲木："明天再说吧。"

莫晓龙没放过他："现在不可以讨论吗？不要把今天该做的事情留到明天，这是你对我说过的话。"

梁哲木没吭声，莫晓龙听到他坐在沙发上，似乎把电话抱在了怀里。

"可以。"梁哲木的笑声从听筒里传过来，"说吧，你想去哪儿？"

莫晓龙半天不吭声，他的朋友对他似乎纵容得过分了，可他不讨厌这样的纵容。十八年以来，他没能从任何人那里获得这种温柔又不出格的纵容。他心里冒出突兀的念头：跟这么好的人当朋友，我够格吗？

和梁哲木待在一起，能让他忘记自己是一个废物。

"说话呀。"梁哲木说，"钓鱼？游泳？打游戏？"

莫晓龙一拍脑袋:"我忘了,明天我要去看店。"

梁哲木冷笑道:"行啊,你悄悄发财不告诉我。"

"大哥,我敢吗?"莫晓龙说,"我大伯认识的老板有个店子做不下去了,想要转手,位置还不错的,就在辉煌街前面。大伯准备盘下来,明天我和他再去看看。"

"什么店?"

"原来是开按摩店的,我大伯想干点正路上的事情,不做那种。"莫晓龙说,"它的位置特别好,我们都觉得做正当生意一定赚钱。"

梁哲木笑了:"你们?有你什么事啊?"

"我跟大伯合伙啊。"莫晓龙来了劲,"现在做什么生意不要人帮忙看场?那地方不小的。辉煌街是豹哥的地盘,你知道的,保护费肯定要交。我出面跟豹哥谈,至少他会卖一个面子给我。你觉得搞个网吧怎么样?"

梁哲木沉默片刻,才"嗯"了一声:"你以后不要跟什么豹哥之类的人来往这么多。"

"豹哥帮过我很多。"莫晓龙知道梁哲木不喜欢他和道上的人有牵连,但是所有行当都是这样,一旦牵扯进去了,轻易脱身根本不可能,"我在里面认识的人,也有几个在豹哥手底下做事。"

小卖部的老板娘听他说"里面",忍不住抬头仔细打量他。女人看到他手臂上的文身,顿时警惕。

"你打够了没有?超过三分钟加钱。"她冲龙哥说。

龙哥嘿嘿地对她笑,侧身藏起了自己有文身的手臂。

"拜拜。"他在老板娘即将发怒的眼神下放下了电话。

几天之后,莫晓龙才知道梁哲木当晚就因为过敏反应严重,进了医院急诊室。他一丁点儿海鲜都碰不得,哪怕闻到味道都不行。

梁哲木毕业的那一年,莫晓龙第一次搭乘飞机这种奢侈的交通工具,跑到上海去看望他。

梁哲木带莫晓龙游览校园,走到一半,他发现因为热,莫晓龙的头发都湿成了一绺绺的，有些狼狈。

"这么热的天你还穿西装，累不累？"梁哲木早脱下了学士服，里头是一件单薄的白色衬衫，领口的纽扣解开了，袖子也挽了上去，"今天上海几度，你不知道？"

"不了不了。"莫晓龙躲开梁哲木，"我怕吓到学生哥嘛。"他挥动手臂，试图让梁哲木想起他手臂上张牙舞爪的文身。

"不会被吓到的。"梁哲木问他，"网吧的生意还好吗？"

"好得不得了。"莫晓龙和梁哲木并肩走在校道上，经过图书馆的时候，他回头连连瞅了几眼，"我也开始卖电脑配件了。"

他还买下了一间小店面，试着做起大排档生意。

"你搞这么多，忙得过来吗？"

"不忙。"莫晓龙笑嘻嘻道，"我要挣钱养……"

梁哲木看着他。

莫晓龙："养我自己，顺便支持一下你的事业。"

梁哲木："我需要你支持？"

莫晓龙当然知道他不需要。

"你家里不是不接受你的决定吗？"莫晓龙挠挠头，"以后……以后你就要跟着我混了。"

梁哲木的父母都没有来参加他的毕业典礼，他们正因为他毕业后的决定而气恼。他毕业于上海最好的学校，本来有机会留在上海，但他居然选择了回到省城。

"谁会跟你混，"梁哲木把学士服搭在手上，"我有大好前途。省城是不大，但竞争没那么激烈，我有师兄师姐在周边开拓了市场，以后工作只怕多到我做不过来。"

莫晓龙攀着他的肩膀，作势要揍他，两个人在校道上勾肩搭背往前走。

梁哲木的父母对莫晓龙的印象不好不坏。

他们一方面知道他是自己儿子的朋友，另一方面，也知道他进过少管所，大家都称他为"龙哥"。

莫晓龙为了梁哲木去教训那些人，这个行为不仅让他自己惹上了麻烦，也给梁哲木带来了很多不好的影响。原本谈好的条件没了，恼怒的家长反而揪着梁哲木，让梁哲木给说法。

梁哲木终于罕见地硬气了一回。他一直僵持着不肯接受对方的道歉，直到他确认莫晓龙进的是少管所，而不是监狱。

梁哲木在三中的这三年并不好过，他没有跟莫晓龙说过，莫晓龙粗心大意，也没有想过仔细去问。

但他的父母是知道的。

他们以为一切都好起来了，结果梁哲木还是跟这个混混搅在一起。因为这个混混，他们的儿子强硬了起来，也变得更加固执了。

"过年也不回家吗？"莫晓龙离开上海的时候问。

"不回了。"梁哲木把一个装满了水果、面包、方便面的袋子递给他，"我没地方待，去你家住，开不开心？"

"开心死了。"莫晓龙说。

两人沉默片刻，最后是莫晓龙先伸出了手，把他抱住了，在他肩上狠狠一拍。

站台上人来人往，告别的、重逢的，没有人在意他们，他们从彼此身上寻找勇气，关于未来，关于人生中苦乐参半的艰难选择。

龙哥的马仔都知道，龙哥最好的朋友是一个气质很好、长得很帅的男人。

虽然他们嘴上说着"我们龙哥什么人都衬得起"，实际上心里还是会想：他们真的配吗？看起来也太古怪了。一个是社会精英，一个是边缘大佬。

龙哥常常给梁设计师打电话，一说就是一个多小时，叽叽喳喳，又笑又骂，有时候还会讲一些他们听不懂的话，龙哥说这是英语。

有一次小弟在私底下议论"龙哥和梁设计师配不配"，还被龙哥无意听到了。

"不配吗？"龙哥问。

一众马仔不敢作声，齐齐站直。

"我也觉得不配。"龙哥挠挠头，"但我中意他，没办法。"

梁设计师恰好从楼上下来，他穿着拖鞋，手里拎着一袋垃圾。

"谁不配？"他问。

"你的社会地位不行，"龙哥凑上去，"跟我不太配。"

"哦。"梁设计师点点头，"是了，我没有你这么多马仔。"

两人一起走出门，还在讨论配不配的事情。

散步时，莫晓龙伸出手指一数，有些惊讶：他们在一起居然已经这么久了。七八年，说长不长，说短不短，但也足够将身边人认识得透彻。

有时候莫晓龙会觉得，自己其实什么都没做，只是当时对梁哲木伸出援手，却换回了他全心全意的报答。

但有时候他想想，说这是报答，又侮辱了梁哲木和自己的感情。

街上的人们都知道莫晓龙有个形影不离的好朋友，即便吵架多次，也会很快和好。要不是有梁仔，废龙不可能成材，早不知死哪里去了。街坊邻居当着莫晓龙的面也这样说："梁仔好啊，真是好，你何德何能可以交到这样一个朋友。"

莫晓龙嬉皮笑脸："因为我是靓仔。"

他讲话半真半假，人们半信半疑。

但这似乎没什么大不了。街头的生活难免有流言蜚语，但在流言蜚语中长大的人对此毫不畏惧，莫晓龙觉得这就是勇敢。

他还认为，梁哲木是一个勇敢的人。梁哲木这种勇敢和他以及他认识的马仔、豹哥、虎哥、鱼佬、胜利哥、昌叔的勇敢都不一样。

虽然梁哲木话不多，但莫晓龙很少见他犹豫。莫晓龙和他相处久了，对他有了一种无须质疑的信任，只要是他说的，莫晓龙都认为照着去做就可以了。他不会错的，他也不会害自己，他们就是这样全心全意地信任彼此。

旁人看了觉得好难，好复杂，他们俩相处太久，都认为这是再简单不过的事情。

他们也吵过架，为了这样那样的许多问题吵。

有时候马仔会安慰他："我和女朋友吵，跟兄弟也吵，谁相处久了不吵架呢？"

莫晓龙心想：哦，这样吗？原来如此，他们也是天底下普通平常的两个人，并没有任何特别之处。

两人一路散步到海边，海滩上满是遛狗玩沙的孩子。晚霞里风筝飞来飞去，遥控飞机嗡嗡地响。小渔船上有人撒下渔网，网子会捞起蛋黄般的落日。

莫晓龙突然想起一件事。

"今天我见到了一个学生。"莫晓龙兴致勃勃地说，"他很白，很好看，脑筋也好，还为了朋友给我设套，很讲义气。我玩《魔兽》算是厉害的了，但他更厉害，连我都骗过了。"

梁哲木眯起眼睛盯着他："所以呢？"

"靓仔的朋友也是踢足球的，"莫晓龙踢踢腿，"不过比不过我。"

梁哲木："所以呢？"

莫晓龙笑了："你酸什么，他再靓仔也没你那么帅。"

"谁酸了？"梁哲木看着海面上霞光的倒影，眼角带了一丝笑，"下次你介绍他给我认识认识，让我看看他到底有多靓。"

（完）

番外二
随波

据吴曈的妈妈和郑随波的妈妈互相验证,两个小朋友初见的时候,是以郑随波的哭声为开始,以吴曈的哭声为终结的。

吴曈和郑随波两家人住得很近,就在前后街上,要是不愿意绕过十字路口,也可以厚着脸皮从满意饭店那里抄近路。

两个妈妈早在备孕阶段就互相认识了,但最后没有住进同一间病房。两个妈妈生了孩子之后大概半年,两家搬到了同一个院子里。

初见那天,郑随波戴着一顶蓝色的毛线帽,吴曈戴着红色的。

郑随波原本没哭,但妈妈把他放到草坪上的时候,他却突然哇哇大嚷起来。

"不哭不哭,你跟哥哥拍照。"

"我们吴曈比你家的大三天是吗?"

两对爹妈拿着相机在草坪上比画,才刚刚学会坐姿的两个小朋友就被放置在草坪上。

郑随波哭了一会儿,看到吴曈和他的红帽子,鼻子一抽一抽地,不出声了。

吴曈一直没吭声,很沉稳,他在欣赏郑随波的哭相。

郑随波不哭了,吴曈冲他伸出手,在他脸上挠了一下。

郑随波被挠了也不见哭,反而有样学样,也伸出软软的手掌,冲着吴曈的脑袋打了一下。

这回他直接把吴曈的帽子扯了下来。

吴曈吃了一惊,但他还不会表达,只是睁着眼睛看郑随波。

"来来来,看镜头。"

两个爸爸都举着相机,撅着屁股,趴在草坪上冲孩子喊。

吴曈抓住自己的红帽子,转头看了爹妈一眼,嘴角耷拉下来,嗷地哭了。

"骗人!"郑随波一只脚着地,一只手扶墙,冲走在墙头上的吴曈大吼,"我哪里有本事打哭你?"

"你回去问你妈。"吴曈在墙上跨了一大步,迈过一个缺口,回头笑嘻嘻地看着郑随波,"跟哥哥道歉。"

"你把鞋子还给我!"郑随波大骂,"变态!打架就打架,脱鞋子是什么意思?"

吴曈蹲在墙上,手指勾着球鞋的鞋带,冲郑随波晃动他的鞋。

这是山海公园海边的一道矮墙,缝隙里长满了细小的蕨类植物,一棵倔强的榕树撑破了矮墙。

"你跟一班的王晓欢分手没有?"吴曈问他。

郑随波气得话都说不出来,只会指他手里的球鞋。

吴曈和郑随波从小就认识,不仅幼儿园读同一个班,连小学也是同一个班。

据郑随波的爸妈说,郑随波小学入学考试的时候,因为担心没办法和吴曈分到同一个班,在考试现场当场打滚撒泼,给老师留下了非常恶劣的印象。

但郑随波坚决不相信,他认为自己的爸妈是受了吴曈的影响,记忆出了一点儿问题。

两人上了小学也不见消停,郑随波的个子比吴曈矮,吴曈坐在他后面两排,上课没事做就撕橡皮扔他。

吴曈的动作很隐蔽,老师没办法发现。但是郑随波由于愤怒采取反击行动的时候,总是被老师一抓一个准。

小孩子的心思一点也不比大人少，五年级的郑随波被选中去参加学生交谊舞的培训，他的搭档是隔壁一班的王晓欢。

王晓欢很漂亮，但是郑随波一点都不喜欢她。当两人第一次共同培训的时候，王晓欢不牵他的手，只肯圈着他的大拇指。

"你的手好冷，不要碰我。"扎马尾辫的小姑娘一脸倨傲地说。

郑随波一肚子委屈没办法讲，训练完了，离开舞蹈教室的时候，他看到了刚刚从广播站走出来的吴曈。

"交谊舞！"吴曈笑得猥琐，"你完了！你跟女孩子手牵手！"

"没牵上！"

"你的搭档是谁？"

郑随波告诉他，他抿着嘴笑。郑随波特别熟悉他这个表情，知道他肯定又冒出了什么坏主意。

第二天，郑随波和王晓欢谈恋爱的谣言就莫名其妙传了出来。

之后的训练更加难熬了，王晓欢一脸怨恨，连大拇指也不肯圈了，只拈着郑随波的小手指末端。

她气哼哼地说："我不喜欢你！"

郑随波："……"

制造谣言的源头显然就是吴曈。

郑随波以为这种谣言只要自己不理会就行了，但吴曈显然越发来劲，一有空就问他和王晓欢发展到什么地步了。

郑随波一只脚跳着，把吴曈从矮墙上揪了下来，先踢了他几脚，而后抢过球鞋穿好。他走过来和郑随波勾肩搭背，一脸亲热："唉，王晓欢有什么好的，等上了初中，那才是天堂。"

郑随波："什么天堂？"

吴曈压低了声音："你没听过吗？我们要分去的实验中学里，有好多学生是六小和八小的。"

郑随波："哦？"

吴曈："六小和八小的女孩子最好看了。"

郑随波兴趣不大："哦。"

吴瞳在他脑袋上捶了一下:"你是不是男人?"

郑随波烦死他了:"你别打我的头!我就是被你打矮的!"

吴瞳连忙揉他的脑袋:"好好好,不打了不打了。不说王晓欢了,我妈今晚做饺子,你来不来?"

"废话。"郑随波踩了他一脚,"是虾仁馅儿的吗?"

吴瞳装出瘸腿的样子,一跳一跳地回到了班级队伍里。小学最后一次春游结束了,他们即将成为初中学生。

开学第一天,郑随波的妈妈跟郑随波说,让他出门前去爷爷灵前拜一拜,希望他和吴瞳还能分到同一个班。

郑随波满心虔诚地烧香去拜爷爷,恳求老人千万别把吴瞳和自己分到同一班。

他爷爷以前的威名显然水分很足,郑随波看到分班表之后,一整天都垂头丧气。

他的个子开始蹿高,没办法坐在前面了。老师排来排去,居然让他和吴瞳成了同桌。

吴瞳坐在自己位子上,看到郑随波走过来,做了一个飞吻动作。

郑随波把书包摔在课桌上:"吴瞳,你脑子有病吧?"

"嘘!"吴瞳竖起手指,示意郑随波小声点,"你不要败坏我的名声。"

郑随波心情太差了,干脆趴在桌上一声不吭。

吴瞳戳了戳他的手臂:"今晚来我家吃饭吗?"

"不去。"

"有很肥的膏蟹。"

郑随波不吭声。

"还有这么大的弹虾。"吴瞳给他比画。

虽然郑随波看不到,但他有些心动。

吴瞳的爸爸是有名的画家,常常收到学生家长的礼物,郑随波因此吃到过很多质量好的海鲜。郑随波的爸爸身体不好,不吃海鲜,吴瞳知道他馋,老是用这一口吃的引诱他到自己家里玩。

吴瞳又戳戳他:"去不去啊?"

郑随波感到脸红:"好吧。"他是真的很馋。

"郑随波去学画画了?"吴瞳的妈妈一脸吃惊,"他成绩这么好,怎么还去学画画?"

吴瞳大口吃饭:"不知道,他喜欢吧。"

吴瞳的爸爸皱眉:"波仔有天分吗?不会是受你影响吧?"

吴瞳:"他画得还不错。"

父亲立刻提醒:"你从小学画,可不能用自己的经验影响波仔,说话好听点儿,不要老打架。你们是好朋友。"

吴瞳点点头。

点头是一回事,第二天他去了学校,还是照例要揪着郑随波取笑一番的。

他不知道为什么要取笑郑随波,但看到郑随波因为自己的一两句话气得脸涨红,话也说得结结巴巴的时候,他很有成就感。

那时候他们已经是初二的学生了,两人没能继续坐在一起。

每天下午的最后一节课是活动课,广播站的人会在广播室里放几首歌儿,念一两篇散文。声音好听、沉厚的广播员吴瞳不想再放秘密花园和班得瑞的磁带了,他从家里偷偷带来了一盒自己录的玩意儿。

郑随波上活动课的时候,会在广播站楼上的美术活动室里画画,吴瞳把磁带塞给自己的搭档后,就上楼去找郑随波玩了。

"你听出来了吗?"他扬扬得意,问郑随波,"我考考你,这是哪部动画片的歌?"

美术活动室里一般只有郑随波一个人,有时候老师会过来看看,大多数时候,连活动室的钥匙都是郑随波一个人拿着的。郑随波侧耳听了一会儿。

"《棒球英豪》的片尾曲?"他看吴瞳,"老师不是说不能放这种歌吗？"

"谁说不能放了？"吴瞳拉过一张凳子坐在他身边，看他画画。

或许是受到了父亲的影响，吴瞳从小就显示出对色彩惊人的天赋。他五岁时，随手抓起颜料在画板上涂抹，不同色彩的颜料融合成一片惊人的海洋，那幅画至今还放在市里的美术馆里。他对着别人不好意思讲，但总逮着各种机会告诉郑随波："那可是我的代表作。"

郑随波从初一开始学画画，开始的契机挺有意思：美术课老师收作业，发现他构图和画线条特别利落漂亮，便撺掇他跟着自己学画画。他家里没什么钱，一听就拒绝了，可他去了一趟美术活动室就再也走不了了。

他不是没见过画室，吴瞳的画室一直是两人玩耍的地方，但美术活动室不一样。这儿不是吴瞳的地盘，小小的教室里摆满了画架、石膏像和画作。他画了一张速写，老师把它挂在墙上。他看着自己第一幅挂上墙的画作，突然生出了要学画画的念头。

"我不喜欢这首歌，"郑随波说，"听不清楚他唱什么。"

"那你喜欢听什么？"吴瞳问，"我找来放。"

郑随波想了想："《乱世巨星》。"

吴瞳："《乱世巨星》不可能放的，你死心吧。"

郑随波叹了一口气，肩膀耷拉下来："好吧。"

他嘴上一直跟吴瞳说话，手却没停。画板上夹着一张石膏像的照片，他在临摹，但临摹得不十分相似。

吴瞳盯着郑随波的手腕和手指，想指点又忍住了，偶尔看一眼郑随波的表情。

当他无比熟悉的儿时玩伴认真做事的时候，会显出几分不一样的专注。

"波仔。"吴瞳学着大人的口吻喊郑随波，"你也画画我啊。"

郑随波停了手："啊？"

吴瞳指着自己："我……我给你当模特。你想我摆什么造型？"

郑随波笑了起来，皱眉盯着吴瞳。

吴瞳也看着他，眨了眨眼。

活动室里太安静了。广播里的音乐还在继续，《棒球英豪》的片头曲播完了，开始播片尾曲。吴瞳听着歌，立刻就能想起和这首歌匹配的每一帧画面。

"我画你根本不需要模特。"郑随波换了一张新的画纸，有点儿得意，"你去玩吧，放学我就能画完。"

吴瞳半信半疑，挪了挪凳子，靠郑随波更近了，看着他画。

郑随波没再说话，低头削笔。吴瞳手里垫着一张纸，给他接着垃圾。

木屑与铅笔芯的粉末纷纷落下，掉在纸上，吴瞳似乎听到了它们发出的柔软声音。

吴瞳就这样收获了自己人生中的第一幅画像。他觉得自己应该比郑随波画的人物更帅一点，郑随波的绘画技术还是不太行。

"眼睛画得不错。"吴瞳说，"我平时真的这样看人？这么高傲？好讨厌啊。"

郑随波："你以为！你就是很讨厌啊！"

两人又打闹一场。吴瞳拿着画下楼之后，因为擅自更改广播站的音乐和流程，被老师狠狠批评了一顿，并且写了一份五百字的检讨才离开。

学校里早就没人了，这时候郑随波也应该在家里吃饭、洗碗。吴瞳用美术课本夹着那张画纸，跑到照片冲印店里，花了几块钱巨款给它过塑。

他回家之后，匆匆吃了饭，回到房间里就在想，应该把这张画摆在哪里。

画挂在墙上不太好，他觉得自己看到的时候会害羞；藏在抽屉里也不好，他时不时会想拿着看看的。

起初吴瞳还不觉得，但越看他心里越喜欢：画上的人确实和自己很像。

吴瞳把过塑了的画放在桌上，低头端详。他突然很想知道，郑随波画这张画的时候想的是什么。

画上，吴瞳一只手撑在课桌上，支撑着脑袋，正冲着画面之外的人笑。

为什么自己又觉得不像呢？吴瞳想了又想，渐渐明白：他不知道自己看郑随波的时候原来是这个表情，带着再明显不过的快乐，一点儿坏笑，看到郑随波生气之后，眉梢会微微一挑。

原来在郑随波的印象中，自己是这样子的。

为了提升这幅画的价值，吴瞳死缠烂打要郑随波在画上签字。郑随波的名字就大大咧咧地写在画的下方。

吴瞳家里有很多他和郑随波的合影，最早那张是半岁时拍的。他坐在草坪上哇哇大哭，郑随波转头看他，眼睛圆圆的，脸也圆圆的，蓝色帽子上有一团圆圆的毛线球。

吴瞳心想：谁看到这张照片都会觉得郑随波可爱的。

他的手指隔着透明的过塑膜，抚摸着自己的画像。

这张画上有一个笑嘻嘻的他，还有一个郑随波的签名。不知道为什么，他竟然觉得这张画比所有合影都更有意义。

吴瞳站在书桌前，忽然想起自己那盒磁带忘了拿回来。

那盒他自己灌录的磁带里有那么几首歌，唱的是一些朦胧未知的感情。

这一天晚上，吴瞳很晚都没睡着，他一直呆坐在地上看郑随波的画。郑随波有天分，他快乐地想。

他甚至开始想象，许多年之后，他和郑随波一起办画展。两个人的画悬挂在灯光明亮的场馆里，来来往往的人都能看到他和郑随波的名字。

这想象太令人兴奋了，吴瞳睡不着，坐在书桌前开始练自己龙飞凤舞的签名。

一个优秀的画家必须有一个漂亮的签名，这是他父亲教他的。

郑随波觉得吴曈变得很奇怪,他不仅每天风雨不改地去美术活动室看自己画画,还会一边看一边指点:这儿的线不准,这种颜色不好驾驭……

"你没自己的事情可做吗?"郑随波问他,"我知道你一回家就要画画,所以在学校里不想再摸画笔,对不对?那你去打球啊,跑步啊,没必要一直盯着我。求求你走吧,你好烦啊。"

吴曈仔细地把郑随波的画笔按照高矮摆好:"我陪你画画。"

郑随波:"你别弄乱我的笔。这不是按高矮排的,你看到上面的字母没有?"

吴曈重新给它排列了一次。

郑随波:"你很奇怪。"

吴曈脸上的笑一直没消失,他随手剥了一颗奶糖递到郑随波嘴边。

虽然郑随波拒绝了,但他锲而不舍:"吃。"

郑随波伸手去拿糖,但吴曈固执地要喂给他吃。

这已经成了吴曈的习惯。郑随波喜欢吃蟹,但不擅长剥壳,吴曈的手指灵活得要命,青蟹薄薄的壳几分钟就能拆得一干二净,然后他会将白嫩软滑的一条蟹腿肉递到郑随波嘴边。

两人太熟悉了,郑随波也常常往吴曈嘴巴里塞他最讨厌的青椒,他们并不觉得这种动作有什么不妥。可身处学校,郑随波浑身不对劲,他飞快抢过糖块,扔进嘴巴里:"行了,你走吧。"

吴曈打了一个呵欠。平时美术活动室人很少,今天罕见地多了一个女同学,她正对着石膏认真画圆。郑随波不搭理吴曈,吴曈觉得没意思,走到女同学身边看了一会儿,忍不住抓笔给人修改画面。

他一拿起画笔就来劲,认真指点画面上应该加深的部分:"简单来说,你要用深色来凸显浅色,而不是不涂色……"

他指点完毕又觉得无聊,回头看角落里的郑随波,随手从别人的画板上抄起一张白纸,对着郑随波画速写。

画完了,他把画纸放到郑随波面前:"这是你。"

郑随波被他这样一挡,饱蘸了颜料的水彩画笔落下的位置不准确,蓝色的天空上突兀地出现一团褐色。

"这是我明天要交给老师的作业!"郑随波是真的生气了。美术老师答应教他,而且不收一分钱。每天下午放学前的活动课,他可以随时到美术活动室画画。他非常珍惜这个机会,这张水彩小品快要完成了,结果就这样被吴瞳毁了。

吴瞳知错,把画纸一扔,飞快跑走。教学楼旁种了好几棵龙眼树,指甲盖大小的龙眼一簇簇挂在树上,微风吹来清爽的香味。他奔到楼下,抬头一瞧,郑随波果然扶着栏杆骂他。

"你再画一张啊!"吴瞳大笑,"这张丑死了!再画一张更好的!"

郑随波用橡皮砸他。他快乐极了,干脆跑到操场上跑圈。

吴瞳把郑随波的画拿给父亲看。他骄傲而得意地等待父亲露出惊讶的表情,而父亲如他所料,不住地问:"这是波仔画的?"

吴瞳又跟郑随波复述父亲的话,连同说这话的表情和语气也学得惟妙惟肖。表演完了,吴瞳问:"你听清楚没有?"

郑随波手里拿着一本中考冲刺金卷,愣愣地看着吴瞳:"啊?"

他正在吴瞳的房间里,让吴瞳帮他复习政治和历史,他则协助吴瞳学数学与物理。中考在即,他的全部心思都扑在考试上,立志要做考分最高的艺术特长生。

"我爸说你特别棒,特别厉害。"吴瞳重复了一遍自己的话,"他说你如果愿意,中考之后可以跟我一起上他的课。"

郑随波看着他,仿佛看着一个傻瓜。

吴瞳:"我爸是当代著名油画家。"

郑随波:"我知道,我知道你爸厉害,可是你们说的是我?"

吴瞳:"你想不想跟我一起学画画?"

郑随波当然是想的,做梦都想。他们同住一个院子里,就那么两栋宿舍楼,吴瞳家在一楼,他爸租了隔壁的房子,把它当作画室,他去参观过。他的美术特长生生活是从少年宫开始的,他的美术老师把他推荐给自己的朋友,他的习作令那位老师很吃惊,以很低的学费收了他做学生。那位老师得知他认识吴瞳,又认识吴瞳的父亲,不止一次跟他说:"你去上吴老师的课,可比跟着我有用多了。"

"想。"郑随波小声说,"特别想。"他被自己的话弄得有些不好意思了,趴在桌上笑。

吴瞳贴着阳台门框,晚风把他刚洗完的头发吹得乱蓬蓬的。

"有什么问题你都可以问我。"他说,"其实我也可以教你的,我够格。"

郑随波嗤笑:"你好不要脸。"

吴瞳:"你又夸我!"他扑过去捏郑随波脸颊的软肉。

郑随波大吼:"去死吧,变态!"

两人打打闹闹,吴瞳在阳台上蹦来蹦去,眼看就要跨出阳台逃到院子里。郑随波从后门处拉他的裤子,他登时在栏杆上磕了一下。

他立刻趴在地上,手捂着两腿之间,疼得冷汗直冒。

"啊?你撞到栏杆了?"郑随波手忙脚乱,蹲在吴瞳身边,问完又笑,"活该。"

吴瞳扭头,郑随波发现他居然疼出了眼泪。

"哭了啊?"郑随波有点心软,"你还能说话吗?我叫叔叔过来?"

吴瞳一把揪住郑随波的衣角不让他走。

"疼死我了。"吴瞳眨眨眼睛,挤出一滴眼泪,可怜巴巴的,越发虚弱,"真的好疼。"

郑随波知道他可能在演戏,左看右看,故意说:"你房间里以前不是有云南白药吗,我找来喷一喷。"

"神经病。"这回轮到吴瞳骂人了。他仍旧趴在地板上,扭头看着郑随波,一双眼睛因为刚刚条件反射流了泪,湿漉漉的,看上去很无辜:"你也撞一下,我们扯平。"

郑随波站起身,反复察看着角度,寻找自己再踩一脚的机会。

中考结束之后，吴瞳果真把郑随波带到了父亲的画室。让郑随波吃惊的是，他父亲画室里的所有学生中，自己居然是年纪最小、基础水平最低的。郑随波顿时觉得自己那艺术特长没什么可炫耀的，实在不好意思耽误长辈的时间，小声跟他说算了。

吴瞳怎么可能答应，他好不容易发现郑随波这么一块璞玉，恨不得第二天就完成两人一块开画展的愿望。他先安抚了郑随波，然后拍着胸膛跟父亲说："郑随波，我先带他半年，把他的基础打好，然后他再跟你一起学。"

别人不晓得，他爸完全清楚他心里的想法："你想当波仔的老师？"

"郑随波有天分，"吴瞳说，"我教他跟你教他其实是一样的，等他的基础水平达到了你的要求，他可以跟我一块儿上课。"

郑随波就这样拥有了一个小老师。

他以为吴瞳是想带自己进画室玩儿，不料吴瞳一端起"吴老师"的架子，说话做事的态度跟平常大不一样。吴瞳比少年宫的美术老师严格太多了，批评起他来毫不留情：这儿不行，那儿不行，色彩太脏是他视力不行，构图太满是他性格吝啬，速写结构一塌糊涂，是他不肯用心分析人体，浪费时间。

画室里的人不止一次看到郑随波流眼泪，都是被吴瞳不留情面批评弄的。郑随波也顽强，不会呆呆坐着任凭吴瞳批评，吴瞳今天说他不准确的地方，明日他一定会交上一份更好的作业。

他拼了命地学画画，画室里其他学生都乐意指点他。甚至有人撺掇："要不我教你吧？吴瞳这孩子平时看不出来，怎么对你这么凶。"

那时候郑随波已经不会被吴瞳骂哭了。他认真回答："不，我就要吴瞳当老师。"

"你们感情真好。"

"我要他跪在我面前，心服口服地说一句，郑随波，你比我强。"

郑随波大声道。

他的声音回荡在画室里，吴瞳拎着静物走进来，听得一清二楚。他放好花瓶和果子，奋力鼓掌："好！郑随波，好！不自量力的人最喜欢做梦了。"

郑随波立刻蹿回他身边，两人边斗嘴边摆出画架，很快沉默下来，拧着眉头画画。

画画对郑随波来说是一件非常快乐的事情，他忘了和吴瞳的争执，在结束静物写生之后，他抬头一看，画室里只剩下他一个人。

"怎么样，还行吧？"他挑挑眉毛，看向吴瞳的画，但是才看一眼，他就不吭声了。吴瞳对着静物画出了一幅抽象作品，用色狂放大胆，画面中心是一个剖开的紫红色苹果，呈多边形，核里滴下水来，像浮在深紫色水潭上的一颗心。

郑随波又是不甘，又是钦佩。吴瞳仔细看了他的画，破天荒地点点头："不错。"

郑随波猛地回头："什么？"

吴瞳重复："不错。"

郑随波："你是吴瞳吗？你可没夸过我。"

吴瞳："我没有吗？"

郑随波把画纸收起来，一脸骄傲道："我本来就画得不错。都是你，总说我的画这也不对，那也不对。我要是一个普通人，早被你打击沉了。"

吴瞳一脸坏笑，揉他的头发："我们郑随波不是普通人，是天才。"

郑随波摇头晃脑："那当然。"

吴瞳站在郑随波身后，忽然问："郑随波，怎么我说什么你都信啊？万一我是故意的呢？我妒忌你的才华，所以故意打击你。"

郑随波立刻笑了："怎么可能，你是吴瞳。"

吴瞳："吴瞳怎么了？"他转到郑随波面前，叉着腰说，"吴瞳就不能小心眼？就不能狭隘了？你不要对我有盲目崇拜。"

"因为你特别骄傲,所以绝对不会做这种低级的事情。"郑随波说。

他讲得极其认真,就像知道吴瞳的问题里藏着紧张和揣测的心思。夏天的余晖从窗户漏进屋子里,他在夕阳中微微眯起眼睛。他有柔软的头发,柔软的脸颊,以及温柔的笑眼。

"你以后只要不打击我,不说我的画丑,我们就还是好朋友。"郑随波强调,"'丑'字,我听一次打你一次。"

吴瞳立刻凑近他,拧他的脸颊:"丑死了,丑死了。"

十五六岁的生活复杂又简单,在这个漫长的暑假里,郑随波和吴瞳先后接到了三中的录取通知书。

吴瞳和郑随波决定放松一天,去海边游泳。两人骑车到街口,才想起泳镜放在画室里,只得回头去取。

画室关着门,很安静。吴瞳把车扔给郑随波,自己当先开门迈了进去。郑随波紧随其后,但他还未跨进画室里,吴瞳忽然从里面冲出来,几乎和他撞个满怀。

郑随波吓了一跳,吴瞳甚至不让他回头,拉着他一直往外走,越走越快,最后松开他的手,自己往前跑。

"吴瞳——"郑随波追不上他,眼睁睁看着他消失在大街上。

晚上下起了大雨,吴瞳的父母挨家挨户地问有没有人看见吴瞳。郑随波一家人也跟着他们一块儿找,吴瞳就像消失了一样,学校和院子里没了他的踪迹。

雨一直下到后半夜,然后开始打雷。郑随波的父母陪吴瞳的爸妈去派出所报警了,郑随波睡不着,一个人在房间里呆坐,直到听见阳台窗户被敲响。

吴瞳是直接爬到郑随波房间阳台的,他淋了一身雨。郑随波手忙脚乱,给他找干净衣服和毛巾。他扭头看见墙上贴着几张画,有自己给郑随波画的速写,还有那幅抽象的苹果。

当郑随波拿着干净浴巾回到房间时,吴瞳正好把那两张画撕得稀烂。

"你干什么！"郑随波把毛巾往他脑袋上一扔，急得抓起地上的纸屑，"为什么要撕我的画？"

"是我的画。"吴曈的声音低沉嘶哑，他俯视着试图把碎片拼凑好的郑随波，"扔了吧，都是垃圾。"

"你把它送给了我，它就是我的！"郑随波恨恨地瞪他，"今天你怎么回事？你爸妈找你一整天了，你不回家，偏偏跑到我房间里乱来……"

"因为是我画的，所以你不舍得吗？"吴曈打断他的话。

他踩在水泥地面上，地面上留下了一摊水。夏天的轻薄衣裤贴着他的肌肤，被风扇一吹，起了细细的鸡皮疙瘩。他一点儿不觉得冷，不觉得不舒服，又问了一次："因为是我画的，是吗？"

"对啊！怎么了，不行吗？"郑随波恨恨道。天知道他有多喜欢这两幅画，他每天醒来、睡前都要看上很久，吴曈是他的老师，也是他的目标。

吴曈蹲了下来，用湿漉漉的手指拢起那些碎片。他一片片地拼，郑随波凑得很近才听见他的呼吸。郑随波犹豫一瞬，抓住毛巾擦他的头发，又是担心，又是难过，小声问："你怎么了？"

十六岁的吴曈低声哭了，他的眼泪落在画纸上，洇开圆圆的一小片。

没多久，吴曈和母亲搬离了这个院子。夫妻俩冷着脸，迅速办好了离婚手续。吴曈坐上搬家公司的车，回头冲郑随波挥手。

他给郑随波留下的，是自己所有的画笔、颜料、纸张还有几十本厚重昂贵的画册。

"我不画画了。"吴曈说，"看到这些我就恶心。"

郑随波问不出原委。他以很高的分数考上了三中，是当年所有艺术特长生中的最高分。少年宫的老师给他介绍了一位老师，高中三年他就跟着这个老师学画画，他每次去到画室，总会想起热衷给他捣乱的吴曈。

吴曈不再到郑随波家里做客了,也没提起自己的父亲,但只要郑随波上课,吴曈就偷溜到少年宫去陪他。

郑随波以为吴曈家里出了那么大的事情,他的性格应该会有所改变。对,他确实改变了,变得更加刻薄,原本自由惯了的性子越发不受控制,浪荡又不要脸。

吴曈仍把批评郑随波当作自己的兴趣和责任,郑随波听那些话听得耳朵都起茧了。虽然郑随波听一次怒一次,但他每次看到作品,都越发确认自己的伙伴距离那个紫红色的苹果越来越近了。

高中分班,郑随波终于和吴曈分开了。他极为兴奋,甚至高兴到要在自我介绍的时候给班上同学唱一首《乱世巨星》。

同桌是一个看上去斯斯文文的白净男孩,郑随波用自己艺术家的眼光迅速做出判断:这个男孩长得很好看。

第一天的课程很无聊,郑随波跟喻冬偷偷聊天,偷偷画喻冬的速写。放学后,吴曈来找郑随波,当时他不在位置上,吴曈看到了他桌上的画儿。

郑随波回到教室,看到吴曈已经撕完那两张速写,正扔进垃圾筐里。

他暴怒了,冲过去抓起书包往吴曈身上狠狠地砸。吴曈被吓了一跳,扭头笑道:"画太丑了,我帮你丢掉。"

"绝交。"郑随波指着吴曈的脸,他知道这是一个极其不礼貌的动作,但此时此刻他完全被愤怒控制了,"你永远别想跟我说话。"

吴曈一愣,笑着追上去:"这么宝贝啊?不就两张速写吗?我可以画给你……"

画字一出口,他顿时想起自己已经决定不再画画,面色霎时间沉了下来。郑随波没注意到他的异样,冲进车棚取车。他坐在郑随波单车的后座上:"是那两张画宝贝还是人宝贝?你交了新朋友就不要我了是吗?"

"对,喻冬是我的新朋友,你算老几。"郑随波气得脸都涨红了,

"我以为我上了高中能摆脱你的魔爪,没想到你这么赖皮。吴疃,那是我的画,世界上只有我一个人有资格撕它,你凭什么?"

他把吴疃推开,吴疃顺势坐在地上,仍是笑:"凭我是吴疃。"

郑随波:"神经病!"他干脆扛起自行车,跨过吴疃,头也不回地走了。

吴疃在郑随波身后喊:"我不能让郑随波画垃圾画!"

郑随波戴上耳机,推着车子飞快跑开。

郑随波愤怒的宣言显然没有对吴疃形成任何威慑力。郑随波负责班上国庆黑板报的制作,还要设计校内的两块黑板报。他好不容易打好草图,不过是去小卖部买一瓶水的工夫,回来时黑板已经被擦得乱七八糟。

吴疃正在墙角磕黑板擦,抬头笑道:"我帮你清理了一些垃圾。"

郑随波先是把水砸向他,吴疃躲过了,郑随波干脆跳过去和他扭打在一块儿。若不是喻冬赶来把两人拉开,郑随波必定要把他打得满地打滚。

"你再擦我草图试试!太久没被我揍过了是吗?"郑随波被喻冬拉着,仍拼命抬腿去踢吴疃。

吴疃伸了个懒腰:"你再画这些没意思的东西,我就继续擦。"

郑随波:"你明知我最讨厌别人碰我的画!"

吴疃又笑了:"你别画了,丑。"

郑随波口不择言:"你去死吧!"

吴疃笑着:"好哦。"

激怒郑随波似乎成了他的乐趣。等喻冬走了,他买了两根热狗回到郑随波身边,发现郑随波已经开始重画黑板报。郑随波察觉他靠近,立刻抓起黑板擦扔向他。

吴疃一边吃热狗一边躲闪:"你哭了?"

郑随波:"哭个鬼!我能画出更好的!"

吴疃吃完两根热狗,靠在墙角打瞌睡。不知过了多久,他忽然惊醒,抬头看见郑随波站在面前。

"刚刚我说让你去死,不是真的。"郑随波说,"那是气话。"

吴疃:"我知道。"

郑随波蹲在他面前:"那'好哦'是什么意思?"

吴疃太熟悉郑随波了。郑随波生气的时间很短,有时候一觉醒来就忘了气什么,有时候就跟现在似的,一转眼又和自己聊上了天。

吴疃心想:怎么会有这么有意思的人呢?这样的人居然在自己身边,他们居然认识了这么多年。他觉得自己这辈子无论去到哪里,都找不到跟郑随波一样有趣的人了。

郑随波又问一遍:"你怎么了?"

吴疃捏他的鼻子:"我以后不会再说你的画丑。"

郑随波根本不信:"这句话你说一百次了。"

吴疃嘴上说"真的",心里默默念了句"尽量吧"。

操场上有学生在踢球、跑步,郑随波买来两个冰激凌,指着黑板报说:"我已经想好画什么了。我要把这几块黑板当作一个整体,一张完整的画布,我就画一张画。你等着,我敢保证,就算是你这么挑剔的人,看到它也会……"

"我看到了。"吴疃忽然开口。

郑随波一怔:"我还没画完。"

吴疃:"我看到我爸在画室里。"

他说这些事情的时候低下了头,郑随波忽然想起他顶着大雨敲响自己阳台窗户的那一夜。

当吴疃进入画室取泳镜的时候,他在画室的沙发上看到了衣不蔽体的父亲以及在画室里跟着父亲学画画的一个女人。

他在外面淋了一夜的雨,没有别的朋友可以诉说,只有郑随波。但他看到郑随波之后,屈辱和羞愧让他根本无法启齿,这样的事情要如何对最亲密的朋友倾诉?他甚至想从自己的脑海里挖去那一段记忆。

吴疃一直以为父母是恩爱而甜蜜的,很少吵架,爱开玩笑,和所有幸福的家庭一模一样。父亲从小教他画画,父亲说画室是非常神圣的,是自己梦想的航船,任何人不能玷污。

吴瞳撕碎了自己的画,同样也撕碎了自己的理想。

"我永远不会再画画。当我拿起画笔的时候,我就会想起他,太恶心了,我受不了。"吴瞳低声说,"如果我继续画画,或许终有一天也会遇上他。他会评判我的作品,会点评,但我连听到他的声音都觉得恶心。"

他反反复复说着"恶心",说到最后,他抓住了自己的头发。郑随波有些害怕,握着他的手,说不出一句安慰的话,半天才蹦了一句:"那我继续画吧。"

吴瞳:"嗯。"

郑随波:"我这么厉害……你别笑,听我说!我画下去,说不定终有一天会碰上你爸爸。那时候别人问我,郑随波,你的老师是谁啊?我就当着他的面说,我的老师是吴瞳。"

吴瞳大笑,笑完提醒:"你正儿八经的老师是少年宫的老张。"

郑随波认真道:"也有你啊。"

吴瞳笑得没完没了,甚至滚到地上。他摊开手脚看着夜空,星星像烧不尽的灰屑,让他心头有些难过。"你要完成我的梦想吗?"他问。

郑随波摇头晃脑:"看情况吧。"

"你不会远离我,对吗?"吴瞳又问,"我要永远黏着你,我得看着你成名,看你开画展。然后我站在画展门口,见一个人就说一次:我,吴瞳,是郑随波的伯乐。"

郑随波踢他一脚:"你烦不烦?"

吴瞳爬起来笑道:"我是郑随波最好的朋友,是郑随波的老大。"

郑随波抄起粉笔砸他:"谁说的?你不是!"

吴瞳跑到操场上,冲天空大喊:"我,吴瞳,是郑随波最重要的人!"

黑板擦破空飞来,准确砸中他的肩膀,登时冒出一片彩色粉尘。

郑随波在北京学画那段时间，沙尘暴仍然很厉害。

元旦这天早上，他被手机铃声吵醒，揉着眼睛抓住手机，溜出宿舍，迷迷糊糊地接了电话："喂？"

吴曈的声音像从他未醒的梦里钻出来一样，落进他耳朵里。

"醒了吗？"吴曈说，"你住在哪个地方？"

郑随波没回过神："什么？"

"我在首都机场，直接坐地铁可以到你那边去吗？还是要搭机场大巴？"吴曈说话有些颤音，"北京这么冷吗？"

郑随波呆呆地攥着电话，一下清醒了。

"我这是跟喻冬和宋丰丰学习。"吴曈振振有词，"想见的人就要立刻去见，不能犹豫，书里也是这么说的。你们元旦放假了吗？我说去省城买资料，然后从省城飞过来了。"

郑随波在路边被风吹得直哆嗦。几个月前，他在省城培训，吴曈几乎每周上省城看他。现在他到了北京，没想到吴曈居然跟了过来。他不知道怎么应吴曈，攥着电话大吼："你到了没有？废话这么多！"

他刚吼完，有人从身后一把揽住他的肩膀，笑意随着胸膛的振动传来。

"我来啦。"吴曈说。

吴曈精神很好，肩上挎着书包，穿了一身羽绒服，似乎有些陌生，但其实也没什么区别。郑随波原本以为他又骗自己，但看到他几乎没有带任何行李，终于相信他只是打算过来看自己一眼。

吴曈把郑随波的毛线帽子摘了，揉乱他的头发："什么帽子，这么丑。"

他从书包里掏出一顶酒红色的帽子，递给郑随波："戴我这个。"

帽子上的标签还没撕，郑随波怔怔接过："这是什么？"

"你傻了。"吴曈说，"帽子。"

郑随波没吭声，扯那个标签半天都扯不下来，怕把帽子弄坏，干脆就着标签将它戴在了头上。

"新年礼物是吗？"他问。

"不是。"吴瞳在地上小步地跺脚,"圣诞礼物。"

郑随波:"那新年礼物呢?今天元旦了。"

吴瞳从书包里掏出两张展会门票。郑随波一看票上的大字,立刻激动了:"天哪!你从哪儿弄来的?"

这是他极为喜欢的一位画家全球巡展的最后一场,恰好就在北京,两天后结束。他想尽了办法都买不到票,那是半公开的展览。

吴瞳在原地跳了两下,他的鼻尖冻得通红:"找我爸要的。"

郑随波不敢接门票了。他知道吴瞳和父亲关系恶劣,但为了自己,吴瞳三番五次打破了原则。吴瞳把门票塞到口袋里,抓起他的手便往前走:"我今晚的飞机,现在咱们就去看展。"

郑随波心想:可今天我还得上课。这念头从他脑子里一掠而过,没留下一点儿痕迹,他高高兴兴地和吴瞳进了地铁站。

两人在画展里足足泡了一天,傍晚时恰好主办方邀请创作者开了一个小讲座,郑随波和吴瞳饭都顾不上吃,饿着肚子听完全程。吴瞳有时会扭头看郑随波,郑随波的眼睛亮亮的,里面装着他的偶像。

吴瞳觉得这样的郑随波一样十分有趣。

散场后,郑随波坐着地铁把吴瞳送到了机场。他催促吴瞳去办理登机手续,吴瞳理了理郑随波头上的毛线帽子,笑着说:"人长得不怎么样,戴上我这顶帽子好像还不错。"

郑随波对他完全无可奈何:"你千里迢迢飞到这儿,就是为了贬我一句吗?"

"不是。"吴瞳把手揣进口袋里,盯着他,"是为了确认自己的……"

郑随波没有等到吴瞳说完这句话,广播就开始催促还未办理登机手续的乘客抓紧时间。

"我走啦!"吴瞳在他的脑袋上一拍,边往后退边笑着说,"我回海边等你。"

吴瞳说要考到北京,结果真的考到了北京。

郑随波有些佩服吴瞳的行动力,但随即又发现,吴瞳把这种可靠的行动力用在了完全不可靠的事情上。

吴瞳的学校和宋丰丰的学校距离很近,他常常去找宋丰丰玩,回来之后就跟郑随波讨论要怎么帮宋丰丰走出阴影。

"他好可怜啊。"吴瞳说,"我想帮帮他。"

郑随波很感动:"是啊,毕竟你们以前也是同桌。"

郑随波不知道吴瞳是怎么帮宋丰丰的,直到宋丰丰告诉自己,吴瞳给他介绍了十八个妖娆的小姐妹。

郑随波看到了宋丰丰手机上吴瞳发的照片,惊得目瞪口呆。

"吴瞳说这个人特别好,性格温柔,学的是传媒,脑子灵活,玩得开,很快就能帮我忘记以前的事情。"宋丰丰面无表情地跟郑随波说,"吴瞳认识的人倒是挺多哈。"

郑随波看着手机里的照片,同样面无表情。

"好的,我知道了。"郑随波对宋丰丰说,"实在不好意思,我会跟他沟通。"

宋丰丰点点头,心满意足地收好手机,末了又提醒一句:"你们不要打架,好好讲话。你最好别告诉吴瞳是我告诉你的。"

结果两人还是打了一架。

吴瞳自知理亏,完全不敢还手,任由郑随波用抱枕甩了自己三十九下。他将这数字默默记在心里,心想:以后我可以从别的地方讨回来。

"宋丰丰不是一直因为喻冬不告而别心里郁闷吗?那郁闷就得多交朋友啊,男的女的,熟的生的⋯⋯"吴瞳举手求饶,"够了啊,四十下了!这种布料太粗糙,你换柔软一点的打好吗?"

郑随波停手了,把抱枕扔到吴瞳身上:"你多管闲事。"

这是郑随波在校外租的房子,吴瞳用兼职的钱和他分担了一部分房租。房子的一部分被他改成了自己的工作室,他常常在这里一忙就是一天。

吴瞳给他开了一罐啤酒,郑随波坐在窗边,伸手接过。

"吴曈，你有什么想做的事情吗？"郑随波问。

吴曈坐在他面前，阳光透过蒙蒙雾气落在他的脸上。

"我的老师今年去了日本，他问过我几次，有没有兴趣过去。"郑随波说，"吴曈，我想去。"

吴曈静静地看他，眼里没有一丝情绪波动。

等不到他说话，郑随波只得又开口："但我……我不知道你是怎么想的，你是要回家的吧？毕业之后。"

"不回。"吴曈回答，"你去哪里我去哪里。我说过了，我是你的伯乐。"

郑随波害怕的就是这个。

吴曈的生活从来没有明确的目标，自己去哪里，他就跟去哪里。他把所有的梦想和希望都寄托在自己身上，有时候郑随波会感到惶恐，生怕自己的存在让他的人生出现不安定因素。

如果吴曈不知道往哪里去，他可以推着吴曈走。

如果有一天吴曈发现走错了，他可以责备自己，这没有关系。郑随波不会后悔自己曾推着他朝着某处前进。

郑随波是朝着自己的目标一路狂奔的人，但现在他不敢跑太快了。他想慢慢走，他要等一等吴曈。

他希望吴曈也不要后悔——不后悔往前走，也不后悔他们曾经做的一切。

"我记得你特别喜欢看古里古怪的历史书。"郑随波问他，"你对这个感兴趣吗？"

吴曈瞪他："古里古怪？"

郑随波犹豫片刻，小声说："我的师母是美术史的教授，现在也在日本。"

吴曈点头："我知道。我准备跨专业考她的研究生。"

郑随波："你……你怎么……"

吴曈嘴角一扬："我早听你的师兄说，你有去日本留学的想法，那我当然得早做准备。"

他们俩养的小猫在画架下伸懒腰,轻轻地叫了一声。郑随波尚处于震惊之中,一时没回过神。吴瞳捏了捏他的鼻子:"我说过要跟着你的,我还要给你办画展。"

郑随波喃喃:"这很难。"

"你不要骗我。"吴瞳哼了一声,"总不可能比教你还难吧?"

郑随波:"……神经病。"

吴瞳:"傻瓜。"

郑随波:"你才傻,你是天底下最蠢的人。"

吴瞳大笑,他永远对激怒郑随波充满乐趣。郑随波每每冲他露出丰富的表情,他总能从这寻常的情绪里找回自己的原点。

小猫蹿上窗台,趴在啤酒罐旁。易拉罐沁出汗珠一般的水滴,渐渐下滑。两只鸽子从窗外相携飞过,在年轻的脸颊上留下一掠而过的羽痕。

(完)

番外三 ♥
南方

　　市中心的商场里开了一个游乐场，里面靠墙摆着十几台抓娃娃机。宋扬去过一次之后，就深深沉迷于这种游戏，有事没事就在家打滚踢腿，要宋丰丰带他去玩。

　　宋丰丰带他去玩过很多次，烦得要死，一见他打滚就冲喻冬使眼色。

　　喻冬也冲宋丰丰使眼色：那是你弟弟，你自己解决。

　　宋扬："哥哥，你又长针眼了？"

　　宋丰丰无可奈何，把他抱起来："明天我带你去抓娃娃。"

　　五岁的宋扬已经像一个沉甸甸的小沙袋了。

　　宋丰丰看了一眼桌上的稿纸，抬头冲喻冬露出恳求神情："我带他去玩，你帮我写这个发言稿好不好？"

　　宋扬立刻吼一声："好！"

　　喻冬："你知道是什么吗就说好？你来写。"

　　宋扬二话不说，拿起笔就在纸上画了两个大圈。宋丰丰任他乱画，可怜巴巴地看着喻冬。

　　喻冬败下阵来："好吧，等宋扬吃完饭，我帮你看看。"

　　此时正是八月，是暑气最重的时候。

　　宋丰丰放了假，每天不是盯着足球队练习，就是在各个高中里搞巡回演讲,演讲内容是:我是如何管理冠军队的。

三中的足球队终于拿下了一次华南地区联赛的冠军,创造了本校和本市的历史。

听众是各中学的体育老师和足球队教练、队员。有时候连篮球队、田径队、排球队、羽毛球队的人也要过来凑凑热闹,一个个亲热地握着他的手,一口一声"宋指导"。

宋丰丰的演讲稿是学校的语文组组长润色过的,虽然基本是大白话,但他觉得没什么不好,自己读得顺利,下面的听众也听得认真。偶尔看到几个打瞌睡的学生,宋丰丰甚至很同情他们:三十多度的天气,在哪里睡不比在没空调只有吊扇的阶梯教室里舒服?

今天白天,他在华观中学介绍经验的时候,华观的教导主任正在学校里值班。他在阶梯教室门后探头探脑,回到办公室之后就跟等他下棋的三中校长说了一些这样那样的话。

"校长肯定是被取笑了。"宋丰丰跟喻冬说,垂头丧气,"他说我的演讲稿写得不好,重新搞一份。"

虽然喻冬很同情宋丰丰,但他忙于应付在家中寄住的宋扬,没管他。

宋英雄出海了,宋扬的妈妈跟朋友出门旅游,宋扬无处可去,在宋丰丰和喻冬这儿一住就是好几天。

他有一个自己的房间,地毯上堆满了宋丰丰和喻冬和他出去玩的时候给他抓的娃娃。每天晚上睡觉之前,他都会坐在床上,挑选可以一起睡觉的娃娃。

喻冬催促宋扬吃饭时,突然想起一件事:"下周是张敬的小孩生日,要不要回个礼?"

宋丰丰看着他没吭声。

我生日你都不见这么上心,他心想,一个小屁孩子算什么。

喻冬的生日好记,宋丰丰每年都记得住。

但今年喻冬没给他正经过生日,只是在谈生意的间隙,忽然想起来似的给他打了一个电话:"生日快乐。"

宋丰丰也没能跟喻冬多说几句话。那天,宋扬表示哥哥过生日没人陪很可怜,决定陪哥哥去游乐场抓娃娃。隔天宋丰丰还问继母:"家里有白事的话,是不是没过年不能过生日?"

继母:"我没听过这种传统。"

宋丰丰好长一段时间都半信半疑。

宋丰丰把宋扬哄到床上睡觉之后,去客厅把他的娃娃全部收拾放好回房间。经过书房时,他看到喻冬正皱眉对着自己的稿纸发呆。

"很难写?"宋丰丰凑过去问。

稿子写了一半,都是套话。

喻冬看着他:"太难了。"

让喻冬也为难的事情,那就是真的很难了。宋丰丰忍不住笑:"难的话就算了吧,你这脑子其实也不该干这个。"

喻冬一脸狐疑地看着他:"不是你让我帮你写吗?"

"不写了。"宋丰丰认真说,"睡觉。"

喻冬眉毛一挑:"哦?那你演讲……"

宋丰丰舔舔嘴巴:"我去网上抄一篇。喻总这样的人物,怎么能把时间浪费在给我写演讲稿上。"

喻冬立刻把稿纸一推:"不写了,洗澡去。"

距离他们搬进这个房子已经过去五年了。喻冬从浴室的镜中看自己的眼睛。

五年很短,它还未来得及在喻冬的眼睛里刻下任何沧桑的印记。镜中与他对视的,仿佛仍旧是十七八岁的男孩。

第二天,宋丰丰很早就叫醒了宋扬。

宋扬选择一起睡觉的娃娃有五只,几乎占据了他脑袋旁边的所有空间。宋丰丰掀开空调被去挠弟弟,他被宋丰丰闹醒了,在床上打滚,一只穿裙子的小熊从他怀里滚出来。

宋丰丰一下就认出这是周兰送给宋扬的礼物,也是宋扬的第一个娃娃。

周兰是去年底走的。她出门旅游回来，还没来得及把带回来的特产分给亲戚，晚上就静悄悄地走了。

那天，宋丰丰和喻冬开车去接周兰回兴安街，那时候太晚了，两人在二楼喻冬的旧房间里休息，第二日却不见周兰起床。

宋丰丰至今还记得自己跑下楼时，从周兰房间里冲出来的喻冬是什么样子。

他脸色苍白，却仍旧十分镇静，拿着手机说要叫救护车，但电话半天都拨不出去。

宋丰丰接过他的手机，转身跑回周兰的房间里。宋丰丰在门外打电话的时候，看到他跪在床边，一直紧紧抓着周兰的手。

宋英雄说无病无灾地走，不受苦、不受累，这是喜事。

乌头山上原本就有很多坟墓。墓碑长年累月地伫立着，一年又一年，春草结了秋籽，湿润角落里长出新的蕨类。佛寺有了新业务，给山后墓园里往生者的骨灰盒念经。

周兰就在那样一个地方歇着。从墓园那里可以看到海和半个城市，天气晴好的话，远处的渔船也能看得一清二楚。

"你是不是男孩子？"宋丰丰作势要抢宋扬怀里的小熊，"这只熊是穿裙子的，你也要穿裙子？"

宋扬不给他小熊，抱着小熊缩进床里。

"给我。"

"不给。"宋扬噘嘴，"这是我最喜欢的一个。"

宋丰丰心中一动："你记得这是谁给你的吗？"

"周嬷。"宋扬别过头看着宋丰丰，"喻冬哥哥的阿嬷。"

宋丰丰想了想，又问："你知道周嬷去了哪里吗？"

宋扬抱着小熊翻身，明亮的眼睛看着宋丰丰。他和宋丰丰小时候很像，浓眉大眼，但没有那么黑，少了一些让人头疼的调皮，多出几分憨来。

"周嬷走了。"宋扬说，"她变成美人鱼回大海了。"

宋丰丰:"什么?谁说的?"

宋扬理了理小熊胸前的蝴蝶结:"喻冬哥哥说的。"

宋丰丰:"世界上没有美人鱼。"

宋扬:"我知道。"

宋丰丰:"那你还信?"

宋扬一下从床上爬起来:"我五岁了!我知道世界上没有美人鱼,但是喻冬哥哥那样说,我就装作相信的样子听一听。"他抬起头,模样十分神气。

"喻冬哥哥那么伤心,我就安慰安慰他。"宋扬笑起来的样子跟宋丰丰也很像,"他以为我信了,所以他后来就不难过了。"

宋丰丰把他抱在怀里,揉他的脑袋,吧唧在他头顶亲了一口。

喻冬这傻瓜,宋丰丰心想,他还能找点儿别的说辞吗?更便于小孩子理解的,长大了也不至于幻想破灭的。

他随后又觉得,喻冬果然不如自己这个正牌哥哥更懂宋扬。他早就知道宋扬懂得很多东西,寻常谎话根本骗不了现在的小孩儿。

"起床刷牙吃饭。"宋丰丰说,"你那个蜘蛛侠的牙刷我洗干净了,你自己刷。"

宋扬小心地把娃娃摆在床头,跳了下来。

"我……我刷三遍吧。"宋扬跟在宋丰丰身后,走出房间,"我要保护牙齿,蜘蛛侠就没有蛀牙。"

他站上小板凳的时候还乐呵呵地说:"等以后我见到了蜘蛛侠,他一定会夸我。"

在旁边洗脸的宋丰丰转头提醒:"世界上也没有蜘蛛侠。"

宋扬:"有的,我在电视里看到了,他会飞。"

宋丰丰:"蜘蛛侠跟美人鱼一样都是假的。蜘蛛侠就是一个演员,他的故事完全是编的。"

被挤到蜘蛛侠牙刷上的牙膏晃了几下,啪嗒掉下来。宋扬噘着嘴巴,把牙刷一扔,一边哭一边往外跑,去找喻冬评理。

"他知道美人鱼是假的,但是不相信蜘蛛侠是假的。"宋丰丰皱着眉头,一脸困惑,"为什么?"

张敬紧张地四处看,最后发现自己女儿在别处,没听到宋丰丰的话。他的女儿极其热爱美人鱼,并且相信美人鱼一定是存在的。

"你不要戳破小孩子的梦。"张敬压低声音,"你多学一些儿童心理学。"

"喻冬看了很多。"宋丰丰说。

宋丰丰和喻冬带宋扬出门玩,顺便给张敬的女儿买生日礼物。小姑娘今年三岁,小下巴尖俏,极似关初阳,但脸肉嘟嘟的,跟张敬一样。在宋扬的指挥下,喻冬和宋丰丰使用抓娃娃机给他抓了三个娃娃。他拎着仨娃娃来到张敬家里,一见到小姑娘就挪不动脚了。

他平日里宝贝的娃娃们,一个接一个地送到了小姑娘面前。

关初阳跟两个小孩在阳台上玩。喻冬打完电话回到客厅,旁观片刻之后问宋丰丰:"你小时候是不是也这样?见到好看小姑娘就呆了?"

宋丰丰:"怎么可能。"

张敬:"他一般会选择跟好看的小姑娘打一架,抢走人家的玩具。"

喻冬大笑,和张敬击掌。

那一头,小姑娘已经摊开自己的美人鱼绘本,正儿八经地给宋扬讲起故事来。

宋扬这回没再说这故事是假的,他听得很认真。

"是真的吧。"他说,"喻冬哥哥说美人鱼在丹麦,一个很远很远的地方。"

这个名称超出了小姑娘目前的知识储备。她愣了一下说:"我没去过。"

宋扬:"我也没去过。"

两人的友谊再次迅速增进。

因为宋丰丰戳破了宋扬的蜘蛛侠之梦,喻冬批评了他好几次。

宋丰丰已经想不起自己小时候相信过什么了，大概是孙悟空，大概是变形金刚，或者"鹰的眼睛，狼的耳朵，豹的速度，熊的力量"。

最后这部动漫喻冬没看过，宋丰丰解释的时候还上网给他找资源看，两人差点忘了正经事。

"他以后总会知道的。"宋丰丰看着屏幕上的变形金刚说，"九月他就要上学前班了，最多半年就会懂童话故事都是假的。"

"那就以后再说。"喻冬看他一眼，"既然总会知道，为什么一定要提前？你注意一下自己说的话。"

宋丰丰看了看书桌上的育儿书籍。

宋丰丰没有跟喻冬说过，他其实很喜欢三个人一起在这间租来的房子里吃饭看电视的时光。今年底，他们买的房子就能住进去了，那是一个比这处大许多的复式公寓。

宋丰丰没住过那么大的房子，他觉得现在的已经足够好了。小的空间和稍稍吵闹的讲话声，这是他印象之中的家。

喻冬没有这种体会，但他确实也很喜欢。安静的时刻很好，热闹当然也很好，这些事情就像一场美梦，他沉溺其中，竭尽全力去维持，不愿意醒来。

所以他很理解宋扬，梦多做一刻都是好的。

三中开学这天，喻冬还没回总公司。他西装革履地去参加一场政府会议，会议上意外地听见有人提起了龙哥。

最近龙哥的生意越做越大，现在还和政府合作，一起给周围城镇里农闲的年轻人做了一个劳动力输出的双向选择平台。龙哥这个平台做得出色，几年间已经解决了近万人的就业问题，已经成为市里扶贫工作的一个亮点。

平台需要精准地宣传，龙哥那边找不到可以做的人，于是很快想到了喻冬。前一天晚上，喻冬接到龙哥的电话，相约今天吃饭商谈宣传事宜，现在喻冬听到他被人用赞赏感叹的语气频频提起，觉得实在很神奇。

现在龙哥基本洗白,他的黑料无非是年轻时有过一些案底,并不严重。梁设计师的父母那边有一些盘根错节的人情关系,一来二往,龙哥也俨然是一个正儿八经的青年创业家,平时穿起西装还是像模像样的。

有一次宋丰丰极为好奇,见面的时候问他文身还在不在。他二话不说,立刻亮了文身出来,还附带一句:"你们梁哥欣赏我的文身。"

当时梁设计师先是笑了一下,随即脸色一沉,十分可怕。

世界真奇妙。喻冬一边想着,一边给龙哥发信息,问他什么时候到。

"我在高速上,还要一个半小时到。"龙哥很快给他回复,"我们预订一个地方吃海鲜,你们梁哥没跟我过来,我们可以好好吃一顿。"

订好包厢之后,喻冬看了看时间,发现已经过了要去接宋扬的点。

上周开始宋扬去上学前班,头一两天还不乐意去,后来不知道跟谁打了不大不小的一架,反而开始热爱上学,每天出门时都是最积极的一个。喻冬衣服都没换,穿着皮鞋就出了门。

小区门口有追尾事件,看情况一时半刻没办法解决,喻冬干脆选择步行,回来的时候拉着宋扬一起坐公交车就行。

喻冬走出去不远,眼角余光看到路上有个骑自行车的老头频频别过头看他。

喻冬站定了:"孙老师?"

孙舞阳立刻停下来,又惊又喜:"真的是你啊,喻冬。"

喻冬特别不好意思。他没回过学校,也没想过要去见一见以前的老师。

高考后发生的事情太尴尬,他一声不吭就跑了,学校里余下的所有手续都是喻乔山和喻唯英处理的。孙舞阳只知道自己带过的这个学生出国去了,具体因为什么,孙舞阳也问不出来。

孙舞阳正巧下课,提前离校去买菜做饭,看到喻冬的时候他还怕自己认错了人,辨认了大半天。

"你住这个小区啊?"孙舞阳乐坏了,把自行车扶上人行道,和喻冬面对面,"你回来多久了?我怎么一直没见过你?"

孙舞阳的话匣子关不上,絮絮叨叨地说了很久。孙舞阳问喻冬还记不记得宋丰丰,以前跟他玩得特别好的那个宋丰丰。

"现在黑丰是三中足球队的指导老师了,他还是学校里很受欢迎的体育老师。"孙舞阳兴高采烈,"我高一教你,高二高三教他,缘分啊!他也住这个小区里,你知道吗?"

喻冬跟他说自己的工作地不在这里,只回来逗留一段时间。孙舞阳一边走一边说,又是感慨又是笑:"哎呀,哎呀,你好像没什么变化,但是确实又成熟了。喻冬,你以后不打算回来吗?家在哪里呀?"

喻冬:"我会回来,家在这里的。"

孙舞阳:"现在你跟宋丰丰还有联系吗?"

喻冬点点头,心想:黑丰在学校这么受欢迎,我可是从来没听他说过哪怕一句。

"你知道他的对象是谁吗?"孙舞阳说,"每年我们都问,他就是不肯说。你如果知道就悄悄告诉老师,老师打赌就有把握了。他总说他有对象了……"

喻冬默默等老师说完。他在生意场上向来口齿伶俐,此时面对孙舞阳却不晓得怎么开口。

"我也不知道。"他说,"我见到他,一定帮您问问。"

宋丰丰下班回家,先跟喻冬说说足球队里那些不太服管教的学生,然后趴在地上跟宋扬玩积木,你堆我推,不亦乐乎。他明明跟宋扬差了十几岁,但是居然能玩到一起,而且很沉迷。

喻冬总说他长不大。

等到吃饭的时候,宋丰丰发现喻冬沉默得不寻常。

"今天的饭不好吃吗?"他说,"阿姨做得不对?"

宋扬埋头吃饭,也渐渐觉得喻冬不对劲,抬起了头。

喻冬摸了宋扬的脑袋一下："没事，我不太舒服，你们先吃吧，我去书房坐坐。"

宋丰丰叮嘱宋扬乖乖吃饭之后，打开了书房的门。喻冬背朝门口坐着，正眺望窗外的夜色。

"胃痛了吗？"宋丰丰在书桌上放下一杯温水，"我和你去医院看看。"

喻冬把今天见到孙舞阳的事情告诉了他。他听完并不觉得哪里有问题："孙老师也没看出来啊。"

喻冬："我当时刚开完会，领带上还别着那个领带扣。"

宋丰丰恍然大悟。喻冬十分钟爱他送的领带扣，但凡有需要穿正装出席的场合都习惯戴上。巧的是，他入职面试那天也戴了这个领带扣，他把它看作自己的吉祥物。

当时孙舞阳知道他来面试，又期待又紧张，竟一直在楼下等他。他出来之后，孙舞阳还夸他长大了，穿起正装像模像样。孙舞阳还多看了两眼领带扣，问他是哪儿买的。

宋丰丰回忆起来，也觉得吃惊：没想到孙舞阳眼睛这么毒，记性这么好。

喻冬和他虽然就住在学校对面的小区里，但小区正门并不朝着三中，大家进进出出，与三中老师碰面的机会并不多。况且喻冬一年之中有将近半年在异地处理工作，这样一来，能碰上三中老师的概率就更小了。

孙舞阳当然是敏锐的，他年长这些小年轻几十岁，很多事情即便没看过也听说过。

"孙老师的问话技巧还是很厉害的。"宋丰丰突然笑着说，"你一直都是好学生，没招架过。我高二高三都被他管着，我太懂了。"

喻冬："我的反侦察技巧还不够熟练，得多练练。"

"你练这个做什么？"宋丰丰大笑，"我们又不是干了偷鸡摸狗的事情。"

孙舞阳其实并没有大惊小怪，就是长长叹了一口气，看向喻冬的眼神非常复杂。

那是长辈看着晚辈的神情,带着怜惜。

世上有无数通往美满终点的路,他们却选择了那么难的一条。

"张敬和关初阳结婚的时候把我请过去,还让我上台讲话。"孙舞阳回忆起五年前的事情,"我记得我那时候说,人这一辈子难得遇到知心人,如果这知心人是朋友,是爱人,那就是天底下不得了的幸运了。"

喻冬面对喻乔山和喻唯英的时候都没有那样紧张过,孙舞阳说的每一句话,对他来说都像一锤定音的判词。

"喻冬,你觉得自己幸运吗?"孙舞阳问。

喻冬结结巴巴,像面对严厉老师的学生:"我们是朋友,也是知己。"

"那就行了嘛。"孙舞阳笑道,"那就是天底下最大的幸事。"

喻冬忽然间大大地松了一口气,他没有经历苦刑。孙舞阳不舍得给自己的学生任何批评与责备。孙舞阳拍了拍他的肩膀,笑着和他道别,推着那辆哐哐响的自行车走远了。

宋丰丰揉了揉喻冬的头发,喻冬的头发很软,他有和头发一样柔软的脾气,心事容易捉摸。

"你要是真怕出什么问题,我就辞职。"宋丰丰说。

喻冬立刻扭头:"你别说傻话!"

"我说真的。"宋丰丰抓住了喻冬微凉的手,安慰般拍拍他的手背,笑嘻嘻地说,"实在待不下去我就辞职,足球学校那边想挖我,他们的人事科长周周都约我去喝早茶,我没理。"

他见喻冬仍旧不吭声,继续往下说:"要是我不想当老师了,当私人教练也是可以的啊,私人教练挣得比老师多太多了。要是还不行,那我就自己开店做生意,门路我都想好了,跟龙哥一样,做品牌手机经销商就挺好的。最后,如果真的是什么都做不了,我还可以跟我爸那样出海打鱼啊,天天给你带海鲜回来吃,好不好?"

喻冬被他说得没脾气了。

"怎么可能这么顺利。"

"可能的，可能的。"宋丰丰见他语气变了，知道他的气已经消了大半，脸上的笑容更盛，"你黑丰出马，什么都会顺利的。"

喻冬瞥了他一眼，像有一堆反驳的话想说，但最后一个字也没吐露。

岁月在面貌与皮肤上留了印记，少年的稚气早就褪去了，时光将他们从里到外打磨成足以面对人生巨浪的人。喻冬不明白的是，为什么他总能在宋丰丰的眼神中找到当年他的影子。

那个直爽的黝黑少年，似乎从未有过一丝改变，那不变的一部分，是只向着他袒露的，包括勇敢、赤诚、鲁莽。

小区里和宋扬上同一个学前班的还有几个小孩。假日一大早，喻冬带着宋扬下楼，立刻碰到了那几个孩子。他们叽叽喳喳开始讲话，喻冬放了手，让宋扬跟他们一起玩。

昨天宋英雄回了家，他和宋丰丰今日一早就打算将宋扬送回去。宋扬住在家里这段时间，大人完全没了私人空间，从早到晚围着小孩打转。

宋丰丰到车库里取车，喻冬看了看时间，招呼宋扬跟着自己走到小区门口。

在一堆小孩子里，宋扬的个子比同龄的男孩要高一些，显得很打眼。

他正认认真真、一板一眼地争辩着什么。

"他又不跟你姓，他不是你的哥哥！"有孩子大声说。

宋扬认真地摇头，伸出两根肉嘟嘟的手指："不对不对，我真的有两个哥哥，一个是黑丰哥哥，一个是喻冬哥哥。"

他的神情过分认真了，在一圈嬉笑的小孩子中，竟然有种大人的成熟。

"喻冬也是我哥哥！"宋扬大喊，"他好厉害的，你们都不懂！"

宋扬喊完，就冲喻冬跑过来，一把抱住他的大腿。自己的认真声明没能得到重视，宋扬有点儿伤心："你很厉害的对不对？"

"对，嘘……"喻冬把他抱起，示意他小声说话，"这是我们家的秘密，不让他们知道。"

得到一个秘密的宋扬立刻精神了，爬上车子的时候还神秘兮兮地跟宋丰丰分享："我跟喻冬哥哥有了一个秘密。"

宋丰丰："什么秘密？"

宋扬："他好厉害的。"

宋丰丰："嗯，所以是什么秘密？"

宋扬："就是……就是很厉害！"

宋丰丰一头雾水："听不懂。"

坐在后排儿童座椅上的宋扬手舞足蹈，开始唱歌。宋丰丰不知道想起了什么，一脸坏笑地朝着后视镜看喻冬："喻冬，你知道扬扬现在唱的什么歌吗？"

喻冬听了一会儿，没听出来。他拧开一盒牛奶给宋扬，问："扬扬唱的什么歌？"

宋扬："不知道。"

宋丰丰一直冲喻冬使眼色："你再想想。"

喻冬仔仔细细地听歌词，半天才意识到，这居然是张敬和关初阳女儿生日那天唱过的歌。小姑娘只唱了一次，宋扬居然就记住了。

喻冬吃惊不小："他记忆力这么好？"

宋丰丰嗤笑："别的事情他记不住，芸芸唱的歌儿就那么两句，他天天念叨。"

宋扬立刻大喊："我跟芸芸是好朋友！"

宋丰丰不忘打击他："你们才见过一次。"

宋扬："我们都交换玩具了。"

喻冬和宋丰丰都大吃一惊：在宋扬这里，交换玩具确实是不得了的事情。宋扬满意地欣赏着两个大人夸张的惊愕表情，他突然想起了什么似的，扭头看喻冬。

喻冬以为宋扬要跟自己说话，把耳朵凑过去。宋扬忽然抱住他，响亮地在他脸颊上亲了一下。

喻冬一头雾水:"怎么啦?你怎么突然亲我?"

"芸芸就是这样亲她爸爸妈妈的。"宋扬认真说,"她说,这是我爱你的意思。"

喻冬的一颗心被他这稚气举动搅得如水般柔软。他捏了捏宋扬的小鼻子,低声说:"我也是啊,我也爱你。"

(完)

番外四 ♥
年年

喻冬惯用工作邮箱，私人邮箱则有两个，其中一个是中学时代用的。他这一日偶然打开其中一个私人邮箱，发现里面赫然塞满了邮件，广告、游戏、诈骗邮件，应有尽有。

最新的一封邮件标题是"校庆邀请函"，转发自张敬。

喻冬这才想起，今年是三中一百一十周年的校庆，每逢整数，三中都得大张旗鼓地搞活动。他点开邮件，仔仔细细地浏览内容。末了，他发现邮件里还有张敬的一句留言：孙老师在北京看病，你有空去看看孙老师吧。

喻冬立刻联系张敬。原来孙舞阳三年前退休后，和妻子来了北京，跟儿子一家同住，顺便照顾孙子。不久前张敬偶然从别的老师口中得知，孙舞阳去年中风送医，好在足够及时，没有留下大问题，但现在仍旧行动不便。

"昨天我跟黑丰讲了，他没告诉你吗？"张敬在电话另一头边吃饭边说，"他说要去北京看孙老师。我最近投标，实在是抽不开身。你们什么时候去，帮我带点儿钱啊，补品什么的。"

喻冬很久没见孙舞阳，放下电话之后，他想联系宋丰丰，但电话才拨出去，他又挂断了。

他来北京出差之前，跟宋丰丰吵了一架。两人相识以来，吵架的次数用一只手就能数清楚，以往不是他先让步，就是宋丰丰先道歉，这一次两人僵持了足足一周。他在北京呆足七天，宋丰丰竟然一通电话、一条信息都没有。

他越想越气，把电话扔在床上。

实在是一腔愤懑无人可说，喻冬洗了脸回来，抓起手机给张敬拨电话，开口就是一句："你别说话，先让我骂一会儿宋丰丰。"

孙舞阳已经出院，现在住在儿子家里。喻冬辗转找到那个颇大的小区，孙舞阳居然早就在保安室门外等着了。

北京的冬天很冷，孙舞阳穿得厚实，戴着厚帽子，缩在轮椅上是小小的一团。孙舞阳看到喻冬，立刻高兴地挥手。喻冬忙跑过去，心头一酸：孙舞阳白发苍苍，瘦得厉害，和他印象中的老师已经大不一样。

韩老师正在家里做饭。孙舞阳前一天晚上接到喻冬的电话，高兴得睡也睡不着，跟儿子儿媳念叨了一晚上喻冬的事儿，今天更是提前下楼等他，生怕他找不到楼栋。孙舞阳的腿还不利索，是中风影响了下肢的神经，说话倒仍旧很快。喻冬陪他上楼，在电梯里遇到邻居，他一口普通话流利异常，听得喻冬一愣一愣的。

"孙老师，你是北京人吗？"等邻居走了，喻冬问他。

"我都是跟周围人学的，像吧？"孙舞阳坐着轮椅，仍是一副乐呵呵的样子。

"真厉害。"喻冬由衷感叹。

"最近我还在学法语。"孙舞阳跟他说，"我儿媳妇是法语老师，她给我报了一个班。哎哟，你是不知道啊，喻冬，班上一半是我这个年纪的人。有个教授，比我还大两岁，他退休之后学了好几门外语，周游世界根本不需要翻译。"

喻冬和他愉快地聊着。他扭头看喻冬，笑眯眯道："喻冬，你的嘴巴利落了不少嘛，以前可没有这么多话跟老师讲。"

喻冬笑道："长大了，长大了。"

孙舞阳输入密码开门,随口说:"既然你长大了,就不要再为小事闹别扭了嘛。都是大人了,要有大人的样子。"

喻冬一头雾水。门开了,他听见门内传出自己万分熟悉的声音。

宋丰丰正在厨房里跟韩老师一块儿择菜。

喻冬吃惊地呆站在门口,半天没说出一句话。孙舞阳是大嗓门,宋丰丰和韩老师转头,一眼看见了喻冬。喻冬把宋丰丰脸上震愕的神情看得清楚,他立刻明白:连宋丰丰也不知道自己今天会来。

两人各自对了一下眼神,在老师面前也不好把矛盾表现得过分突出,一声不吭各自干事。喻冬陪孙舞阳聊天,宋丰丰继续跟韩老师在厨房里忙活。

得知今日有学生上门探望父母,孙舞阳的儿子一家人便在外面解决晚餐,留空间给他们叙旧。韩老师张罗了一桌好菜,这下反倒是喻冬尴尬了。他是来看望孙老师的,这样一来反倒给孙老师夫妻添了不少麻烦。

孙舞阳招呼他和宋丰丰坐下,两人连落座都沉默着,不看对方一眼。

韩老师十分热情,给喻冬舀了一大勺芹菜炒肉丁:"喻冬,你先尝尝这个,这是你孙老师的最爱。"

喻冬盯着碗里的菜,有些迟疑,这时一双筷子出现在他的饭碗里,迅速把芹菜丁挑出来,自己吃了。

孙舞阳恍然大悟:"喻冬,你不吃芹菜呀?"

喻冬:"嗯。"

宋丰丰嚼完芹菜,一边跟韩老师说笑,一边吃了起来。

两人离开孙老师家已经是晚上九点多,外面飘起了小雪。

喻冬走出楼门,回头看宋丰丰。宋丰丰刚接完一通电话,瞥喻冬一眼:"张敬这个大嘴巴。"

在喻冬联系张敬之前,张敬刚刚跟宋丰丰打完电话。宋丰丰告诉张敬,自己跟喻冬吵了一架,张敬正苦恼不知如何帮忙,喻冬的电话就打过来了。张敬跟孙舞阳一通气,两人便把喻冬和宋丰丰来访的时间凑到了一起。

喻冬往前走,还不打算搭理宋丰丰。宋丰丰紧跟其后,忽然发现黑天之中的小雪,惊讶地扬起笑容:"喻冬,雪!"

雪已经下了一会儿,在地面积起薄薄一层。宋丰丰不明就里,连蹦带跳,忽然脚底打滑。喻冬的心都漏跳了一拍,连忙张手去扶。宋丰丰扶着路灯杆站稳,喻冬的手便尴尬地停在了半空。

白色的雪配上暖光,缓缓地落在宋丰丰的头顶上。他来得仓促,没戴帽子,也没戴围巾,鼻尖和双颊冻得发红,说话都有些哆嗦。

"咱们是不是说过要一起到北方看雪?"宋丰丰问。

喻冬装作忘记:"有吗?"

宋丰丰皱眉:"还是你主动说的。"

喻冬:"你记错了吧。"

宋丰丰:"你说的话我哪句没有好好记着啊。"

喻冬微微一笑,和他站在一块,在路灯下仰头看雪:"可这雪也太小了。"

虽然雪细小得像雨滴,但很密集,已经在地上积累起来。小区里停的车很多,车顶已经一片雪白,路过的人缩着脑袋,往温暖的家奔去。城市灯光明亮,雪花如同雨丝,令喻冬想起家乡春夜的路灯,那些细如牛毛的雨也像此夜的雪,穿过路灯的光线,在天地间摇摇晃晃。此时已经是三月,这场雪来得实在突兀。紫玉兰和海棠纷纷开出了花儿,花盏顶托洁白雪花,在晚风里颤颤巍巍。

宋丰丰仔细端详身边的一朵紫玉兰,被它肥厚的花瓣折服:"这花能吃吗?花瓣这么肥,感觉挺脆,有嚼劲。"

喻冬不知该气还是该笑:"除了吃,你还能想点儿别的吗?"

"想你呗。"宋丰丰说,"宋扬每天给我打三百个电话,哭着喊着要见你。我是他亲哥,他居然还嫌弃我的游戏技术,除了你之外,谁都不许碰他那台游戏机。"

喻冬知道他习惯夸张,但还是忍不住笑了:"哦。"

宋丰丰缩起脑袋:"我冷。"

喻冬解下围巾,戴在他脖子上。两人不再多说,慢慢往小区外走去。他们在公交车站等车的时候,雪越下越大。他买了把折叠伞挡雪,伞面不大,两人站得很近,喻冬听见他低声说:"对不起,别生我的气了,好吗?"

两人吵架的原因,是宋丰丰把两人那对共有的小波浪领带扣弄丢了一个。

现在宋丰丰是市里出了名的足球教练,每逢赛季他总要辗转各个学校上指导课,指导得也颇有成效,名气越发大了。加上三中连续几年获得了相当优秀的成绩,他今年被评为优秀青年工作者,在大礼堂参加颁奖仪式。

为了风光领奖,两人特意去定做了一套修身的西装。喻冬还给他吹了一个特别英俊潇洒的发型,让他戴上最好看的领带。他把领带扣也扣了上去,宝蓝色缎面领带上是银色的小小波浪。他出门时高高兴兴,不停地问喻冬:"我帅不帅?中学教育界最帅的体育老师非我莫属,你快夸我。"

宋丰丰回来时垂头丧气,说话细如蚊蚋:"我把领带扣弄丢了。"

丢哪儿了?他不知道;什么时候丢的?他不知道;有没有人捡到?他不知道。

宋丰丰翻看照片,大合影的时候领带扣还在的,但他后来接受了电视台、电台和报社的采访,采访结束后又被领导单独接见,临走时还被《体育周报》的记者拦住,问了不少问题。等他回到车里解开领带,才发现不对。

宋丰丰立刻回到礼堂寻找领带扣,但礼堂基本清空,他脱了外衣,把几个垃圾筐翻得底朝天,愣是什么都没找到。

喻冬十分生气,责问他怎么能把这么重要的东西弄丢。那天晚上他的心情已经极度糟糕,两人一来一往地说,渐渐就吵了起来。喻冬指责他不爱惜东西,对珍贵的信物不重视;他则说喻冬不能体谅自己,无理取闹。

那时喻冬正好遭遇一次合同上的重大挫折,他启程去北京跟客户修复关系,两人话没说开,也没原谅对方,最后他是怀着怨气上的飞机。

喻冬知道自己惯常心软,哪怕是下属在工作中惹了麻烦,只要诚恳道歉,他都会接受,何况是和他相处了这么久的宋丰丰。

宋丰丰来得仓促,是因为他赶着给喻冬道歉。

喻冬想到这里,心又软了。他怀着一丝怨气:"这么久也不见你联系我。"

宋丰丰挠头:"那你也没联系我啊。"

喻冬哑口无言,最后点点头:"看在你大老远来找我的分上,算了吧。"

宋丰丰:"我也不是特意来找你,主要是看孙老师。"

车子到站,喻冬立刻下车:"我收回前言。"

"别别别……"宋丰丰哈哈笑着,快步赶上喻冬,"我读书时没怎么出去玩儿,你知道这儿有什么好玩的地方吗?"

"没有。"喻冬回答,"有几家店可以吃吃,明天我带你去。"

宋丰丰看了他两眼,察觉他藏着没说的话:"你不会来北京这么多次,根本没出门玩过吧?"

喻冬咬牙:"我去过长城和故宫。"

宋丰丰:"几岁?"

两人走到街角,红灯亮起。喻冬不得不停下,含含糊糊地回答道:"十二岁。"

为了满足宋丰丰游览北京城的愿望,喻冬特意多留了两天,陪他瞎逛。北京春天的最后一场雪下了一晚上就没了,他第二天抵达北海公园,失望得不得了:"怎么不见一点儿雪呢?"

他的说话腔调全是从电视上学来的,不伦不类,偏偏他还要卷着舌头跟公园里晨练的大爷大妈说话。大爷大妈何其敏锐,他一张口人家就笑了:"哎哟,小伙子,你是南方人吧?"

积雪已经融化了,只在灌木丛下、道路旁边留着湿漉漉的痕迹。迎春花开得很早,没被冻坏,花苞一串接着一串,柳条儿抽芽了,轻轻在春风里飘扬。

喻冬不明白宋丰丰为什么一定要来北海公园,两人进门之后没走多远,藏在树丛里的扩音器开始播放《让我们荡起双桨》。宋丰丰一脸兴奋:"就是这首!就是这首!我小时候唱这首歌,拿过一等奖的。"

喻冬惊奇极了,他知道宋丰丰五音不全:"你怎么拿奖的?"

宋丰丰:"当时我在少年宫踢足球,隔壁合唱团参加比赛,有个学生病了去不了,把我拉去填了他的空位置。虽然我光张口不出声,但最后确实是第一名。"

喻冬:"……"

宋丰丰:"没有功劳也有苦劳,我是那什么……门面担当。"

他大肆渲染了一番自己当时的表现,等待他的夸赞。

喻冬:"走了走了。"

他一点儿都不觉得逛公园有趣味,但宋丰丰非常热衷,看到什么都故作惊诧,拼了命地调动他的情绪。他知道宋丰丰的用意,他看着宋丰丰快乐的样子,渐渐觉得这公园似乎有那么一点儿意思。

一大圈溜达完,宋丰丰意犹未尽:"北海公园这么小啊?"他看到湖里的鸭子船,立刻撺掇喻冬去坐。喻冬这次来出差,带的都是商务服饰,今天出门时里面是毛线衣和衬衫,外面是黑色风衣,整个人潇洒英俊,走在路上像明星一样。

"鸭子船?"他怀疑自己听错了,"我这样去坐?"

"是啊,坐嘛,这是我小学就许下的愿望。"宋丰丰去买票,"你看,这么多漂亮姑娘帅气小伙都坐船,你有什么不敢的。喻总,上!"

喻冬哭笑不得,看了看自己的风衣和皮鞋。宋丰丰兴致盎然,喻冬只能配合。鸭子船到了湖心,宋丰丰远远地看着白塔,忽然笑道:"我完成了两个愿望。"

喻冬正看着廊亭上两个穿汉服拍照的姑娘,心想:她们穿这么少,不冷吗?他心不在焉地接话:"什么?"

"跟你来北方看雪。"宋丰丰说,"还有,跟你来北海公园坐鸭子船。"

喻冬愣住了:"坐鸭子船不是你小学的愿望吗?我们那时候还不认识吧?"

宋丰丰笑得坦率。他虽然皮肤黑了一些,但显得十分阳光健康。此时,他咧出一口白牙:"是啊,遇到你以后,我的所有愿望都加了一个前缀——跟喻冬一起实现。"

喻冬想笑,又狠狠憋着:"傻瓜。"

宋丰丰:"你又不是今天才知道我傻。"

喻冬:"你还有什么愿望一并说了吧。"

宋丰丰:"和喻冬爬长城,和喻冬去故宫,我还要去看皇帝上吊的那座什么山……"他一口气说了十几个愿望,冲喻冬挑挑眉,意思是:你懂我。

喻冬完全不懂这人脑子里都装的什么鬼主意。

鸭子船漂在湖上,喻冬呆望着露出半片蓝天的苍穹,快乐延迟了,但他还是忍不住笑起来。

临走前,两人又去拜访孙舞阳。孙舞阳依依不舍,和韩老师一块儿把两人送到公交车站,直到看着他们俩坐上公交车才遥遥挥手。

"要好好的啊。"孙舞阳反反复复地念叨,"你们都要好好的。"

一直到车子拐弯,看不到两个老人的身影,喻冬才坐好。他心里很难受,每次看到熟悉的人渐渐变得苍老,他都会想起外婆,心头又是一阵难以抑制的疼痛。

宋丰丰拍拍他的手:"回家了。"

回到家没几天,校庆的通知被张敬接二连三地发来。张敬人在上海,却无比热心地当起了联系人,各种筹划、登记,忙得不亦乐乎。

一百一十周年的校庆,也确实是值得隆重举办的。喻冬想起远在日本的郑随波和吴曈，便问两人是否回来。郑随波第一时间给他回复：当然。

校庆当日，郑随波和吴曈反而是来得最早的。两人掏出邀请函，进学校之后便在校门附近等待喻冬。喻冬赶到时，先是看到两个高挑瘦削的人站在校道旁，不停地冲他挤眼睛，走近了才意识到居然是郑随波和吴曈。

郑随波有一头长到肩膀的微卷黑发，在脑后用皮绳扎成一个松散的鬏鬏。吴曈戴了一顶帽子，两人的穿着打扮差不多，和学校的气氛格格不入，仿佛下一秒就能站上T台进行表演。喻冬走近了才发现，吴曈竟然还是光头。

"你的头发呢？"喻冬吓了一跳，"怎么回事？秃了？"

"你能不能说点好听的？"吴曈瞥了一眼郑随波，"你问郑随波。"

郑随波又是尴尬又是好笑："他的头发原本跟我一样长，我给他剪头发的时候没注意，剪坏了。发型丑得他不敢出门见人，你知道他上大学之后特别爱打扮，又臭美。后来他逼迫我剃光了他的头发。喻冬，你仔细瞧瞧，好像剃光还挺帅的。"

吴曈身材高大，眉目硬朗，没了头发看上去有些凶恶，但英俊的五官越发明显了。学校里来来往往的学生不断扭头看他，郑随波哼了一声："招蜂引蝶。"

三人原本以为校庆就是回来瞎玩儿，没料到他们作为杰出校友，足足开了一天的见面会、握手会，不仅接受领导会见，还接受师弟师妹们崇拜的目光。

和其他正儿八经的杰出校友比起来，郑随波与吴曈太过突出。两人话也不敢多说，随着众人一块儿笑，一块儿鼓掌，仿佛在表演一场大型的行为艺术秀。

最后喻冬都看不下去了。他很适应这样的场合，转身小声提醒两人："宋丰丰现在估计在体育场搭舞台，你们找他玩儿去吧。"

宋丰丰确实在搭舞台，汗流浃背，脑袋上还绑了一根发带。他没以前那么黑了，裸露的上臂肌肉虬结，是一个十分像样的体育老师。

老友见面，分外亲热，宋丰丰的话匣子一下打开了，把工作推给别的老师，带着两位归国校友游览校园。

　　三中的操场扩建过，大榕树砍了三棵，心疼得郑随波在塑胶跑道上转圈："吴瞳，你记得这棵树吗？你当时爬树被保安发现，跳下来还差点崴了脚，好狼狈。树怎么砍了呢？砍了我回来还怎么回忆从前？"

　　吴瞳："我记得，你还拍了下来，每年放一遍。"

　　郑随波掏出手机，蹦到宋丰丰身边："超级好笑，就我们回学校领录取通知书那天的事情，我点开给你看看。"

　　两人看手机狂笑，吴瞳慢慢走到车棚边。他左右看了一圈，总觉得有什么东西不对劲。他想了很久，一拍掌心：车棚边上的羊蹄甲不见了。

　　宋丰丰解答他的疑惑："羊蹄甲被台风吹倒，砸坏了车棚，现在已经移到校门口了，你没发现吗？"

　　吴瞳连忙跑到校门口去看。宋丰丰满头雾水："他对那棵树感情这么深？"

　　郑随波笑道："你随他去吧，他就是这样奇奇怪怪的。"

　　三人已经许久不见，有太多的话要聊。无奈宋丰丰得回去工作，只好跟两人暂时告别。

　　今年的舞台搭建得很复杂，宋丰丰跑来跑去，又是测试音响，又是测试灯光。他正忙碌着，有人喊了他一声。

　　是他足球队的一个学生。

　　学生把他叫到一旁，有些忐忑，从口袋里拿出一个银色的领带扣："宋老师，这是你的吗？"

　　这正是宋丰丰丢失的银色小波浪领带扣！

　　宋丰丰激动坏了，立刻将它拿在手里，左左右右仔细地看。这是他请郑随波设计后定做的，世上再没有一模一样的东西，他忙问："你从哪儿找到的？"

　　学生挺不好意思："在我校服里。那天开表彰大会，我在地上见到这个,怕人来人往踩到了,就捡起放进口袋里,没想到我太高兴,把这件事忘了。我爸洗衣服的时候发现了,拿出来放在家里,也忘了问我。"

宋丰丰不停地跟他道谢:"谢谢谢谢,这东西对我可太重要了……你怎么知道这是我的?"

"你不是有个好朋友是学校的师兄吗?"学生说,"今天上午我看到他了,他领带上就夹着这个。我立刻想起家里这东西,就让我爸给我送来了。"

宋丰丰心中了然,点了点头:"对,这是我跟他都有的东西。等你们这支队伍拿下华南区冠军,我也给你们每个人都弄一个纪念品,好不好?"

学生欢天喜地地走了。宋丰丰掀起衣角,仔细认真地擦拭领带扣上不存在的灰尘。虽然它短暂地离开了自己,但显然也被人好好地保护着,干干净净,一尘不染。

校庆晚会又是一个通宵。

吴瞳和郑随波胆子极大,买了两打啤酒带进学校,然后偷偷摸摸地溜到教学楼楼顶,给宋丰丰和喻冬打电话。

过了十二点,舞台表演全部结束,宋丰丰跟喻冬来到楼顶和他们碰头。

"你们怎么知道这儿能上来?"喻冬开了一罐啤酒,随口问。虽然是冬天,但吴瞳买的仍旧是冰啤酒,一口灌下去,又冷又爽。

吴瞳愣住了:"你没上过这儿吗?"

喻冬:"没有。"

吴瞳看郑随波:"波仔,这就是你的不对。你跟喻冬当了三年同学,居然从来不带他上来。"

喻冬觉得莫名其妙。郑随波大笑着比画:"你还记得我高一在教室后面画的那张画吗?俯瞰全城的一张图。其实我画的是我记忆中的东西,我上高中第一天就发现楼顶是可以上来的。"

顶楼围着栏杆,有时候门会被锁上。那锁头陈旧,能不能挪开全看运气。这是三中学生中心照不宣的一个秘密,连宋丰丰也很吃惊:"你从来不知道?"

喻冬简直被他气笑了:"你不跟我说,我怎么可能知道?我在学校里,除了你们几个,就跟张敬玩得最好,张敬也没跟我说啊。"

"张敬恐高,他根本不敢上来。"宋丰丰喝完一罐啤酒,看着辽阔的天空,张开双手躺在了楼顶。

天上没有月亮,布满了星星。今夜有风,云层稀薄,深夜时分,城市停止了喧闹,霓虹灯渐次暗下,星河便在这座小小的城市上空显出了形迹。

学校里隐隐约约传来学生的笑声,空气湿冷,喻冬打了一个喷嚏。

他们开始闲聊过去和现在的事情。郑随波和吴瞳在日本工作,学习上司和下属说话的态度惟妙惟肖,鞠躬、问候,两人在楼顶表演起了相声和小品。吴瞳告诉他们,郑随波拿了他最渴望的一个奖,晚上太高兴了,喝得烂醉,过桥时又哭又喊,什么"我做到啦""吴老师,你是我的伯乐",如此这般,抱着吴瞳号啕大哭。吴瞳也醉了,两人在街上抹着眼泪,跟路人鞠躬道歉,被警察送回家后,迷迷糊糊地给家里人打电话,醒来后发现奖杯不翼而飞。

奖杯最后在河里捞了起来,这事儿还上了电视,成为两人人生中难得的高光时刻。郑随波爸妈每逢聚会,都要点出视频投到电视上,供亲戚们一同品鉴欣赏。

喻冬和宋丰丰同时伸出手:"我也要看!"

郑随波:"我没有。"

这回轮到吴瞳掏出手机,眉毛一挑:"我有。"

他们还聊起孙舞阳的近况。郑随波得知他仍在北京治疗,二话不说,立刻跟吴瞳订了去北京的机票。

喻冬:"你记得把你那个从河里捞起来的奖杯拿给韩老师看看。"

"对了,你外婆身体还好吗?"吴瞳忽然问,他去给喻冬送作业时,跟周兰见过一面。

"她走了。"喻冬说,"我毕业没多久,她就走了。"

吴瞳忙道歉:"对不起。"

喻冬灌下一口啤酒,忍不住又说:"兴安街也要拆了。"

城市变化太快,兴安街、玉河桥都被圈在城市规划改建的范围。

兴安街拆掉之后,会在原地建起一座气势恢宏的临海商业综合体,会议中心、酒店、沙滩浴场都将一一在这儿成型。废弃的渔港已经被清理干净,街上该搬走的早已搬走,热闹的房子成了空壳,沉默地面对海洋。

老屋门上还贴着秦叔宝和尉迟恭,门前的苦楝树长得粗壮,春天会开出一树细细的紫色小花儿,像一片温柔的云雾,夏天则结一串串甘涩的绿果子,供小鸟小雀啄食。

兴安街居民分批搬迁。喻冬接到拆迁通知那天,在兴安街走了一个来回,却找不到一个自己熟悉的人。

他打开老屋的门,里头空荡荡的。周兰睡过的床仍留着,他在上面躺了一会儿,难过得眼泪一直流。

宋丰丰下班来找喻冬,发现他在楼顶给一盆芦荟浇水。那芦荟十分耐长,放在阴凉处,即便没人理会,也一日日独自茁壮成长。他们把那盆芦荟带回家,当作一个纪念。

郑随波没去过兴安街,几个人喝完啤酒,突然来了兴致,决定立刻带郑随波去兴安街转转。宋丰丰锁上楼门,四个男人各自扫码了一辆自行车,穿过海堤,往兴安街骑去。

"我的天哪,喻冬、黑丰,你们以前每天上学就走这条路?"郑随波把车蹬得飞快,"你们也太幸福了吧!我也想每天上学放学都穿过大海!"

因为是冬天,海风寒冷,其他三人缩着肩膀和脑袋,一路说笑。只有郑随波,一张脸被寒风吹得发白,仍兴奋地大喊大叫。

兴安街满街漆黑,唯有仍未搬迁的小卖部门口亮着小灯。龙哥的大排档已经关门大吉,招牌都被拆了。宋丰丰带他们走过玉河桥,站在自家门前，指着对岸："这儿是我的家，对面是喻冬外婆的家。"

郑随波又羡慕一次："太幸福了，就住对门，抄作业都好方便。"

喻冬："你和黑丰的思维方式真的很接近。"

宋丰丰的家里已经搬得干干净净，四人钻进了喻冬外婆家中。郑随波跑上跑下，从楼梯上探出脑袋："喻冬，我知道你为什么会是这种性格了。"

喻冬一脸好奇："什么意思？"

郑随波认真回答："我觉得这是一个很温柔的房子，里面一定住过很温柔的人。"

这句话又让喻冬鼻子一酸。他每次回到这里，都会忍不住思念起周兰，那是他很难很难绕过的一个坎，即便过去那么久，每每被戳到，心里也会疼。

只有宋丰丰注意到喻冬的情绪波动，他拍了拍喻冬的脑袋，抱了他一下。吴曈和郑随波参观完喻冬的房间，又爬上天台。宋丰丰得意地打开手电筒，指着天台上一处看不出来的修补痕迹："这是我跟张敬一起补的。"

"了不起。"吴曈说，"这么丑。"

郑随波眺望玉河桥对面，指着宋丰丰的家："喻冬在这儿一喊，你是不是立刻能听见？"

喻冬："何止，他爸揍他，我都看得一清二楚。"

郑随波是真的羡慕："好好啊。张敬呢？张敬住哪儿？"

"张敬住辉煌街，不过他常常来找我们玩。"宋丰丰说，"你们回日本时如果经过上海，可以找他玩玩。他现在可是大老板了。"

房子里剩下的是周兰的床铺和旧柜子。郑随波没见过周兰，他在征求了喻冬的意见之后，坐在周兰的床上，静静发呆了很久。

"就是这里，"郑随波说，"很平静，很温柔。"

旧柜子里放着一些薄被褥，郑随波被花纹吸引，喻冬便和宋丰丰一块儿拿出来给他看。四人把被褥在房子里摊开，从一床红色花纹的褥子里掉下来一张照片。

房子已经断电，郑随波点亮手机电筒仔细看，忽然举起那张照片笑道："喻冬、黑丰，这是你们啊。"

照片是在房子门前拍的，喻冬和黑丰都是少年模样，清瘦稚嫩。照片上，喻冬似乎有一丝不高兴，因为宋丰丰揽着他的肩膀，另一只手举着绿豆冰棒，戳在他的脸颊上。宋丰丰自己笑得挺开心，他微微鼓着腮帮子，带着几分不耐烦。

两人都穿着夏天的衣裳，轻薄干净，被海风吹得微微鼓起。

喻冬一看就想起来了："是张敬拍的。"

那是他们俩领取高中录取通知书的那天。中考过后的暑假十分漫长，张敬隔三岔五来找他们玩，那天他正好带着相机，要在门口给他们俩拍一张照。

喻冬凑近照片。是的，他记得。那天周兰搬了一张小板凳坐在门口，看三个孩子在路边左蹦右跳找角度和光线。摄影大师张敬不是说他表情不对，就是说宋丰丰站姿别扭。

那天宋丰丰足足吃了三根绿豆冰棒，胖乎乎的张敬一直寻找最佳光线，而前一天晚上因为看电视看太久而睡眠不足的喻冬凑到周兰身边，靠着她打瞌睡。

他终于在照片的一角看到了外婆的身影。周兰笑着，手里抓一把蒲扇，在张敬的镜头里留下了珍贵的一瞬间。

照片后来怎么都找不到，两人合影很多，渐渐也就忘了。原来它被周兰收藏着，稳妥地放在柔软的被褥中。

"我跟吴曈带相机了。"郑随波蹲在他面前说，"你和黑丰要不要再照一张？"

夜晚的兴安街安静极了，玉河已经干涸，玉河桥上再没有来往的自行车，唯有流浪猫用声音透露形迹。

吴曈就地取材，找来玻璃瓶、玻璃片，用几台手机搭了一盏灯。喻冬起初兴致并不太高，宋丰丰变法术似的从口袋里掏出领带扣："找到了。"

喻冬一下抓住他的手，惊喜毫无掩饰地从他眼中流溢："哪里找到的？"

宋丰丰把学生的话原原本本说了，喻冬立刻接话："等球队拿了奖，我给他单独送一个奖品。"

宋丰丰嫉妒了："我拿了那么多次比赛的奖，也不见你奖励过我什么东西。"

从郑随波的镜头看去，喻冬脸上全无方才的忧郁。他快乐地跟宋丰丰谈笑，宋丰丰就像他的开关，能轻易令他欢喜起来。

"要拍咯！"郑随波说。

宋丰丰身上穿运动服，外面罩一件大衣，左看右看不知道把领带扣夹在哪儿。喻冬说："我来。"他抬手把那片银色的小波浪别在宋丰丰的头发上。

宋丰丰："我帅吗？"

喻冬："帅。"

宋丰丰满意了："那就行。"

他高高兴兴地把手背在身后，一副正经的样子，头发上的饰物有种荒诞的幽默感。喻冬的手则藏在衣兜里，两人肘部相碰，齐齐看向镜头。

宋丰丰脑袋一歪，笑着对喻冬说："我们以后每年照一张吧。"

郑随波恰好按下了快门，把此刻宋丰丰和喻冬的神情永远定格。

喻冬很久才答："好。"

白墙上的照片多了两张。

喻冬总说宋丰丰是要把家里这面白墙全部挂满照片才满意，宋丰丰也不反驳，他每周都会用干净的软布擦拭镜框，高兴地点头："对呀。"

新挂上的镜框是一张旧照片，一张新照片。兴安街的老房子前站着喻冬和宋丰丰。这是他们少年时和青年时的照片，姿势有变，神态却几乎没有分别。

喻冬常常站在墙前，把所有照片一张张仔仔细细地看过去，里面有着宋丰丰、张敬、关初阳、郑随波、吴瞳，还有许多他熟悉的、他深爱的人。

静止在照片上的时刻，是不会损坏的记忆切片。喻冬有时候会庆幸，庆幸自己遇到了珍贵的人，敞开了自己的心。

他相信以后还会有更多的记忆，一年一年，一岁一岁，他们将同老同栖。

（完）

后记 ♥

在我的专栏里,这个故事被归为"一个好梦"。

《白浪边》里的城市有我许多的童年记忆。我的童年在海边度过,被外婆照顾着,每天早上是海浪和海军的号声把我叫醒。房子离海特别近,涨潮的时候,从门口的台阶上跳下去就能跃进海里。

外婆在白色的沙滩上种红薯,在海边收鱼卖鱼。她有粗糙的手,花白的头发,看到我就笑起来,喊我的小名,带我一起在海滩上摸螺捉蟹。那些小小的蟹有柔软的足,从我的脚面上跑过时酸酸痒痒的。那时候村里还没有路灯,到了晚上一片漆黑,小孩打着手电筒出门玩儿,手挽手一直走到沙滩。海边的雨有时候特别迅猛,你看着远远一片黑云飘过来,心想不会这么快吧,我再玩一会儿吧……一抬头,你已经被浇得浑身湿透。有的雨则只在海洋上降落,跑到高处可以看见雨云下方的骤雨,渔船穿过那场骤雨,就像洗了个澡。

沙滩上到处开着白色和紫色的牵牛花,防风林的树又高又瘦,台风来的时候,是它们挡住了第一波风暴。记得前几年家乡遭遇了一场超强台风,临近小岛上的植被被刮走了一大把,仿佛整座岛屿的绿色都被剥去了。半年后我上岛,发现废墟一般的树林里又长满了白色和紫色的牵牛花。你不知道种子曾经躲藏在哪里,熬过一次灾劫,你只能钦佩它们如此机警聪颖、顽强努力,丝毫不逊色于人类。

我在故事里写了一些勇敢的人，像永远不会被淹死、不会被吹走的牵牛花。有的人诚实生活，有的人执着于理想。小说真好啊，生活里遇到什么困难，放在小说里，总有解决的办法。路虽然崎岖，但总有和自己一起往前走的人。

　　我写这个故事的时候，想着或许世界上真的有这样一个小城镇和街道，那里生活着许多勇敢的普通人，像你像我，有时候又比你我更加勇敢。我回头再次细细地看它、修改它，为其中的一些人物增添了更细致的背景，他们越发真实了，就像我曾经在学校见过的男孩女孩。

　　我写完最后一篇番外，想起了外婆。她离开我已经很多年了，在她弥留时刻，忘记我已经长大，仍喊我的小名，问我什么时候上一年级。海滩成为楼盘的基底，我每年回去，只能踩着自行车在高高的围墙外打转。小蟹还在，牵牛花年年都开，防风林比过去更茂密，它们应该能抵御更强的风暴。

　　只有大海是永远不变的。

　　祝愿看完这个故事的陌生的你，以及我亲爱的编辑、参与制作的老师们，还有我自己，今夜有一个好梦。

　　下个故事再见。

凉蝉
2020 年 7 月